은
희

은희

박유리
장편소설

한겨레출판

차례

어떤 날은 한 장의 사진으로 남는다. 그날의 온도와 습도, 발소리와 숨소리, 공기의 냄새와 햇살의 촉감은 빛이 바래지 않는 기억이 되어 시간 아래로 가라앉는다. 기억이 가라앉고 날들이 지나며 시간이 흐르고 죽음을 향해 항해를 한다. 잔잔한 물결 사이로 지나는데 가라앉았던 한 덩이 기억에 전복된다. 배가 뒤집히고 깊은 바다로 시간의 파편들이 가라앉는다. 삶은 끝없이 기억의 암초에 걸리고 위태로이 바람 부는 대로, 기억의 주인을 붙잡고 미지의 바다로 나아간다. 암초는 목적지를 잃게 하고, 가려고 했던 도시가 아닌 낯선 곳에 떨어지고 만다. 낯설고 이상한 곳에서 나는 살았다. 살아온 시간보다 죽음이 가까운 나이가 되었다. 잊히지 않은 어떤 날들에 대한 기록을 마지막으로 남긴다.

2053년 1월 23일, 준

1

그날 뙤약볕 아래서 등 뒤로 땀이 계속 흘렀고 면 티셔츠는 젖은
지 오래였다. 구름 한 점이 지나갔고 한참을 기다려도 돌아오지 않
았다. 준은 바람 한 점 불지 않는 나무 아래 앉아 그녀를 기다렸다.
처음부터 그랬던 건 아니다. 그곳에 도착했을 때, 그러니까 세 시간
전 태양이 하늘의 중앙에 자리하기 전까지는 그녀가 오지 않는다고
해도 별일이 아니라고 생각했다. 얼굴을 알 수 없는 이가 보낸 편지
가 사실인지 사실이 아닌지 확인하기 위해 반쯤은 장난삼아 온 것
이라고 스스로를 속였다. 아우슈비츠로 가는 시외버스를 탈 때만
해도 스스로에게 말했다. 행운의 편지처럼 말도 안 되는 속임수 편
지일 수도 있다고. 그러니 그냥 아우슈비츠 박물관으로 여행을 가
는 거라고. 집을 나와 아우슈비츠행 시외버스를 타기 위해 트램을
탈 때도 그랬다. 오늘은 그냥 아무 의미도 없이 하루를 보내는 날일
뿐이라고.

그녀가 나타나지 않는 그 시간 동안 준이 집으로 돌아갈 방법은 많았다. 아우슈비츠 박물관에서 집이 있는 크라쿠프로 가는 버스가 다섯 차례 마른 흙먼지를 일으키며 지나갔다. 등이 다 젖어 면 티셔츠가 땀에 절어갔지만 준은 그저 모든 게 장난일 뿐이라고 생각하면서도 박물관 앞을 떠나지 않았다. 청바지 주머니에서 종이 한 장을 꺼내 펼쳤다. 검안서였다. 동양인 여자의 어린 얼굴 아래 사망 일자가 적혀 있었다. 한 번도 만난 적 없는, 자신을 낳아준 사람이라고 했다. 그 편지를 보낸 이 역시 한 번도 만난 적 없는 남자였다. 오늘 죽은 엄마를 아는 여자가 아우슈비츠 박물관으로 간다는 연락이었다. 그러니까 이 세 사람, 죽은 엄마와 편지를 보낸 남자, 그리고 오늘 아우슈비츠로 온다는 여자를 준은 모두 알지 못했다.

그 편지를 받은 게 일주일쯤 전이었다. 아버지는 한 번도 연락 없이 찾아온 적이 없었는데, 억수같이 비가 쏟아지는 그 밤에 초인종을 눌렀다. 준은 가족과 함께 살다가 1년 전 취업을 하면서 따로 스튜디오를 얻어 독립했다. 아버지와는 예전이나 지금이나 서로 할 말이 별로 없었다. 문을 열자 아버지는 별다른 말 없이 들어와 식탁에 앉았다. 젖은 편지 봉투를 주머니에서 꺼냈다. 해외 직인이 찍힌 봉투였다. 대체 이게 뭐지 싶어 준이 생각 없이 봉투에서 편지를 꺼냈다. 낯선 동양 여자의 얼굴이 사진 속에 있었다. 그것이 엄마라고 하는 여자와의 첫 만남이었다.

— 너를 입양한 시설에서 찾은 서류라더구나. 누가 보냈는지는 모르겠어.

아버지가 서류를 남기고 돌아간 그 밤 준은 편지 봉투 앞에 한동안 앉아 있었다. 준의 입양 서류와 함께 어머니의 검안서, 사망과 관련된 수사 요약 보고서, 그리고 복지시설 입소 카드가 들어 있었다. 어머니가 살았다는 복지시설 입소 카드 아래에는 '형제의집'이라는 시설 이름이 적혀 있었다. 보낸 이는 한국의 병호라는 사람이었다. 12년간 513명이 죽은 형제의집 사건의 진상규명을 요구한다고 했다. 그리고 어머니의 죽음에 대해 알고 있는 사람이 아우슈비츠에 학생들을 데리고 견학을 갈 거라고도 했다. 날짜와 장소도 적혀 있었다.

　편지 봉투를 서랍 속에 넣어두고 불을 끄고 누웠지만 쉬이 잠이 오지 않았다. 그날부터 오늘까지 일주일이 지나도록 준은 일부러 집에 일찍 들어가지 않았다. 야근을 자청했고 아무도 남지 않을 때까지 혼자 사무실에 불을 켜놓고 앉아 있었다. 사무실을 나와서는 펍에 가서 위스키를 마시고서야 집으로 돌아갔다. 혹시나 집에 있다가 서랍 속의 봉투를 열까 봐. 하루는 라이터로 그 편지를 태울까 생각하다가 잠이 들었고, 꿈속에서 편지를 태웠다. 갑자기 불길이 치솟았고 급한 마음에 담요를 덮어 끄려고 했지만 이미 불길은 이글거리며 집 안을 삼키고 있었다. 망연자실하여 털썩 주저앉았을 때 준은 눈을 떴다. 꿈이었다. 그 여자, 그러니까 엄마의 죽음을 목격했다는 여자가 온다는 날이 왔고, 평소처럼 준은 가방을 메고 회사로 걸어갔다. 회사 건물 앞에 도착했을 때 동료가 어깨를 치고 지나갔다.

— 어이, 좋은 아침.

발목이 뭔가에 매인 것처럼 발이 건물 안으로 움직여지지 않았다. 좋은 아침은 아니었다. 준은 어제도 악몽을 꿨고 날씨는 폭염이었으며 사실 아무것도 아닌 편지가 아니었다. 준은 집으로 돌아와 편지를 바지 주머니에 구겨 넣고는 아우슈비츠행 버스를 타러 시외버스터미널로 향했다. 버스가 출발하고 절반쯤 왔을 때는 출근 시간이 이미 지나 있었다. 회사 번호로 전화가 왔지만 휴대폰을 꺼버렸다. 아우슈비츠에 가까워질수록 심장이 울렁였다. 엄마의 죽음을 안다는 낯선 여자가 오기나 할지 알 수 없었다. 시외버스는 준을 내려놓고 다시 떠나갔다. 조금 걸어가 나무 아래에 앉았다. 온다던 시간에서 세 시간이 훌쩍 지나도록 검은 머리의 여자는 나타나지 않았다. 그녀에게 무슨 말을 해야 할지도 모르겠고, 차라리 그녀가 오지 않았으면 좋겠다고도 생각했다. 그저 편지에 속아 일주일을 보냈다고, 그렇게 생각하고 지나갈 수 있었으면 좋겠다 싶었다. 준이 앉은 자리 맞은편 슈퍼마켓은 무슨 일인지 문을 닫아서 물 한 병 살 수 없었다. 준은 뙤약볕에 정신이 몽롱해지는 것을 느꼈다. 사물들이 멀어져갔다. 먼지를 날리며 버스 한 대가 섰고 검은 머리의 동양 학생들이 어림잡아 스무 명 정도 내렸다. 아이들이 다 내리고 작은 키의 여자가 한 명 내렸다. 머리를 뒤로 질끈 묶은 여자는 버스가 떠나는 순간 아이들에게 둘러싸였다. 해가 박물관을 감싸 안은 채 뒷산으로 넘어가고 있었고 석양 속에서 그녀는 다른 시간의 사람 같았다. 이곳에 있지만 이곳에 있지 않은 사람 같았다. 깡마른 여자 옆

12

으로 아이들이 모여 있었지만 선생이라기에는 아이들과 어떤 관계도 없어 보였다. 편지에 적힌 그날에 아우슈비츠 박물관에 검은 머리의 여자가 나타났다. 어쩌면 편지가 가짜가 아닐지도 모른다는 생각이 들었다. 준은 박물관으로 들어가는 그녀에게서 열 걸음쯤 떨어져 걸었다. 여자는 아우슈비츠 박물관을 돌며 뭔가 설명을 이어갔지만 낯선 타국의 언어를 준은 이해할 수 없었다. 그들은 분명 같은 검정 머리에 동양인 얼굴을 하고 있지만 준에게 그들의 말은 이방어였다. 한국계 전자 회사 폴란드 지사에 입사해 일주일에 한 번씩 한국어 수업을 들었지만 겨우 일상 회화 수준이었다. 죽은 유대인 여자들의 머리카락 앞에서 그녀는 설명을 이어갔지만 아이들은 휴대폰을 보거나 손선풍기를 쐬며 장난을 쳤다. 그녀는 아이들에게 어떤 주목도 바라지 않았다. 그저 자신의 설명이 끝나자 뒤돌아섰고 아이들이 아래층으로 내려갈 때까지 죽은 여자들의 머리카락을 오래도록 바라보았다. 머리카락 숲이 전시된 방에 준과 그녀만 남았다. 준이 그녀를 주시했지만 그녀는 누군가 자신을 주목하는 걸 알지 못했다. 그녀는 누구에게도 관심을 두지 않는 것처럼 보였다. 방 안에 들어온 오렌지색 햇빛 한 줌이 사라지고 어둑해질 때가 돼서야 그녀는 뒤돌아봤다. 창가에 걸터앉은 준과 눈이 마주쳤으나 고개를 돌려 아이들 소리가 나는 아래층으로 걸어 내려갔다.

아이들과 그녀가 박물관을 빠져나가 대형 셔틀버스에 오를 때 마침 낡은 택시 한 대가 왔고 준은 택시에 올라탔다. 가로수가 양쪽으로 높이 솟은 곡선 길을 끝없이 달렸다. 그 길이 다 끝날 때쯤에야

100년은 되어 보이는 오래된 호텔 건물에 도착했다. 그녀와 아이들이 호텔 프런트에서 체크인을 하고 2층으로 올라가는 사이 준은 남는 방 하나를 달라고 직원에게 말했다. 준이 체크인을 한 방은 공교롭게도 그녀의 옆방이었다. 방문을 열고 들어가자 옆방에서 벽이 울릴 정도로 크게 텔레비전 소리가 들려왔다. 피아노 소리와 관객들이 깔깔대는 소리. 코미디언이 옛날식 개그를 하는 스탠딩코미디 프로그램이었다. 요즘에는 미국식 코미디 프로그램도 들어왔지만 아직 폴란드에는 스탠딩 마이크를 앞에 두고 혼자 원맨쇼를 하는 프로그램들이 많았다. 소리가 쾅쾅 울려서 준은 자기가 텔레비전을 틀어놓았나 하는 착각이 들 정도였다.

준이 옆방 문을 노크하자 수건으로 젖은 머리를 말아 올린 여자가 나왔다. 그녀가 문을 열면서 뭐라고 말했지만 준은 알아들을 수 없었다. 준이 영어로 말을 꺼내자 그녀도 영어로 대답했다.

— 저기…….

— 혹시 텔레비전 소리 때문에 그러세요?

준은 어떤 말로 자신을 설명해야 할지 막막했다. 노크를 해놓고 대답이 없는 낯선 남자를 보는 여자의 머리카락에서 물이 어깨 위로 흘러내렸다.

— 아뇨, 제가 방을 잘못 찾은 것 같습니다.

준은 다시 방으로 들어왔다. 다음 날 아침이 밝자 아래층 로비로 걸어 내려갔다. 호텔벽 구석구석 페인트칠이 벗겨져 있고 오래된 커튼 뒤로 거미가 한창 줄을 이어나가고 있었다. 퀴퀴한 냄새가 나는 패브릭 소파에 한참을 앉아 있자 그녀와 학생들이 단체로 내려와 식당으로 향했다. 뷔페식으로 차려진 식당에서 그녀는 접시에 빵 한 조각과 베이컨, 치즈를 담아 자리에 앉았다. 접시 옆에는 물잔이 없었다. 그녀가 바게트 빵 한 조각을 뜯어 입에 넣다가 목이 메는지 주먹으로 가슴을 쳐댔지만 누구도 그녀를 쳐다보지 않았다. 마른 빵 한 조각 때문은 아닌 것 같았다. 그녀는 손바닥으로 입을 가리고 당황한 얼굴로 주위를 둘러보았지만 휴지나 비닐봉지 같은 것을 찾을 수 없었다. 그 시간이 꽤나 길게 느껴졌다. 그녀가 바닥에 주저앉아 손가락 사이로 새어 나오는 토사물을 흘릴 때 준은 식당 구석에 있는 쓰레기통을 집어 그녀 곁에 놓았다. 그녀가 너무 오래 게워내서 깡마른 몸을 모두 비워내는 것처럼 느껴졌다. 그제야 학생들이 그녀 옆으로 하나둘 몰려들었다. 딱히 쓰레기통 옆에 흘린 토사물을 치우려는 움직임은 보이지 않았다. 준이 화장실에서 걸레를 찾아 돌아왔다. 걸레질을 하는 준 옆에서 그녀도 같이 걸레질을 했다. 고맙다는 말은 하지 않았지만 걸레질을 끝내고 바닥이 깨끗해졌을 때 그녀는 처음으로 준의 얼굴을 바라보았다. 준은 죽은 엄마를 안다던 그녀에게 꺼낼 단어를 떠올렸다. 나의 엄마, 이름은 김은희, 걸인 수용시설인 형제의집……. 준이 망설이는 사이 그녀가 짧은 목 인사를 한 뒤 토사물이 든 쓰레기통을 들고 식당을 빠져나갔다. 준은 2층 호텔방으로 돌아갔다. 5분쯤 지나고서 문이 열리는 소리가 들렸고 광고 소리가 시끄럽게 들려오던 텔레비전이 꺼졌다. 누군가 옆방 문을 두드렸다. 한국어로 말하는 소리가 들렸다. 남자 목소리였다. 그녀와 함께 외국 연수를 온 남자 선생일 거라고 준은 생각했다. 그녀의 방에서는 어떤 움직임도 들리지 않았는데 점심이 되기 전 아이들이 캐리어를 끄는 소리가 들렸다. 학생 스무 명이 호텔에서 다 빠져나가도록 그녀의 방에서는 미동이 없었다. 점심시간이 훌쩍 지나서야 그녀의 방문이 열렸고 준은 방문을 열고서 그녀가 아래층으로 걸어 내려가는 모습을 보았다. 늦은 오후가 되자 날씨가 쌀쌀해졌다. 9월의 날씨는 조울증처럼 오락가락했다. 이미 9월 초순이어서 녹음 곳곳에 새치가 자란 것처럼 붉은 기가 돌기 시작했다. 준은 몇 걸음 떨어져 그녀의 뒤를 따라갔다. 아직까지 그녀에게 어떤 말을 해야 할지 떠오르지 않았다. 엉뚱한 인연이기도 했고, 어머니의 죽음에 대해 물어야 하는데 알지도 못하는 친모에 대해 뭐라고 말을 꺼내야 할지도 까마득했다. 반팔 티셔츠 아래 튀어나온 그녀의 앙상한 팔이 나뭇가지처럼 휘청거렸다. 그녀가 가는 길을 따라 한 발자국씩 앞으로 나아갈 때마다 준은 지금 자신이 무얼 하는지, 여기가 어디인지 모르겠다는 생각이 들었다. 알지도 못하는 사람을 따라나서 하루를 묵고도 그녀에게 꺼낼 말을 찾지 못한다는 게 스스로에게 납득되지 않았다. 몇 발자국 앞장서 걷던 그녀가 갑자기 획 뒤돌아봤고 준은 걸음을 멈출 수밖에 없었다.

— 병원을 찾고 있어요. 여기 사람이에요?

여자의 영어 발음은 꽤나 어설펐지만 알아듣기에는 크게 무리가 없었다. 구글 지도가 통하지 않는 시골이었고 무작정 걷기에도 무리가 있었다. 준은 지나가는 차를 세워 병원을 물었다. 차 주인은 흔쾌히 태워다 주겠다고 했다. 두 사람이 도착한 병원은 환자 한 명 없이 조용해서 새소리가 유난히 크게 들렸다. 외딴곳에 위치한 병원치고는 꽤나 큰 3층 규모였다. 준이 로비에서 기다리는 동안 미연은 링거를 맞았다. 수액 주사를 다 맞고 나자 얼굴에 혈색이 도는 것 같았다. 두 사람은 병원을 나왔지만 차가 다니지 않아서 무작정 호텔까지 걸을 수밖에 없었다. 석양이 지고 차 한 대 다니지 않는 길을 걷는 동안 침묵이 그들 곁을 지켰다. 호텔에 돌아왔을 때에야 그들은 몹시 허기짐을 느꼈다. 호텔 카페에 들어가 커피와 샌드위치를 주문할 때도 그들은 서로의 이름이나 이곳에 온 이유나 국적 같은 것을 묻지 않았다. 스쳐 지나가는 인연에 의미를 부여할 필요가 없어서라기보다 여자는 타인에게 좀처럼 관심이 없어 보였다. 빵 안에 든 양상추를 묵묵히 씹어 먹는 소리만이 그들을 감쌌다. 준은 샌드위치를 다 먹을 동안 여전히 할 말을 찾지 못했다. 샌드위치를 먹는 시간이 지독히 길게 느껴졌다. 준 앞에 앉은 여자는 샌드위치 절반을 남긴 채 자리에서 일어섰다.

— 미안해요. 아직 속이 편치 않아요. 미안해요.

그녀는 연신 고개를 끄덕였는데 준으로서는 고개를 끄덕이는 행동의 의미를 이해하기 어려웠다. 그녀가 자리를 떠나고 남은 샌드위치를 준은 먹지 않았다. 카페 창밖으로 어둠이 내렸고 하루가 이렇게 지나가버렸다. 다시 방으로 돌아왔을 때는 옆방에서 뉴스 소리가 들렸다. 침대에 걸터앉은 준은 주머니에서 엄마라고 하는 동양 여자의 사진을 꺼내 물끄러미 바라보았다. 짧게 자른 머리, 반

달 같은 작은 두 눈, 긴 얼굴. 동양인이라고 하기에는 조금 거무튀튀해 보였다. 아무리 봐도 자신과는 닮은 구석이 없는 얼굴이었다. 준은 검안서 아래 붙은 입소 카드에 적힌 날짜에서 눈을 떼지 못했다. 1986년 2월 3일 출산. 준은 자신이 태어난 날을 알지 못했다. 폴란드의 양부모가 자신을 데려온 날은 1986년 8월 22일이었다. 가족들은 그날을 축하했지만 약속이라도 한 듯 생일이라는 말은 하지 않았다. 매년 2월 3일을 어떻게 보냈는지 기억나지 않았다. 별다른 일 없이 평소처럼 보냈을 것이다. 준은 그 아래 적힌 날짜를 바라본다. 1985년 9월 임신 확인. 성폭행자는 퇴소 처리. 인터넷 한국어 사전으로 이 단어를 처음 확인했을 때, 그러니까 8일 전 연락 없이 아버지가 찾아온 그밤, 준은 성폭행이라는 단어 앞에서 머릿속에 불이 붙은 것 같았다. 머릿속 불을 꺼줄 소방수를 찾지 못한 채 활활 타오르는 머리를 베개에 눕히고 오래도록 뒤척였다. 아우슈비츠로 가면서도 준은 어머니의 지인이라던 그 여자가 나타나지 않기를 바랐다. 아우슈비츠 박물관 문이 닫힐 때까지 그 여자가 나타나지 않는다면 장난 편지일 뿐이라고, 그 편지를 태워버리리라고 마음먹었으니까. 한국인이라고는 잘 나타나지 않는 동네에 편지에 적힌 대로 그녀가 학생들을 인솔하고 왔을 때, 바람 한 점 불지 않는 뜨거운 공기 속에서 그 모든 풍경이, 자신이 처한 이 모든 상황이 환상처럼 느껴졌다. 어쩌면 이 모든 게 가짜일지 모른다. 저 여자는 우연히 온 관광객일 뿐이라고. 지금 이 방문을 열고 그녀에게 물어야 한다.

두 유 노 김은희.

묻지 못한다면 머리에 붙은 불길을 끝내 끄지 못하리라. 준은 방문을 열고 나갔다. 여자의 방문을 두드렸다. 인기척이 없었다. 다시 두 번을 더 두드려도 답이 없다. 문고리를 잡고 돌리자 문이 열렸다. 창문을 활짝 열어놓은 방에는 가지런하게 정리한 이불과 베개 외에 아무것도 남아 있지 않았다. 그녀가 떠난 뒤였다.

2

　초가을 날씨가 여름만큼 더운 건 미련이 남아서인 거야. 지훈이
가끔 하던 말이었다. 여름이 지나서도 지나간 계절을 닮아 여전히
뜨겁다는 것. 이른 봄이 겨울처럼 차가운 것처럼. 습하고 더운 가을
날, 미연은 무더운 아스팔트 위에 갇혀 있었다. 금요일 퇴근 시간이
었다. 운전대를 잡은 지훈은 미간에 주름이 잡힌 얼굴로 말이 없다.
1년에 한 번 만나는 전 남편과 아내 사이로 침묵이 흘렀지만 애써
어색함을 깨려 말을 섞지는 않았다. 어느새 재희가 죽은 지 5년이
지났다.

　— 다른 사람이 생기면 어떡할 거야?

　지훈이 물은 적이 있다. 아마 3년 전 이날이었을 거다.

　— 당신은 오지 않아도 돼. 난 그럴 일 없을 테니까.

　그날도 무척 더웠고 차가 막혔던 것 같다. 죽은 아이의 생일날마
다 헤어진 부부는 케이크를 사 들고 추모관으로 향했다. 아이가 죽

은 날보다 생일날에 그리움이 간절해진 두 사람은 그렇게 스스로를 위로했다. 재희의 기일에는 각자의 공간에서 그날의 기억과 싸웠다. 아스팔트 위에 쓰러진 아이를 안던 그날의 통증이 불현듯 찾아왔다. 이상하게도 시간이 지나면서 선명해지는 것은 재희의 생일이었다. 올해는 뭘 할 거냐고 일주일 전부터 묻던 재희의 얼굴, 전날 밤 늦게까지 설레어서 잠들지 못하던 모습, 자고 일어나 머리맡에 놓인 선물 포장지를 뜯으며 환하게 웃던 얼굴. 재희의 생일날 미연과 지훈은 각자의 집에서 기억의 습격을 견뎠다. 먼저 전화를 걸어온 쪽은 지훈이었다. 아이가 죽은 지 두 해가 지난 재희의 생일 하루 전이었고, 아이의 생일날만이라도 아이가 잠든 곳으로 함께 가지 않겠느냐는 부탁이었다. 그때부터 매년 미연과 지훈은 헤어진 부부이나 여전한 부모로 케이크를 들고 추모관으로 향했다. 그곳을 다녀오면 한동안은 시린 날들이 이어졌지만 단 하루나마 그들이 엄마, 아빠였던 때로 돌아갈 수 있었다. 사진 속 아이의 웃는 얼굴을 보면 두 팔을 벌려 없는 아이를 껴안던 그 숱한 밤의 공허가 덜어졌다. 그렇게 한나절을 보내고 서울에 도착할 때면 이제 지훈과의 동행을 그만두어야 하는 것은 아닌가 생각했지만, 매번 이제 보지 말자는 말을 끝내 하지 못한 채 헤어졌다.

— 미연아.

미연은 자신을 부르는 전남편을 향해 뒤돌아서지 않았다. 뒤돌아보지 않아야 한다. 목소리가 쓸쓸해서, 저버릴 수 없다.

— 미연아.

지훈이 다시 한번 부른다. 뒤돌아서자 그가 한참을 뜸들이다 말했다.

— 오늘 같이 있을래?

다섯 걸음쯤 뒤에서 지훈이 말한다. 미연은 지훈에게 걸어가 그를 품에 안았다. 미연에게 지훈은 늘 그런 사람이었다. 자신이라는 불행을 만나지 않았더라면, 금요일 저녁마다 가족들과 식탁에 둘러앉아 보드게임을 하고 있을 사람. 미연은 지훈의 등을 쓸어내리고 그를 떼어낸다. 울 것 같은 눈동자를 바라보다 두 손으로 지훈의 뺨을 쓰다듬는다.

— 미안해, 지훈아.

미연은 아파트 지하 주차장에 그를 남겨두고 엘리베이터를 탔다. 지훈은 한동안 주차장을 떠나지 못했을 것이다. 그날 밤의 일, 재희의 죽음이 아니었다면 어떻게든 연을 이어갔을지 모른다. 그날 밤 자신의 잘못만 아니었다면 지훈은 세상에서 가장 잔인한 이별을 겪지 않았을 것이다. 엘리베이터를 타고서도 지훈의 울 것 같은 표정이 지워지지 않았다. 미연은 휴대폰을 꺼내 전원을 껐다. 혹시나 그에게 전화를 걸까 봐.

엘리베이터에서 내리면서 허공에 손을 휘이 저었다. 어둠 속에서 센서등을 밝히려 늘 하던 버릇이었다. 지니의 램프처럼 등이 환하게 켜질 때 환하게 웃던 재희의 얼굴을 잠시라도 어루만질 수 있다면. 환하게 등이 켜지고도 한참을 아무도 없는 복도에 홀로 서 있는 자신을 마주하면 그제야 비밀번호를 누르고 빈집에 들어가곤 했다.

오늘은 손을 휘저어도 등이 켜지지 않는다. 센서가 고장 났는지도 모르겠다. 미연이 두 번째 손을 휘저었을 때에야 등이 켜졌다. 낯선 청년이 현관 앞에서 자신을 바라보고 있었다. 미연은 순간 놀라 바닥에 주저앉았다. 남자는 놀란 미연에게 다가가지 못하고 뒷걸음질 쳤다.

— 잇츠 미. 두 유 리멤버 미?

미연은 주저앉은 채 고개를 가로젓는 남자를 바라보았다. 분명 3주일 전 아우슈비츠에서 만난 남자였다. 그날 처음 만나 병원에 가고 샌드위치를 먹은 게 전부다. 그가 자신의 집을 어떻게 찾아왔는지 알 수 없다. 미연은 집으로 들어가지 못하고 엘리베이터의 내려감 버튼을 눌렀다. 엘리베이터는 7층에서 꼼짝하지 않았다. 버튼을 계속해서 누르는 미연의 등 뒤에서 준은 미안한 얼굴로 말했다.

— 그런 거 아녜요. 스토커 같은 거.

미연은 다급한 마음에 버튼을 누르다 나중에는 엘리베이터 문을 두드렸다.

— 그 이름 알아요? 김은희, 나의 엄마.

미연은 문을 두드리는 손을 멈추고는 준을 찬찬히 바라본다.

— 김은희요. 당신에게서 듣고 싶은 얘기가 있어요.

— 그 얘기를 하기에는 이미 늦어버렸어.

— 8일이에요. 한국에 머물 수 있는 시간이. 나에겐 간절한 일이에요. 당신에게 부탁하러 여기까지 왔어요.

준은 거절할 수 없는 얼굴을 하고서 주머니에 손을 집어넣는다.

그가 주머니에서 꾸깃꾸깃 접힌 서류 하나를 꺼내는데 센서등이 갑자기 나가버렸다. 어쩔 줄 모르는 얼굴의 여자와 간절한 표정의 남자는 어둠에 휩싸인다. 그들은 서로의 얼굴을 볼 수 없다. 암전 속에서 미연은 준이 내미는 서류를 받아 든다. 끈적이는 초가을 밤이었고, 아파트 복도 창밖에서 귀뚜라미 소리가 들렸다. 은빛 보름달이 흔들리는 밤이었다.

3

달리는 기차 창밖으로 빗물이 사선을 긋는다. 유리창에 맺힌 물방울이 터져 흘러내릴 때 준은 손가락을 대고 따라 긋는다. 서울의 화려한 빌딩 숲과 달리 부산으로 향하는 기차 밖으로 조그맣고 낮은 집들과 작은 하천이 실타래처럼 흐른다. 기차 안은 습했고 드문드문 빈자리가 보였다. 한국에 온 지 나흘째 아침이었다. 준은 기차에 앉아 창밖을 바라본다. 부산으로 가는 창밖의 풍경은 한갓져 보였고 땅덩어리들은 여백이 많아서 폴란드와 조금은 비슷하게 보였다. 사흘 전 새벽 1시, 처음 인천공항에 도착해 서울로 오는 택시 안에서 바라본 풍경은 낯설기만 했다. 낮과 밤이 따로 없는 도시였다. 모텔방에 도착해선 작은 캐리어 하나를 던져놓고 새벽까지 거리를 쏘다녔다. 고향에서는 관광지 몇 곳을 빼면 대다수 상가가 오후 6시만 돼도 문을 닫았다. 서울처럼 밤의 인파가 낮만큼 북적이는 도시를 본 적이 없다. 북적이는 열기가 온기로 느껴지진 않았다. 새벽녘,

왁자지껄 떠들며 어깨동무를 하고 지나가는 사람들과 넥타이가 비뚤어진 양복 입은 남자들 앞으로 쓰레기 차량이 지나갔다. 해가 밝을 때까지 술 취한 사람들이 편의점을 드나들었다. 짧은 치마를 입은 여자가 술집에서 나와 편의점 앞에 쪼그리고 앉아 담배 한 대를 물었다. 비틀거리는 사람들의 뒷모습이 가로등 아래서 멀어져갔다. 환하게 슬픈 도시 같아, 준이 중얼거렸다.

부산역에 도착해서는 택시를 탔다. 영어를 알아듣지 못하는 택시 기사에게 준이 어설픈 한국어로 말했다. 한국에 온 지 사흘 만에 처음 뱉은 한국어였다.

— 현재의 집?

기사는 뒤돌아보면서 답답한 듯이 되물었다.

— 뭔 집이요?

준은 휴대폰으로 형제의집 주소를 검색해 그에게 보여줬고 택시 기사는 투덜거리며 택시를 몰았다. 택시 기사의 혼잣말을 잘 알아들을 수는 없었지만 불평을 털어놓고 있음은 분명해 보였다. 차는 극심한 경사로를 올라갔는데 신기한 것은 산비탈에 박힌 주택과 빌라들이었다. 비슷하게 생긴 연립주택이 빼곡히 들어선 오르막이 이어졌고 꼭대기에서 택시 기사는 차를 세웠다. 준이 택시에서 내려보게 된 풍경은 노숙인 시설이 아닌 대단지 아파트였다. 유아차를 끄는 여자들이 아파트 단지를 걸어다니고 있었다. 준은 아파트 단지를 돌면서 만나는 사람들에게 물었다.

— 형제…… 뭐요?

사람들은 생뚱맞은 질문을 하는 준에게 알아들을 수 없다는 표정을 지으며 지나쳐갔다. 약속 시간이 다되어가고 있었다. 준은 휴대폰을 꺼내 병호라는 사람에게 전화를 걸었다. 그를 아직 온전히 믿을 수는 없었지만, 적어도 미연이 어머니의 지인이라는 그의 얘기만큼은 사실이었다. 출국 전 당신을 만나러 간다는 내용과 함께 휴대폰 번호를 편지로 보내자 병호는 문자메시지를 한 통 보내왔다. 부산에 있는 형제의집 주소라고 했다. 하지만 이곳 어디에도 수용시설은 보이지 않았다. 병호는 전화를 받지 않았다. 어쩌면 이 모든 게 병호의 장난일지도 모른다. 그의 말에 속아 한국까지 온 것일지도. 한 시간쯤 기다렸을 때 한 남자가 등 뒤에서 준을 불렀다.

　　— 아 유 준? 캔 유 스피크 잉글리시?

　　난쟁이처럼 작은 키의 사내는 준을 올려다보며 손을 내밀었다. 동남아시아 스타일의 영어 발음이었는데 과거 준의 직장 동료 중에 말레이시아 사람이 있었던 터라 병호의 영어를 알아듣기는 어렵지 않았다. 병호는 지갑에서 명함 한 장을 꺼내 준에게 건넸다. 명함에는 형제의집 진상규명 대책위원회라고 적혀 있었다. 병호는 근처 커피숍에라도 들어가자는 말도 않고 본론부터 꺼냈다. 아파트 정문 앞에 노란색 승합차가 정차했고 유치원생 아이들이 한 무더기 내렸다.

　　— 와줘서 고마워. 갑작스러웠을 텐데. 올해 안에 형제의집 진상규명 특별법이 통과돼야 해. 아님 법이 폐기되거든. 내년이 총선이라 올해 통과 아니면 다 끝이야. 좀 급했어. 얼굴 한번 못 본 당신을

불러야 할 만큼. 아, 아니다. 어디서부터 설명해야 알아들을까?

병호는 아파트 벤치에 준을 앉히고는 다시 숨을 가다듬고 설명을 이어갔다. 그는 말의 끝을 맺지 않고 자연스럽게 다음 이야기로 넘어가서 중간에 끼어들거나 끊을 수 없었다.

— 그러니까, 굉장히 당황스러울 텐데. 여기가 원래 걸인 수용시설이었는데 지금은 재개발돼서 아파트촌이 됐어. 원장이 이 땅을 팔아치웠거든. 저번에 편지 보낸 대로 걸인을, 뭐 걸인 아닌 사람들까지 그냥 막 데려가서 수용했어. 그게 국가정책이었거든. 거지들 쓸어 담아서 건강하고 명랑한 사회 만들자, 뭐 그런. 어쨌든 숫자는 채워야 하니까. 당신 어머니가 걸인이었는지는 모르겠어. 아무튼 거기서 513명이 사망했는데, 사망 원인도 조작된 게 많고 뭐 그러니까 의문사라고 할 수가 있는데 아무것도 진상규명이 된 게 없어. 그나마 당신 어머니 사건은 원장이 구속될 때……. 아, 어디서부터 설명하면 좋지? 그러니까 그 원장이 외환관리법 위반 뭐 그런 시답잖은 법률 위반으로 구속이 됐거든. 87년에. 근데 그때는 검찰 윗선에서 방해가 심해서 검사가 제대로 수사를 못 했어. 그때 그 검찰 기록에 당신 어머니 사망 사건만은 수사하다 만 기록이 있어서, 그게 폭행치사인 건 알 수 있었어. 폭행치사인데 신부전증으로 조작된 살인 사건이었지. 그 기록에 이미연이란 이름이 있어서 추적을 한 거지. 이미연 씨가 당신 어머니 사건에 증언을 했더군. 그러니까, 당신을 부른 이유가 뭐냐면…….

단어와 단어, 어절과 어절 사이, 그 어디에서도 그는 쉼이 없었다.

28

쫓기는 사람처럼. 스스로 달리기를 멈출 수 없어서 영원히 헉헉거려야 하는 마라토너 같았다. 준은 손에 들고 있던 생수병을 건넸다. 병호는 생수병을 못 본 건지 계속 말을 이어갔다. 그의 언어에는 묘한 규칙이 있었는데 모든 말을 '그러니까'로 연결하는 거였다. 마치 모든 일에 인과관계가 있는 것처럼. 우연이나 기적은 없는 것처럼.

 — 그러니까, 당신이 왜 필요하냐면 새로운 거. 그러니까, 뉴스. 딱 그런 게 필요해, 지금. 이게 하도 오래된 사건이다 보니까 여론이 좀 식었어. 내 말 무슨 말인지 알겠지?

 병호는 청바지 주머니에서 담뱃갑을 꺼내더니 한 개비 물었다. 라이터를 꺼내 담배에 불을 붙이려 하는데 바람이 심하게 부는 데다 불이 약해서 잘 붙지 않았다. 준에게도 라이터가 있었지만 주머니에 손을 넣었다가 뺐을 뿐 건네지 않았다. 바람이 멈추고 병호가 겨우 담배에 불을 붙이더니 한 모금 깊이 들이마셨다.

 — 여론을 다시 일으켜야 하거든. 이 불처럼 활활 다시 타오르게. 그러려면 재료가 필요한데 맨날 똑같은 피해자들 이야기야 이미 몇 번 언론에 나왔고. 당신 어머니처럼 사인이 조작된 사망은 검찰에서도 한번 조사를 하긴 했는데 덮어버렸어. 이유는 모르겠지만. 이런 게 뉴 팩트지. 이런 게 기삿거리라고. 그래서 당신에게 연락했어. 당신처럼 해외에 입양 간 사람들의 이야기도 새롭고, 이미연 씨처럼 시설에서 나와서 버젓이 좋은 직업 갖고 있는 사람이 없으니 그런 사람들 이야기가 소개되면 보통 사람들, 그래, 이런 표현 괜찮네. 그러니까, 이게 너무 노숙인들 뉴스로 소비되니까 사람들이 흥

29

미가 없잖아. 이미연 씨처럼 꽤 괜찮은 직업의 보통 사람들도 거기 시설에 끌려갔다는 이야기, 누군가의 죽음을 목격하고 목격자 진술도 했는데 최종적으로는 증언이 되지 못한 사연. 그런 이야기가 우리는 필요해. 지금 법안이 무산되면 모든 걸 다시 시작해야 하거든. 내년 4월 총선이면 국회의원들이 바뀔 거고 그럼, 이제껏 쌓아온 싸움이며, 이전에 발의된 법안들도 전부 다 폐기되고 원점으로 돌아가는 거지. 우리에겐 시간이 얼마 남지 않았어. 그 전에 급히 움직여야 해.

이야기를 들으면서도 준은 정작 병호가 어떤 사람인지, 그가 왜 이런 일을 하는지, 자신을 어떻게 알게 됐는지 알지 못했다. 낯선 나라에 온 지 나흘째, 그는 난생처음 병호를 만나 얼굴 한번 본 적 없는 친모의 폭행치사 사건을 듣고 있었다. 병호가 담뱃불을 구둣발로 끄는 동안 겨우 말할 틈을 얻을 수 있었다.

— 후 아 유?

준이 병호에게 처음 던진 질문이었다. 지구 반대편에 사는 자신에게 편지를 보내 미연의 스케줄을 알려주고, 이곳까지 오도록 했으며, 친모가 걸인 시설에 수용됐다 폭행으로 사망했다는 사실을 알려준 사람. 자신이 강간으로 낳은 아들이라는, 끝까지 몰랐어야 할 비밀을 건네준 남자. 병호가 편지를 보내지 않았다면, 매일 같은 시간에 퇴근해 단골 펍에서 맥주를 마시고는 집에 돌아왔을 것이다. 일주일에 한 번 양부모님 집을 방문해 저녁 식사를 하고 주말에는 미사에 참석했을 것이다. 폴란드는 길러준 어머니와 아버지가 있는 곳이었다. 자신이 누구인지, 자신의 시작을 어떻게 받아들여야 할지 앞이 보이지 않았다. 어떻게든 받아들이고 싶어서 시작한 여정이었다. 병호의 편지를 받은 순간부터 그는 거울 속의 자신이 낯설게 느껴졌다. 거울 속의 얼굴에는 한 여자가 강간으로 임신한 밤과 그녀가 맞아 죽은 낮이 흘렀다. 담뱃불을 발로 비벼 끄다 말고 병호가 준을 빤히 바라본다.

— 후 아 유?

병호가 난감한 표정을 짓는다. 자신을 뭐라고 설명해야 할까. 형제의집을 나와 평생 미치광이로 살다가 교통사고로 황천길을 떠난 한 남자의 자식이라고 말해야 할까. 그곳에서 원장의 하수인 노릇을 한 아버지가 수치스러운 아들이라고 해야 할까. 형제의집 진상 규명 특별법 통과를 위해 회사도 때려치우고 의원실이며 국가인권위원회를 다니는 입법 낭인이라고 설명해야 할까.

— 그러니까, 나는…….

병호가 주머니에서 담배를 꺼내 다시 불을 붙이려는데 바람 때문에 몇 번이나 꺼지기만 했다. 손가락 사이에서 담배가 떨어졌다. 담배를 주워 먼지를 털다가 괜스레 기분이 상한 병호는 담배를 다시 바닥에 팽개쳐버렸다.

— 오늘은 우리가 처음 만났잖아. 형제의집 자식들끼리. 차츰 알아갈 시간이 있으면 설명하고, 무엇보다 나에겐 자네가 필요해. 이 법안이 통과되지 않으면 모든 것이 다시 원점으로 돌아갈 테니까. 우린 이 법안을 통과시켜서 진실을 찾아야지. 자네도 어머니 명예

를 회복하고. 그런데 재밌는 질문을 하는 친구네? 잘 곳은 구해놓은 거야?

자신이 필요하다는 말이 준의 귓전을 울렸다. 자신을 피하려는 미연과 자신이 필요하다는 병호, 그리고 미연의 기억이 필요한 자신. 그들은 28년이 지나서도 여전히 형제의집 사건이 세상에 알려진 1987년을 서성이고 있었다. 고개를 끄덕이는 준을 향해 병호는 새로운 제안을 꺼냈다.

— 그러니까 내 말은, 증언을 한번 하는 게 어때? 내일 국회에서 증언대회가 열려. 뭐 나도 알아. 갑작스럽다는 거. 근데 네가 말하면 누군가 한 명은 귀담아들을 것 같아서.

준은 금방 답하지 못한다. 목격자도 아닌 자신이 어떤 증언을 한단 말인가. 친모의 검안서, 폭행치사와 관련된 검찰 수사 기록, 입소 기록. 지금 자신이 아는 것은 병호가 보내준 서류가 전부였다. 이 서류를 받은 게 한 달이 채 되지 않았다. 해야 할 말보다 들어야 할 말이 더 많은데. 무슨 증언을 하라는 건지 이해되지 않았다.

— 꼭 하라는 건 아냐. 이 법이 통과되지 않으면 당신 어머니 죽음도 재조사되지 않을 거야. 폭행치사인데 신부전증에 의한 사망으로 둔갑했잖아. 진실을 밝혀야 하지 않을까?

— 가해자는요?

— 김무열은 죽었어. 네 엄마 김은희가 죽은 지 한 달 뒤에. 원장 새끼가 꽂아놓은 소대장 역할을 하던 사람인데, 원장이 87년에 구속되고 수사를 받으면서 시설이 완전 아수라장이 됐지. 시설관리도

엉망이 됐고, 사람들도 시설에서 도망갔어. 갇혀 있던 사람들의 증오가 어떻게 됐겠어? 한 번에 터진 거지. 원장도 없고, 시설도 무너지고. 예전에 김무열이한테 당했던 수용자들이 한밤중에 화장실에 데려가서 때려 죽였나 봐. 다들 악만 남아서는 서로 죽고 죽이고 난리가 아니었던 거지.

엄마가 맞아 죽은 밤은 어떤 날이었을까. 엄마를 때려 죽인 김무열이란 자의 끝은 어떠했을까. 불과 28년 전까지만 해도 평범한 아파트 단지 대신 죽음의 시설이 버젓이 운영됐다는 게 준으로서는 이해하기 어려웠다. 구글 번역기를 돌려 한국 정부가 당시 노숙인 소탕을 목적으로 길거리를 배회하는 자들을 대대적으로 잡아들였고 경찰 공무원들이 소탕에 동원됐다는 신문 기사를 찾아 읽으면서도 머리가 멍했다. 복지시설이란 이름으로 노숙인 시설이 운영됐기에 국가는 적은 비용으로 복지정책을 홍보할 수 있었다.

병호와 헤어진 뒤 준은 그날 기차를 타고 서울로 돌아왔다. 증언대에 서겠다고 확답은 할 수 없었다. 그가 왜 이렇게 조급해하는지 이해가 갔지만, 자신이 누구인지, 자신의 시작을 받아들이는 게 준에게는 우선이었다. 서울역에 도착하자마자 준은 택시를 타고 미연의 집으로 향했다.

이틀 전 처음 미연의 집을 방문했을 때 두 사람은 긴 대화를 나눌 수 없었다. 미연은 왠지 겁에 질렸고, 도망치고 싶어 했다. 두 사람은 집 앞 커피숍에서 짧은 대화를 나누었지만 평행선만 달릴 뿐이었다. 준은 기억하고 싶지 않다는 미연에게 어머니의 죽음에 대해 묻는 게 그녀를 이용하는 것처럼 느껴졌다. 과거를 잊고서 자신의 삶을 살고 싶어 하는 그녀에게 질문 공세를 펼치는 게 폭력처럼 느껴지기도 했다. 미연은 내내 어쩔 줄 모르는 얼굴로 앉아 있었다. 준이 먼저 이 자리를 끝내야 그녀가 마음 편히 집으로 돌아갈 수 있을 것 같았다.

— 고맙다는 말은 하고 싶었어요. 무슨 말을 해야 할지 아직도 잘은 모르겠는데, 고맙다는 말만은 꼭 하고 싶었어요. 엄마가 돌아가시기 직전에 당신이 엄마 가슴에 안티프라민 발라준 거, 검찰 목격자 조서에서 봤어요.

미연의 얼굴은 금방이라도 울 것 같았다. 울음을 참는 얼굴을 보지 않는 게 최소한의 배려 같아서 준은 미연을 두고 커피숍을 나왔었다.

다시 미연의 집 문 앞에 선 준은 호흡을 가다듬는다. 이제 남은 시간은 8일뿐이었다. 자신에게서 달아나려는 미연에게 준은 가야만 했다. 벨을 눌러도 대답이 없었다. 몇 차례 더 누르자 미연이 나왔다. 밥을 먹다 나왔는지 음식 냄새가 풍겼다. 동양 음식에서 나는 강한 향신료 냄새였다. 마늘이나 파, 고춧가루의 조합에서 나는 냄새. 미연은 이제 준의 얼굴을 보고도 놀라지 않았다. 체념한 듯 보이는 얼굴이었다. 준은 손에 들고 있던 묵주 팔찌를 내밀었다.

— 당신이 떨어뜨린 팔찌요.

늘 차고 있던 팔찌인데 어디서 잃어버린 건지 기억이 나지 않던 참이었다. 준이 어떻게 이걸 손에 쥐었을까. 미연은 팔찌를 받아 들고서 문을 닫았다. 당신이 왜 이걸 가지고 있냐고 물어야겠지만, 일이 복잡해질 것 같았다. 문밖에서 준의 목소리가 들렸다.

— 안 들어도 상관없어요. 믿지 못한대도 이상하게 생각하지 않을게요. 당신이 꿈속에서 걸어요. 걷고 움직이고 말해요. 어젯밤 베란다 창문을 열고 팔찌를 떨어뜨렸어요. 기억하지 못하겠지만. 기억 같은 거 묻지 않을게요. 기억하고 싶지 않다는 당신에게 무리한 부탁을 했어요. 고맙다는 말로 부담 준 거, 미안해요.

미연은 식탁으로 돌아와 남은 밥을 물에 말아 먹으려고 그릇에 물을 부었다. 이렇게라도 까끌거리는 입에 밥을 밀어 넣어야 할 것 같았다. 기억하고 싶지 않은 것들을 밀어버리듯이 꾸역꾸역 넣다가 숟가락을 놓고 만다. 현관으로 돌아가 문을 열자 준이 복도 벽에 기댄 채로 쭈그리고 앉아 얼굴을 숙이고 있다.

— 밥 먹었어요?

— 아니요, 아직.

미연은 현관문을 열어둔 채 거실을 지나 부엌으로 들어갔다. 한참을 망설이다 그녀를 따라 안으로 들어간 준은 거실까지 신고 온 신발을 내려다본다. 현관으로 돌아가 신발을 벗는다. 가구라고는 소파와 벤저민 화분이 전부인 거실 옆으로 부엌이 이어진다. 전기밥솥에서 밥을 푸는 미연의 뒷모습이 보였다. 먹다 만 밥과 반찬 몇 개가 놓인 식탁에 앉는다. 미연이 밥 한 그릇을 준의 앞에 내민다. 둘은 별다른 말도 없이, 함께 밥을 먹는다. 미연은 계란프라이가 담긴 접시를 준 앞으로 밀고는 냉장고에서 물병을 꺼낸다. 준은 등 뒤에서 물컵을 내미는 손길을 느꼈다. 폴란드의 양어머니는 늘 친절하고 빈틈이 별로 없었다. 식사 시간에 부엌으로 내려가면 식탁에는 물컵이 놓여 있었다. 자신의 등 뒤에서 물컵을 내미는 미연의 숨결이 느껴졌다. 친모인 은희가 살아 있었다면 이렇게 물을 주지 않을까, 그런 생각이 들었다. 두 사람은 한마디 말 없이 밥그릇을 비웠다. 단어를 씹듯이 한 숟가락, 또 한 숟가락을 입에 넣어 천천히 삼켰다. 밥공기가 바닥을 드러낼 때까지 결국 둘은 아무 말도 하지 못했다. 그 무수한 밤과 낮을, 간결한 단어로, 너무 무겁지도 가볍지도 않게, 상대에게 상처가 되지 않게, 적정한 선에서 얘기를 꺼내는 게 어려웠다. 먼저 입을 연 쪽은 미연이었다.

— 말해봐요. 날 다시 찾아온 이유요.

— 어떤 얘기부터 꺼내야 할까요? 당신에게 강요가 될 것 같아요.

— 그쪽이 원하는 것부터 솔직하게. 돌려 말하지 않아도 돼요.

— 어제 여기에 왔었어요. 집에 들어오진 못하고 아파트 밖에서 꼭대기 층을 올려다봤는데 당신이 창문을 열고 고개를 내밀었어요. 그때까지는 괜찮아 보였는데 머리카락을 아래로 늘어뜨리고는 베란다 밖으로 손을 휘저었어요. 위험하다고 아무리 소리쳐도, 듣지 못하는 것처럼 보였어요. 허리를 너무 깊이 숙여서 당장이라도 떨어질 것 같았어요. 급하게 엘리베이터를 타고 올라가서 문을 두드렸는데 멍한 얼굴로 열어줬어요. 당신은 꿈을 꾸고 있었어요. 문을 열어주고는 다시 베란다 쪽으로 걸어가길래 붙잡으려 했는데 말을 듣지 않아서 실랑이를 벌였어요. 한참 동안. 당신을 업어서 침대에

눕혔어요. 당신이 잠들고 한참 뒤에 집을 나섰고 혹시 몰라 불 꺼진 베란다 창을 보며 서성이다가 아파트 화단에 떨어진 팔찌를 주운 거예요.

미연은 부인하지 않았다. 어렴풋하게 자신에게 일어날 수 있는 일이라고 짐작은 하고 있었다. 아침에 일어나면 전날 닫아놓았던 거실 창문이 열려 있던 적도, 깨끗이 치워놓은 개수대에 그릇이 쌓여 있던 때도 있었다. 다녀갈 손님 하나 없는 집이었다. 어쩌면 자신이 창문을 열거나 그릇을 쌓아놓았을지 모른다는 불안한 상상을 했지만 그때마다 애써 대수롭지 않게 여기려 했다.

— 다시 날 만나러 온 이유가 뭐예요?

— 팔찌를 돌려주려고요. 위험해 보여서 얘기해야 할 것 같았어요.

— 병원에 가보란 얘기군요. 알았어요. 이해했어요. 이제 한국에서 뭘 할 거예요?

— 내가 할 수 있는 일을 해보려고요. 어떻게 말을 꺼내야 할지 모르겠는데, 이미 알고 있어요. 엄마가 나를 어떻게 낳은 건지.

그 말을 끝으로 준과 미연 사이에 침묵이 이어졌다. 강간이라는 단어만 빠졌을 뿐이다. 강간이라는 단어에서 멀찍이 떨어져 앉은 두 사람은 그 말을 입에 올리지 않는다. 준은 미연의 대답을 듣기 전에 자리에서 일어났다. 기억하지 않는 삶이 더 낫다면, 그녀에게 기억을 강요하지 않으리라 생각했다.

준이 떠난 식탁에 앉아 미연은 눈을 감았다. 은희가 떠나던 날의 기억은 28년이 지나서도 빛이 바래지 않았다. 모든 것이 부식되고 사라지고 변하는데 그날만은 지워지지 않았다. 매년 새해 소망은 희미해졌으며 변치 않을 것 같던 약속들은 바람에 흩날렸다. 해가 바뀌면 새 달력이 벽에 걸렸으나 그날의 기억만은 그대로였다. 미연은 한 숟가락 남은 밥을 입에 넣었다. 밥그릇이 텅 비었는데 지나간 것들이 자꾸만 달려와 머릿속을 채웠다.

4

그들은 언제나 국회 앞에 서 있었다. 소리쳐도 들어줄 이 없는 사람들은 스스로에게 형벌을 내렸다. 삭발을 하고, 곡기를 끊고, 마이크를 들고 아무도 듣지 않는 거리에서 소리를 질렀다. 그곳은 서러운 사람들의 목소리가 모이는 광장이었다. 관광객들이 길게 줄을 서고 헬륨 가스 가득한 풍선이 상공을 날아가던 헝가리 부다페스트의 국회가 아니었다.

분노한 사람들 사이로 준이 걸어 들어갔다. 시위대가 마이크를 들고 핏대를 세우며 구호를 외치는데 준은 알아들을 수 없었다. 마이크를 든 얼굴에서는 성난 땀방울이 흘러내렸다. 시위대의 호소가 끝날 즈음 병호가 형제의집 피해 생존자 열댓 명과 함께 나타났다. 그들은 제단 앞에서 의식을 치르고 있었다. 승합차에서 의자를 꺼내 행과 열을 맞추었으며, 가운을 입은 사람들이 플라스틱 의자에 앉았다. 흰 가운에는 한국어로 무언가 쓰여 있었는데 마지막 문장에 느낌표가 적힌 것으로 보아 무얼 촉구하는 것 같았다.

흰 가운 위로 머리를 내민 그들에게 바리캉을 든 사내가 다가갔고, 사내가 머리에 바리캉을 갖다 대자 검은 머리카락이 아스팔트 위로 떨어졌다. 머리를 깎인 남자들은 눈물을 참으려 눈을 치켜떴다. 떨리는 입술을 감추려 이를 악물었다. 그날따라 햇살이 반짝여서 민머리가 기름을 바른 듯이 반질거렸다. 머리카락이 한 줌씩 떨어질 때마다 병호는 장갑을 낀 손으로 흰 박스에 담았다. 민머리가 된 남자 한 명이 마이크를 부여잡고 호소하는데 마이크를 쥔 손이 자꾸 바들거렸다. 말들은 쇳소리를 내며 조각조각 찢겨나갔다. 언어가 아닌 목소리로, 울 것 같은 얼굴로, 부들거리는 어깨로 준은 그들의 이야기를 짐작할 뿐이었다. 마이크를 쥔 남자는 몇 마디 말을 하고는 울부짖기 시작했다. 1987년 그때의 아이처럼. 말들은 바람에 날렸고 사람들은 바닥에 떨어진 울음을 밟고 지나갔다. 밟힌 울음은 소리를 내지 못했다.

병호는 남자에게서 마이크를 건네받아 준에게 내밀었다. 얼떨결에 마이크를 받은 준에게 병호가 속삭였다.

— 뭐든 괜찮아. 뭘 얘기해도 새로울 거야. 뻔하지 않을 거라고. 괜찮아.

준이 머뭇거리는 사이 병호는 발걸음을 재촉하는 행인들을 불러 모으려 목소리를 높였다.

— 해외에서 온 피해자입니다. 어머니는 시설에서 이분을 낳았고

곧바로 미국에 입양됐어요. 그후, 준의 양부모님이 폴란드로 귀향했고, 지금은 폴란드 국적입니다. 이제껏 이런 증언자는 없었습니다. 해외 입양자의 이야기를 들어보려는데요. 준, 이곳까지 오게 된 이야기를 해줄 수 있어요?

앳된 얼굴의 기자들이 준의 주위로 몰려들었다. 정식 기자가 되기 전 경찰서나 시민 단체, 국회 같은 현장에서 취재하며 트레이닝을 받는 수습기자들이었다. 수첩을 꺼내 메모할 준비를 하자 준은 뭐라도 토해내야 할 것만 같았다. 더 많은 기자들이 몰려들면서 플래시가 터졌다.

마이크를 쥔 손이 떨려왔다. 수습기자들의 어깨 사이로 저 멀리 아는 얼굴 하나가 보였다. 미연이었다. 어깨와 어깨 사이로 보이는 미연의 눈동자는 어딘가 모르게 준을 안심시키는 데가 있었다. 마음 가는 대로 해. 미연의 눈동자가 말했다. 원하지 않으면 하지 마. 지나가던 이들의 발걸음이 멈추었다. 사람들의 어깨 사이로 미연의 얼굴이 보이다 사라졌다.

— 마이 마더 이즈 데드.

준은 가까스로 첫마디를 꺼냈다. 엄마라고 불러본 적 없는 여자, 열여덟 살의 은희는 이미 죽었다. 그 한마디를 뱉고 나서 엄마가 누구인지 말해야 하는데 그녀의 죽음이나 살아온 시간에 대해 아는 게 없었다. 그 물음에 대한 답변을 얻기 위해 한국까지 비행기를 타고 왔다. 한국에 도착하고 며칠이 지나도록 준이 알아낸 진실은 없었고, 마이크 앞에 펼쳐진 공백은 아무것도 알지 못하는 자신을 마주하게 할 뿐이었다. 바람 빠진 풍선처럼 목소리에 힘이 들어가지 않았다.

— 마이 마더 이즈 데드.

기자들은 펜을 든 채 준의 눈동자를 초조하게 바라보고 있었다. 머릿속에서 시계 초침 소리가 들려오는 것 같았다. 기자들 사이에서 수근거리는 소리가 들리자 병호가 준의 마이크를 뺏었다. 하나둘씩 기자들이 자리를 뜨기 시작했다. 관심은 금세 시들해졌다. 사라지는 어깨들 사이로 미연의 얼굴이 보이자 병호는 상기된 얼굴로 미연을 가리켰다.

— 준 씨의 어머니는 부산 형제의집에서 아기를 낳은 뒤 현재의 울산, 당시 울주군에서 노동을 했습니다. 복지 단체의 영리활동을 위해 운전 교습소를 짓는 공사장이었습니다. 혹독한 강제 노동이었고, 감시 속에서 갇혀 지냈습니다. 그곳에서 탈출을 시도한 준의 어머니는 원장 아래 계급인 소대장에게 두드려 맞아 숨졌습니다. 당시 이 상황을 목격한 분이 지금 여기 와 계십니다. 현재는 한국외고 교사로 근무하고 계십니다.

자신을 향해 돌아선 기자들의 시선에 미연은 당혹스러운 얼굴을 감추지 못했다. 때마침 깃발을 든 여성 노동자들이 지나갔고 미연은 그 속에 파묻혔다. 준은 사람들에게 파묻혀 사라지는 미연을 뒤쫓았다. 인근 주차장으로 걸어가는 미연을 따라갔다. 뒤에서 병호가 불러도 뒤돌아보지 않았다. 차 문을 열려는 그녀의 등 뒤에서 준이 소리쳤다.

― 미안해요. 정말 미안해요.

미연이 뒤돌아보자 준은 다시 한번 미안하다고 말했다. 모든 것이 자신이 한국에 오면서 벌어진 불행이었다.

미연은 알 수 없는 웃음을 보였고 차 문을 닫고는 액셀을 밟으며 사라졌다. 준은 사라져가는 차를 쫓아 뛰다가 그만뒀다. 열지 말아야 할 상자를 열어버린 것처럼 모든 게 꼬여만 가는 것 같았다. 병호에게서 전화가 왔으나 준은 받지 않았다.

터벅터벅 걸어가는 그의 앞에 미연의 차가 멈춰 섰다. 미연은 차창을 내리고 준을 올려다봤다. 준은 그녀의 얼굴을 살폈다. 흙빛일 줄 알았는데 그렇지는 않았다. 준은 차에 탔고 두 사람은 서울 시내를 달렸다.

― 어디예요? 묵고 있는 숙소요.

여의도를 빠져나가서도 계속 가다 서다를 반복해야 할 만큼 정체가 심각했다. 미연의 휴대폰이 울렸다. 미연은 전화를 받지 않으려다 발신인을 확인하고는 마지못해 받았다. 미연은 '네, 네'라는 말 외에는 긴 대답을 하지 않았다. 전화를 끊은 얼굴이 어두워 보였다.

이태원의 모텔에 가까이 왔을 때 준은 고맙다는 말을 꺼내려고 했다. 이제 그녀에게 아무것도 묻지 않겠다고도 생각했다. 죽어가는 엄마 가슴에 안티프라민을 발라준 것만으로도 고마운 사람이니까. 그런 사람에게 민폐를 끼치느니 일정을 당겨 폴란드로 돌아가는 편이 나았다. 차에서 내리려는 준에게 미연이 말했다.

― 은희 무덤에 갈래? 지금. 나랑 같이.

5

그들이 정신요양원에 도착한 것은 새벽 5시가 지나서였다. 은희가 숨진 울산의 운전면허 교습소 공사장에 진입했을 무렵 미연에게 전화 한 통이 걸려 왔다. 미연은 지역번호를 확인하더니 한밤인데도 전화를 받았다. 전화를 끊자마자 심각한 얼굴로 방향을 틀어 다시 고속도로로 들어섰다. 톨게이트를 빠져나가서야 정신이 들었는지 아는 동생이 병원에서 사라졌다고 준에게 말했다. 정신요양원이 있는 제천까지 미연은 거의 밤을 새워 차를 몰았다. 정신요양원에 도착해서도 엘리베이터가 아닌 계단으로 병실이 있는 4층까지 뛰어올라갔다. 병실 문을 열자 한 환자가 뒤돌아 누워 있었다. 환자는 미연이 들어가 옆에 설 때까지도 미동이 없었다.

— 어디 갔었어?

— 산책.

한밤중 정신요양원을 빠져나가 대형 쇼핑몰에 다녀온 은수에게 미연은 화가 난 목소리로 묻는다. 준은 두 사람의 심상찮은 분위기에 미연에게 나가도 되는지 손짓으로 묻고는 소리 나지 않게 문을 열고 나간다. 은수는 사복을 벗어 사물함에 넣고 새 환자복을 꺼낸다. 거울 앞에서 환자복을 몸에 대보고는 오른쪽 왼쪽으로 고개를 돌린다. 이마에 난 뾰루지가 신경 쓰이는지 거울 앞에서 얼굴을 찌푸린다.

— 산책 어디?

미연의 질문에 은수는 대답하지 않는다. 하늘색 환자복을 입고 푸른색 카디건을 꺼내 몸에 대본다. 그게 마음에 차지 않았는지 흰색 카디건을 다시 꺼냈다.

— 지금 어디 갔었냐고 묻잖아.

은수는 거울을 등지고 휙 뒤돌아서 미연을 쏘아본다. 미연은 2년 전 봄, 정신병원과 요양원을 전전하는 은수를 찾아냈었다. 딸이 죽은 뒤 학교와 집만 오가던 시절이었다. 집으로 가는 버스는 여의도 윤중로 벚꽃축제 때문에 가다 서다를 반복했다. 벚꽃 잎이 떨어지는 국회 정문 앞을 지나는데 피켓을 머리 위로 든 남자가 눈에 띄었다. '형제의집 피해자를 찾습니다'라고 적힌 피켓이었다. 앞뒤로 꽉 막힌 버스 안에서 미연은 하차 벨을 반복해서 눌렀다. 기사는 정류장이 아니라며 짜증을 내면서도 문을 열어주었다. 미연은 피켓을 향해 뛰어갔다. 피켓을 오랫동안 바라보는 미연에게 남자는 형제의집 피해자인지 물었고 고개를 가로젓는 그녀에게 명함 한 장을 건넸다. 명함에는 활동가 문병호와 형제의집 진상규명 특별법을 대표

발의한 국회의원 이름이 적혀 있었다. 집으로 돌아와 의원실에 전화를 걸었다. 1983년 당시 열 살, 김은수라는 피해자를 찾고 있다고 말했다. 2주일 뒤 의원실 보좌관은 미연에게 연락해 은수의 주소를 알려줬다. 대구의 한 정신병원이었다. 미연은 안개꽃 한 다발을 안고 병원으로 찾아갔다. 형제의집으로 잡혀가던 날 냉동 탑차에서 만났던 어린 은수의 눈가엔 어느덧 주름이 자글자글했다. 기억 속에서 늘 보던 어린아이의 얼굴에 주름과 흰머리만 자란 모습이었다.

목욕 바구니를 들고 거리를 걷던 열세 살의 미연은 그날 냉동 탑차에 강제로 태워졌고 그곳에서 은희와 은수를 처음 만났다. 다시 만난 날부터 미연은 줄곧 은수를 보러 왔지만 은수의 마음이 어디로 향하고 있는지는 알 수 없었다. 은수의 많은 날들은 1987년에 머물러 있었다. 정신병원에서 정신요양원으로 옮긴 이후 허술한 경비망을 뚫고 자주 사라졌으며 그럴 때마다 미연은 서울에서 제천으로 달려왔다. 오늘도 그런 무수한 날들 중의 하루였다.

걱정스러운 얼굴로 앉아 있는 미연을 보고도 은수는 어디로 갔었는지 설명하지 않는다. 도리어 미연에게 묻는다.

— 오늘 왜 왔어?

— 네가 사라졌잖아.

은수는 슬리퍼를 신은 채 발뒤꿈치를 들고 병실 문 앞으로 걸어갔다. 복도 밖을 살피더니 조용히 문을 닫고 사물함 맨 아래 서랍을 열어 양말 속에 숨겨둔 담배와 라이터를 꺼낸다. 다리를 꼰 채 침대에 걸터앉아 담배를 물고는 불을 붙이려다 말고 미연에게 말한다.

― 이제 누나 인생 살아. 시궁창에 발 담그지 말고. 우리 이제 안 봤으면 좋겠다. 이런 꼴 보여주고 싶지도 않고.

은수는 등 뒤로 손을 집어넣고는 브래지어 호크를 풀어 환자복 밖으로 끄집어낸다. 침대 이불 밑으로 브래지어를 숨기고는 자리에 눕는다. 이불을 머리끝까지 끌어 올린다. 미연이 이불을 들추려는데 은수가 안간힘을 쓰며 버틴다.

― 내리지 마.

― 왜 그러는 거야? 맨날 애처럼.

― 널 보는 게 힘들어. 나는 자주 길을 잃잖아. 환청도 듣고. 제정신 붙들고 있는 널 보면 기분이 구려져.

미연은 끌어 내리려던 이불을 놓는다. 두 사람은 만났다 하면 다시는 안 볼 사람들처럼 언성을 높이기 일쑤였고 그러다 다시 만나기를 반복했다.

― 내가 싫은 거야, 아님 날 보는 게 싫은 거야?

은수의 침대 아래 놓인 쓰레기통이 꽉 차 있다. 미연은 쓰레기통을 비우려다 단발머리 가발을 발견한다. 쓰레기통에서 가발을 꺼내 은수의 이불 위에 올려둔다.

― 쓰고 싶음 써. 뭐 어때. 돈 아깝게 왜 버려.

미연은 틈만 나면 은수를 찾아왔다. 딸을 잃고서 돌보아야 할 누군가를 찾은 것 같았고 그제야 삶을 지탱할 끈을 잡은 것 같았다. 은수는 몇 개의 병원을 전전하다가 이 요양원에서 안정을 찾았다. 의료진도 친절하고 시설도 좋았지만 가끔 말도 없이 사라졌다 돌아오는 병이 도졌다.

은수에게 목소리 친구가 다시 찾아온 것은 형제의집을 나오고 10년이 지나서였다. 1987년 2월, 은수는 세상에 돌아왔다. 예전에 살던 집으로 찾아갔지만 다른 가족이 살고 있었다. 은희 누나는 이미 죽은 뒤였다. 아버지는 아이들이 행방불명되자 술만 퍼마시다가 어느 날부터인가 동네에서 자취를 감췄다고 했다. 사흘을 걸어 막내 이모 집을 찾아갔지만 돈 만 원을 쥐여주고는 문을 닫았다. 다른 이모들 또한 키울 형편이 되지 않으니 고아원에 데려다주겠다고 했다. 먹고살려고 나이트클럽 삐끼를 시작했지만 미성년자라는 이유로 월급을 주지 않았다. 공사판으로 들어가 일을 하다가 허리를 다쳐 장애 판정을 받았다. 형제의집을 나온 지 10년 만이었다. 일을 나가지 못하게 되자 형제의집에서 만났던 목소리 친구가 다시 찾아왔다.

목소리 친구만이 그의 외로움을 달래주었다. 환청인 줄 알지만 그에겐 유일한 친구였으므로 세상에서 나누지 못한 대화를 나눴다. 여자 목소리가 은수를 따라다닌다. 목소리는 밤과 낮, 현실과 꿈을 넘나들었다. 은수의 귀에 걸터앉아 속삭였다. 말들은 맥락이 없고 다정하고 친절했으며 때로 조롱하고 분노했다. 목소리는 은수에게 하나밖에 없는 가족이자 친구였으며 은수 자신이었다. 약을 먹으면 목소리 친구가 달아났다. 이 세계에는 친구가 없었으므로 친구를 만나려 약을 끊기를 반복했다.

어젯밤에는 당직 간호사가 자리를 비운 사이 또다시 병원을 나서 사방이 유리로 된 대형 쇼핑몰로 향했다. 가로등 밑으로 은수를 쫓는 그림자가 길게 따라 걸었다. 단발머리에 하이힐을 신은 그림자다. 영업시간이 끝나서도 한밤의 대형 쇼핑몰 쇼윈도에는 24시간 내내 조명이 밝다. 플라워 프린트 치마에 하얀색 셔츠를 입은 마네킹이 허리에 손을 얹고 고개를 사선으로 돌린다. 의자에 앉아 다리를 꼬거나 눈을 치켜뜬 작은 얼굴들이 은수에게 말을 건넨다. 허리춤에 손을 올린 도도한 여자들을 보고 있으면 목소리 친구가 찾아오고 마네킹들이 입을 열어 말을 하기 시작한다. 자정이 지난 대형 쇼핑몰의 쇼윈도에서는 청각으로만 느끼던 목소리 친구가 사람의 얼굴로 다가와 말을 건넸다. 은수의 이야기를 들어줬다.

기억은 한번 베어 문 영혼을 놓지 않았다. 형제의집을 나온 지 몇 년이 지나 여자와 몸을 섞을 때에도 발기가 되지 않았다. 여자의 벗은 몸을 보고 만질 때에도 감정을 느낄 수 없었다. 어쩌면 자신이 여자의 영혼을 가지고 있을지도 모른다고 여겼다. 여자라고 여겨야만 견딜 수 있었던 시절이었다. 그때 사내들에게 당한 짓이 강간이었는지, 강요된 성관계였는지, 자신조차 소극적으로 인정한 섹스였는지 헷갈렸다. 강간이라고 받아들이기에는 수치스러웠다. 동성과의 성행위였다고 믿어야만 하루를 버틸 수 있었다.

그곳에서 항문을 쑤시는 성기를 견딜 때마다 은수는 자신이 남자가 아닐지도 모른다고 생각하며 눈을 감았다. 형제의집 이층 침대 난간을 부여잡고 누워 치욕을 참았다. 밤에 소대의 불이 꺼지고 눈을 감으면 조장이 이층 침대를 삐걱거리며 올라왔다. 이불을 들추고 몸을 밀착시키면서 귓가에 속삭였다. 소리 내지 마. 그가 바지를 내리고 성기를 항문에 밀어 넣는다. 몸이 텅 빌 때까지 들고 나기를 반복했다. 은수가 경험한 첫 성행위였다. 그리고 그 짓은 이어졌다. 며칠에 한 번씩 은수의 철제 침대는 일정한 간격으로 삐걱삐걱 소리를 냈다. 다른 침대에 누운 남자애들은 뜬눈으로 소리를 듣는다. 이불을 머리끝까지 끌어 올리고 귀를 막는 아이들이 있는가 하면 자신의 침대로 올라오지 않아서 안도하는 아이들도 있었다. 포르노 영화로 여기며 그 소리를 기다리는 아이들도 있었다. 여자애처럼 생긴 은수에게 벌어진 짓은 '후장 따였다'로 불렸다.

은수는 한 시간이 넘도록 이불 밖으로 얼굴을 내밀지 않았다. 미연이 자신을 찾아오지 않기를 바라면서. 미친놈은 자기 하나면 된다. 미연이 병실 문을 나서는데 은수가 이불을 들치고 일어나 묻는다.

— 아까 그놈 뭐야?

— 누구?

— 같이 온 애 있잖아. 젊은 애.

— 돌아누워서 안 본 줄 알았더니 봤어?

— 새 애인 생겼어?

— 언제는 애인이 있었니?

— 그러니까, 누군데? 누나한테 애인 생기면 나야 좋고. 병원에도 안 올 테고.

— 생기면 말할게.

— 이제 가봐. 그놈 기다리겠네.

미연은 병실 문을 나선다. 아예 보지 말자는 한마디가 등 뒤로 떨어진다.

　병실을 빠져나간 준은 병원 내 24시 편의점으로 향했다. 밤을 새
워 운전한 미연에게 뭐라도 먹을 걸 사줘야 할 것 같았다. 미연과 그
남자의 대화가 이어지는 분위기로 보아 한동안 병실을 나오지 않을
것 같았다. 미연의 차 내비게이션은 울산의 운전면허 교습소 공사
장 도착까지 5분가량 남았다고 알려줬었다. 뒤늦게야 가게 된 엄마
의 무덤이 어떤 곳일지 상상이 가면서도 준은 두렵고 떨렸다. 얼굴
한번 본 적 없는 엄마의 무덤 앞에서, 추억도 기억도 없는 이의 죽
음 앞에서 무엇을 해야 할까. 죽은 이에 대한 애도여야 할까, 그렇게
태어나고 만 자신의 존재에서 비롯된 사죄여야 할까. 하지만 내비
게이션 안내대로 순조롭게 무덤에 가던 길은 갑자기 틀어졌다. 전
화 한 통을 받은 그녀는 핸들을 꺾어 방향을 바꾸었다. 내비게이션
의 안내 목소리는 '이탈'이라고 반복해서 말했다. 그들은 예정된 길
에서 벗어나고 있었는데, 그리로 가지 말라는 운명의 계시 같은 것
일지도 모른다고 준은 막연히 생각했다. 방향을 바꾸면서도 그녀는
어떤 설명 없이 톨게이트를 빠져나갔다. 준은 미연의 마음이 바뀐
거라고 짐작했다. 애초부터 무리한 여정이었다. 수십 년간 잊고 살
던 그곳을, 만난 지 며칠밖에 되지 않은 자신과 가는 게 역시나 무리
였을 것이다. 운전대를 잡고 속도를 높이는 그녀에게 준은 다시 방
향을 바꿔 울산으로 가자고 할 수 없었다. 서울로 돌아간다면 기차
나 고속버스를 타고 홀로 그곳에 가기로 마음먹었다. 방향을 바꾼

지 한 시간쯤 지났을 때에야 미연이 준에게로 얼굴을 돌렸고 휴대폰을 만지작거리며 고개를 숙인 그에게 이유를 설명하려 했다.

— 서울 가면 같이 아침 먹어요. 배고프지 않아요?

먼저 말을 꺼낸 쪽은 준이었다. 미연은 이제야 생각났다는 듯이 '아……'라고 잠시 뜸을 들였다.

— 아는 동생이 갑자기 병원에서 사라졌어.

대화는 다시 잦아들었다. 어떤 동생인지, 그곳이 어디인지, 궁금했지만 준은 미연에게 아무것도 묻지 않았다. 제천의 한 정신요양원에 도착했을 때 정신없이 뛰어가는 미연을 보면서, 친밀한 사람이 있는 병원이구나, 그렇게 짐작할 뿐이었다. 미연을 기다리며 준은 편의점에서 우유 한 병을 샀다.

정신요양원 복도의 긴 의자에 한참을 앉아 있는데도 회진을 도는 의사와 간호사들은 보이지 않았다. 시계는 오전 5시 45분을 가리켰다. 복도는 비상등만 켜진 채 불이 꺼져 있었고, 가끔 화장실을 가려는 환자 한두 명이 슬리퍼를 끌면서 복도로 나왔다. 적막 속에서 화장실 물소리가 들렸고 볼일을 본 환자는 조용히 문을 닫고 병실로 들어갔다. 주머니에서 휴대폰이 울렸다. 새벽 시간이라 소리가 유난히 크게 들렸다. 준이 급히 휴대폰을 꺼냈다. 병호였다. 병호의 편지로 한국까지 오게 됐지만, 준에게 그는 여전히 물음표였다. 병호에게서는 연민이나 아픔 같은 것을 느낄 수 없었다. 내년 총선이 오기 전에 형제의집 진상규명 특별법을 통과시켜야 한다는 생각으로 모래시계 밑에 서 있는 사람 같았다. 적어도 준이 보기에는 그랬다.

시끄럽게 울어대는 휴대폰을 무음으로 바꾸려는데, 실수로 전화를 받고 말았다.

— 왜 이렇게 전화를 안 받아? 지금 난리가 났다고.

그는 다짜고짜 화부터 냈고, 뭔가 급한 일이 있는 것처럼 말했다. 이대로 전화를 끊자니 그것도 예의가 아닐 것 같아 준은 어쩌지 못하고 휴대폰을 붙잡고 있었다.

— 내 말 안 들려? 이거 빅뉴스인데, 아직 아무도 몰라. 당신한테 먼저 전화하는 건데, 그 사람 살아 있어. 당신 엄마 사인 바꾼 놈. 조병국이 지금 경북에서 병원 프랜차이즈 내서 잘 먹고 잘 살고 있다고. 이름까지 바꿔버렸더군. 조민환으로. 내가 지금 내려가서 만나보려고 하는데, 같이 찾아가서 그놈 보자고 연락했어. 이 새끼 조져놔야지.

병호는 흥분했는지 영어 발음이 명확하지 않았고 준은 내용을 대략 알아들을 수밖에 없었다. 조병국의 주소를 알아냈으니 같이 병원으로 찾아가자는 내용 같았다. 딱히 병호와 동행하고 싶은 마음도 들지 않았고 함께 있는 미연을 두고 갈 수도 없었다.

— 제가 먼저 의사를 만나러 가도 될까요?

— 혼자 갈 수 있겠어? 하긴, 지금 법안 통과 미루는 의원들 설득하러 다녀야 해서 내가 정신이 좀 없어.

— 주소를 알려주시면 찾아가보겠습니다.

— 그럼 고맙고. 끝나고 서울 와서 한번 보자고.

병호는 전화를 급히 끊었다. 휴대폰 문자메시지로 조병국의 병원

54

주소가 들어왔다. 조병국의 집으로 들어가는 자세한 방법이 쓰여 있었다. 엄마의 죽음을 두고 기록들이 엇갈렸다. 형제의집이 보관한 사망자 보고서에는 신부전증이라고 기재돼 있었지만, 수사 검사의 기록은 명백한 폭행치사였다. 폭행치사가 병사로 위장된 것이다. 검안서를 작성한 의사를 만나러 가야 한다. 누가 엄마의 죽음을 조작하도록 지시했는지, 왜 조작되어야만 했는지.

머릿속이 복잡해지면서 졸음이 쏟아졌다. 병원 로비의 긴 의자에 누웠다. 밤을 새운 탓에 피로가 몰려왔지만 이상하게 잠은 오지 않았다. 눈을 감은 채 누워 있어도 잠이 들지 않았다. 생각이 꼬리에 꼬리를 물고 이어졌고 불안은 안 좋은 상황을 상상하게 했다.

몇십 분이 지났을까. 미연이 눈을 감고 있는 준을 깨웠다. 준은 일어나자마자 미연의 표정을 살폈다. 그녀는 여전히 어떤 설명을 내놓지 않는다. 아는 동생이 누구인지, 왜 사라졌는지. 준은 엄마의 검안서를 거짓으로 쓴 조병국에 대한 이야기를 꺼내지 않았다. 나중에 혼자 찾아가면 될 일이었다. 준은 질문 대신 우유를 건넸다.

미연은 멋쩍게 웃으면서 우유를 받아 들었다. 누군가에게 우유를 받는 게 처음인 것 같다. 학교에서는 주로 요구를 받았다. 서울대 진학률을 높이라는 교장의 요구, 아이가 학업에 집중을 못 하고 있으니 흥미를 가질 수 있게 해달라는 학부모의 요구. 전남편은 학교 일을 줄이고 아이에게 집중해달라고 했다. 부모님은 과거를 다 잊고 산뜻하게 새 출발 하길 바랐다. 형제의집에서 돌아왔을 때는 그런 일이 없었던 것처럼 이겨내기를, 이혼한 뒤에는 괜찮다는 얼굴로 홀

홀 털기를 바랐다. 그런데 준은 말갛게 웃으며 우유를 내밀었다.

그들은 정신요양원 앞의 허름한 분식집으로 갔다. 분식집 주인은 초록색 플라스틱 접시에 단무지를 담아 내왔다. 미연은 떡라면을, 준은 일반 라면을 주문했다. 플라스틱 의자에 앉아 둘은 그릇에 얼굴을 박고 허연 김이 오르는 라면을 먹었다. 둘 다 하고 싶은 말을 참고 있었다. 준에게 전화 한 통이 걸려 온다. 폴란드의 엄마다. 언제 돌아오는지 묻는 질문에 준은 돌아가는 비행기 날짜를 알려준다. 어쩌면 늦어질지도 모른다는 말을 하려다 전화를 끊는다.

— 키워주신 엄마예요. 좋은 분이죠. 한 번도 나한테 짜증 내거나 크게 화를 낸 적이 없었는데 난 그게 좀 서운하기도 했어요. 큰형한테는 막말도 하고 짜증도 냈었거든요. 아까 그 친구분이랑 이야기는 잘됐어요?

미연은 고개를 가로젓는다.

— 이제 오지 말래.

가족처럼 친한 사이여서 그런 말을 한 걸지도 모른다고 준이 위로한다. 미연은 네 외삼촌이야, 라는 말을 끝내 하지 못한다. 그들의 머리 위로 먹구름이 밀려온다. 식탁 위에 놓인 라면이 퉁퉁 불었다.

6
은수의 기억

누렇게 끓어오르는 라면 국물을 젓가락으로 저었다. 튀긴 면에서 기름이 우러나와 국물에 떠오른다. 면발 한 가닥을 젓가락으로 집어 입에 넣었다. 아직 밀가루 맛이 나는 라면을 씹어 삼킨다. 나는 반만 익혀서 꼬들꼬들할 때 먹어야 맛있다고 했고, 은희 누나는 푹 삶아서 국수처럼 부드러운 맛이 좋다고 했다. 누나는 불을 끄고 소매 끝을 길게 쭉 빼서 조심스럽게 양은 냄비를 잡는다. 밥상에 라면을 올리고 식은 밥을 푸는 사이 나는 누나 몰래 집을 나섰다.

"은수야, 밥 무그라. 라면 다 됐다."

아버지가 안 계실 때면 라면을 먹었다. 은희 누나는 라면을 끓이면서도 밥이라 말했고 우리는 라면을 먹으면서도 밥을 먹는다고 했다. 누나가 부엌과 연결된 미닫이문을 연다.

"면발 분다. 은수 니 덜 익은 거 좋아한다 아이가. 꼬들꼬들하게 밥 잘됐다."

학교에 갔다 와서 벗어놓은 책가방이 방구석에 놓여 있다. 누나는 부엌 구석에 앉아서 라면을 한 입 먹다 젓가락을 내려놓는다. 방 안으로 들어가 비키니 옷장에서 흰색 점퍼를 꺼내 입는데 소매 끝의 묵은 때가 보인다. 소매를 돌돌 접어 땟자국을 가린다. 신발장에서 신발을 꺼내 신고 방문을 연다. 문을 열면 마당이랄 것도 없이 바로 골목이 나오는 집이다. 골목이 마당이고 놀이터였다. 이 동네 집들은 죄다 방 한 개에 부엌이 딸려서는 집과 집 사이에 빈틈이 없이 다닥다닥 붙어 있다. 누나는 집 밖으로 나와 주위를 두리번거린다. 나는 전봇대 뒤에 주차된 트럭 뒤에 숨어 누나를 몰래 훔쳐본다.

작년 봄에 엄마가 돌아가신 뒤로 나는 가끔 집을 나갔다. 누나는 나를 찾으러 동네를 돌아다니다 혼자 돌아오곤 했다. 몇 시간째 사라졌다 돌아오는 나에게 누나는 아무 질문도 하지 않았다. 싱크대 수도꼭지를 틀어 물을 마시면 누나는 밥때가 지났다며 라면을 끓였다. 누나가 라면을 끓이며 밥상을 차리는 뒷모습을 볼 때가 제일 좋았다.

학교 수업이 끝나면 은희 누나는 친구들과 함께 대로변을 걸어 집으로 오지 않았다. 학교 후문을 빠져나와 집에 가장 빨리 도착할 수 있는 골목길로 뛰어왔다. 집에 와선 방문을 열고 가쁜 숨을 몰아쉬며 가방을 던졌다. 아무도 없는 집에서 오후 2시가 넘도록 굶고 있는 나를 위해 뛰어온 것이다. 누나는 라면을 끓여 상에 올려놓고는 내가 젓가락질을 할 때까지 기다렸다. 안 먹어? 허겁지겁 면발을 입에 넣으면 누나는 그제야 젓가락을 들었다. 아버지는 밤 9시가 넘어서야 신발 공장에서 퇴근했다. 아버지가 돌아오실 즈음 누나는 아껴둔 쌀을 씻고 밥을 안쳤다. 아버지가 오면 우리 셋은 상에 둘러앉아 늦은 저녁을 먹었다.

누나는 열세 살에 엄마가 됐다. 밥을 태우거나 라면이 졸아들기도 했지만 엄마가 했던 일을 따라 했다. 누나는 부엌에서 나물을 무치다 혼잣말을 하곤 했다. 엄마가 뭘 했더라. 밥을 안치거나 빨래를 하다가도 엄마를 기준 삼아 행동했다. 누나는 또래보다 1년 늦게 입학해서 이제 국민학교 6학년이다. 누나는 옷이 없어 주로 학교 체육복을 입고 학교에 갔다. 그것도 새 체육복을 살 수 없어서 늘 한 치수 작은 체육복을 입었다. 키가 큰 누나는 작은 옷 때문에 어깨를 구부정하게 굽히고 다녔다.

학교에서 돌아오지 않는 누나를 기다릴 때면 혼자만의 외출을 했다. 동네를 돌아다니면 전봇대에 묶여 집 앞을 지키는 개들이 쉽게 눈에 띄었다. 개 앞에 쭈그리고 앉아 손을 내밀거나 머리를 쓰다듬었다. 녀석들처럼 나도 누군가를 매일 기다리니까.

우리 집은 북향인 데다 창이 조그마해서 대낮에도 볕이 들지 않았다. 대낮에 방바닥에 누워 있어도 이른 저녁처럼 어스름했다. 어둠 속에 혼자 있는 게 싫었다. 누나를 기다리다 방을 나서면 집집마다 걸린 거미줄을 찾아다녔다. 진짜 거미줄은 아니었다. 슬레이트집들은 벽마다 거미줄처럼 금이 가 있었다. 쓰레기차가 자주 오지 않아서 동네 골목길에는 쓰레기가 늘 쌓여 있었다. 막대기 같은 걸 주워서 벽에 그려진 거미줄을 따라 그렸다. 오후가 되면 다른 집 앞에 놓인 석간신문을 슬쩍 훔치기도 했다. 어떤 날은 골목을 쏘다니다 용두산 공원으로 가서 사람들을 구경했다. 아무도 나를 부르지 않는데 자꾸 뒤돌아본다. 엄마와 자주 오던 공원이다.

엄마는 지난해 뼛가루가 되어 강에 뿌려졌다. 봄이었다. 골목 어디선가 은수야, 라고 내 이름을 부르는 것만 같아 나는 아무도 부르지 않는 곳으로 자꾸만 고개를 돌린다. 다시 앞을 바라본다. 돌아가셨다니까. 혼잣말을 한다.

엄마는 돌아가시기 전까지 1년간 병원에 입원해 계셨다. 일주일에 몇 번씩 병원으로 걸어가 엄마를 만났다. 누나 수업이 끝날 때까지 학교 운동장 구석에 앉아서 흙바닥에 그림을 그렸다. 바닥에 그림자가 보여 고개를 들면 뛰어오느라 땀이 맺힌 누나 얼굴이 보인다. 은수야, 많이 기다렸제? 나는 고개를 젓는다. 우리는 어디로 간다고 말하지 않는다. 바지 주머니에 손을 넣고 동전 몇 개를 잘그락거린다. 주머니에 동전이 있는 날에도 우리는 버스를 타지 않고 엄마를 보러 한 시간을 걸어갔다. 병원 3층 중환자실로 걸어 올라간다. 면회가 허락되지 않은 날에도 병실 문에 붙은 손바닥 크기의 유리창 너머로 엄마를 봤다. 키가 작아서 까치발을 해야 엄마를 볼 수 있었다. 엄마는 눈을 감고 누워 있거나 때로 우리에게 말을 한다. 들리진 않지만 입 모양을 보고서 안다. 밥은 묵었나? 누나와 나는 고개를 끄덕인다. 라면을 나눠 먹고서도 밥을 먹었다고 고개를 끄덕인다. 엄마가 고개를 끄덕이면 우리는 병실 문을 나선다. 누나는 몇 번이나 뒤돌아보는 내 손을 붙잡고 뒤돌아보지 않으려 종종걸음을 했다.

아버지 혼자 병원에 가는지는 알 수 없었지만 가족 셋이서 면회를 간 기억은 없다. 퇴근하고 같이 저녁을 먹을 때도 엄마에 대해 입에 올리지 않았다. 아버지는 늘 말이 없는 사람이었는데 그를 생각하면 떠오르는 건 풍경이 아니라 냄새였다. 아버지가 집에 돌아오면 방에서 가죽 기름 냄새가 진동했다. 아버지는 주말이면 푸른 작업복을 바닥에 벗어놓았고 누나와 나는 비누를 묻혀 그것을 빨았다. 아무리 빨아도 비눗물 사이로 기름때가 흘러나오는 작업복 때문에 내가 툴툴대면 누나가 말했다. 억수로 일을 많이 해서 아무리 씻어도 기름이 나온다 아이가. 말수 없는 아버지는 텔레비전으로 야구경기를 볼 때만 활기가 넘쳤다. 술상을 차려놓고 앉아 소리 높여 롯데를 응원하거나 상대 선수를 욕했다. 롯데가 안타를 칠 때마다 셋이 누우면 꽉 들어차는 단칸방이 떠나가도록 손뼉을 치고 환호성을 질렀다. 한번은 홈런이 터지자 손뼉을 치면서 울먹이기도 했다. 매일 밤 가죽 기름 냄새를 풍기며 죽은 얼굴로 돌아오는 아버지는 프로야구 중계를 볼 때만 산 사람처럼 보였다.

그날은 롯데와 해태가 경기를 했던 것으로 기억한다. 누나는 학교에 가고 나는 또 혼자서 동네를 싸돌아다녔다. 투명인간 엄마와 술래잡기를 했고 전봇대에 묶인 개들을 놀렸다. 놀이에서 나는 언제나 쓸쓸한 승리자였다. 술래는 끝내 나타나지 않았으니까. 집으로 돌아가는 길에 동네 식육점 아줌마가 나를 불러 세웠다. 식육점 아줌마는 가끔 지나가는 나를 불러 세웠는데 돼지 뒷다리나 닭목을 자르다 말고 칼을 손에 든 채 온화한 미소를 짓곤 했다. 그 모습에 쭈뼛거리며 식육점에 들어가는 것은 아주머니가 쥐포나 과자를 손에 쥐여주었기 때문이다. 식육점에 들어가자 아주머니는 도마에 큰 칼을 내려놓고 내 어깨 위에 손을 올렸다. 은수야, 너그 엄마 집에 오셨다. 얼른 드가봐라.

집에 도착했을 때 얼마나 울었는지 퉁퉁 부은 얼굴의 누나가 문 앞에 서 있었다. 무슨 일이냐고 물어도 대답이 없다. 집에 들어서자 이불에 엄마가 누워 있다. 아버지가 옆에서 자리를 지키고 있었다. 엄마 깨우지 마라. 아버지가 말했다. 야구 중계 시간이었음에도 아버지는 텔레비전을 켜지 않았다. 엄마는 죽어가는 짐승처럼 가는 숨을 몰아쉬었다. 그날 엄마는 새처럼 작고 가벼웠다.

이모들이 하나둘씩 찾아왔다. 막내 이모는 엄마의 손목을 잡고, 큰이모는 머리맡에 앉아 눈물을 흘렸다. 아버지는 방구석에 덩그러니 앉아 고개를 떨구었다. 누나는 부엌과 연결된 미닫이문을 열어 놓고는 문턱에 앉아 두 손으로 얼굴을 감쌌다. 다가오는 죽음 앞에서 우리는 무력했다. 죽음의 그림자가 커질수록 무력하게 견디는 것 외에 우리가 할 수 있는 일은 없었다. 살아 있는 사람들이 좁은 방구석에 웅크리고 앉아 죽음이 오기만을 기다리고 있었다. 기적이 일어나 엄마가 자리에서 일어나길 바랐던 것은 누나와 나뿐이었는지도 모르겠다. 새벽이 되자 큰이모가 부엌으로 건너갔다. 찬장에서 라면을 꺼내더니 양은 냄비에 물을 붓고 끓였다. 금세 라면 냄새가 방 안에 진동했다. 긴장감과 두려움에 느끼지 못하던 배고픔이 밀려왔다. 엄마가 누운 하얀 이불 옆에 작은 밥상을 놓고 우리는 둘러 앉아 라면을 먹었다. 서로 어깨를 포개야 할 만큼 밥상은 여섯이 앉기에 작았다. 비좁게 앉은 우리들 사이로 라면에서 허연 연기가 피어오른다. 둘째 이모가 먼저 젓가락을 든다. 한 사람씩 숟가락으로 국물을 뜨고 젓가락으로 면발을 말아 올린다. 적막하고 좁은 방에서 젓가락이 냄비와 부딪치고 면발을 씹는 소리만이 들린다. 마지막으로 둘째 이모가 상에 젓가락을 내려놓자 갑작스레 방은 침묵에 휩싸였다. 우리는 바닥을 드러낸 냄비와 부른 배를 보기가 민망해져 서로에게서 눈길을 돌린다. 위가 더워지고 포만감이 들면서 긴장이 헐거워졌다. 누나가 상을 들고 부엌으로 나간다. 그 밤, 엄마는 돌아가시지 않았는데 우리는 육개장이 아닌 라면으로 장례를 치르고 있었다. 벽에 기대거나 몸을 동그랗게 말아 앉은 채 뜬눈으로 밤을 보냈다. 엄마는 여전히 가는 숨을 내쉬며 천국과 이곳 사이를 서성이고 있었다.

엄마의 가는 팔에 누워 얼굴을 올려다보았다. 머리카락이 빠져 듬성듬성하고 창백한 얼굴에 주름이 깊게 골을 내었다. 아침이 올 때까지 잠들지 않고 엄마를 지켜야 한다. 비스듬히 몸이 기울며 사람들이 하나둘씩 눈을 감는다. 막내 이모가 머리를 꾸벅거렸고 벽에 기댄 큰이모는 일정한 간격으로 고른 숨을 내쉬었다.

아침이 오기 전에 엄마는 길을 떠났다. 통곡 소리가 들려왔다. 잠에서 깼는데 눈을 뜰 수 없었다. 눈을 뜨면 죽음을 돌이킬 수 없을 것 같았다. 어쩌면 꿈일지도 모른다고 생각했다. 누나가 나를 흔들어 깨웠을 때 둘째 이모는 바닥을 치면서 울부짖으며 몸을 굴렸고 큰이모는 숨이 넘어갈 것처럼 흐느꼈다. 막내 이모는 어깨를 들썩이며 울음을 참는다. 엄마는 어젯밤 모습 그대로였다. 라면을 먹고 잠든 우리들 곁을 물 한 모금 먹지 못한 채 떠났다. 큰이모의 곡소리는 어느덧 일정하게 박자를 맞추기 시작했고 시신에 얼굴을 부비며 한탄했다. 새끼들 놔두고 어케 가노. 불쌍해서 어케 가노. 눈이 감기드나. 엄마의 차갑게 굳어버린 팔을 매만졌다. 아무리 주무르고 문질러도 엄마의 팔에 온기가 돌아오지 않는다. 누나는 내 어깨를 감싸 쥐고서 귀에 속삭였다. 은수야, 이제 보내드려야 해. 가야 한다고 그랬어. 누나가 어젯밤 꿈에서 봤어. 엄마가 그랬어.

장례를 치르고 1년이 넘도록 엄마와 나만 아는 곳을 찾아다녔다. 누나가 학교에 가면 엄마와 나는 용두산 공원 벤치에 나란히 앉아 아이스크림을 핥아 먹곤 했다. 엄마 없는 그곳에 홀로 멍하니 앉아 지나가는 사람을 구경하는 게 나의 유일한 낙이었다. 한 사람이 없어졌는데 내겐 누구도 살지 않는 세상이었다. 아무리 길을 걸어도 그 길 끝에서 엄마는 나를 기다리고 있지 않았다. 뭔가 오기 같은 게 생겼다. 그 길 끝에 엄마가 있지 않다는 걸 알면서도 엄마를 만날 때까지 걸음을 멈추지 않았다. 노을이 질 때까지. 별이 뜰 때까지. 밤이 지나도록. 나는 자주 사라지고 쉽게 발견되지 않았다. 누나는 거미줄처럼 얽힌 골목길을 훑으며 나를 찾아다녔다. 누나는 몇 시간을 찾아 헤맨 끝에 나를 발견하고도 한 번도 화를 낸 적이 없었다.

나는 자꾸만 집을 나갔고, 한번 집을 나서면 돌아오는 길을 잃어버렸다. 아버지가 집으로 돌아오는 시간도 늦어져만 갔다. 술을 먹고 들어오는 날이 많아졌다. 누나는 아버지가 벗어놓은 옷을 개다가 립스틱 자국을 발견하고는 장롱 깊숙이 옷을 숨겼다. 엄마의 죽음은 가족들의 삶을 각자의 구석으로 몰아갔고, 우리는 저마다의 장소에서 슬픔을 꺼내 먹었다. 아버지의 아내, 나의 엄마, 그리고 누나의 어머니. 우리 세 사람은 엄마 없는 시간을 버티고 있었다.

그날은 4월의 어느 날이었던 것으로 기억한다. 누나는 부엌에서 라면을 끓이다가 미닫이문을 열었다. 방금 전까지 방에서 책을 보던 내가 또다시 사라진 터였다. 누나는 라면을 버리기 아까워 급히 입에 욱여넣고는 용두산 공원으로 뛰었다.

"또 여기 앉아 있노?"

나는 공원 나무 벤치에 앉아 배나무의 나뭇결을 쓰다듬고 있었다.

"엄마 냄새 나지 않아?"

"아무 냄새 안 나는데."

누나는 곁에 앉아 코를 킁킁거리고는 내 머리를 쓰다듬었다. 엄마는 계절의 냄새라는 게 있다고 말했었다. 봄에는 배꽃에서, 여름엔 장맛비 맞은 꽃들에서, 가을엔 시든 잎들에서, 겨울엔 죽은 나무에서 계절의 냄새가 난다고 했다. 강아지처럼 목을 쭉 빼고서 코를 벌름거려봐도 엄마가 말하는 냄새가 뭔지 맡을 수 없었다. 좀 더 자라면 엄마처럼 계절의 냄새를 맡을 수 있을지도 모른다고 생각했다.

누나는 엄마가 쓰던 베개를 1년 넘게 빨지 않았다. 엄마가 쓰던 베개에 머리를 대면 신기하게도 진짜 엄마 냄새가 났다. 엄마가 그리운 날에 누나와 나는 번갈아가며 엄마 베개에 머리를 댔다. 눈을 감고서 엄마가 곁에 누워 있다고 주문을 걸었다. 술에 취해 한밤이 돼서야 돌아오는 아버지를 기다리면서 우리는 불을 끄고 엄마 냄새가 나는 베개에 나란히 누워 이야기를 나누곤 했다.

"은수야."

"응."

"앞으로는 어디 간다고 말해주면 안 돼?"

약속할 수 없었다. 거짓말이 될 것만 같았다. 일부러 누나 몰래 사라진 것은 아니었다. 엄마를 보고 싶어 견딜 수 없을 때면 집을 나와 어딘가로 걸어야 했다. 벽걸이 시계 초침처럼 재깍재깍 움직이는 시간들이 숨을 조여 왔다. 그럴 때마다 집을 나와 걸었다.

그날, 덜 익은 라면을 급히 먹어 끅끅 트림을 하던 누나와 용두산 공원 벤치에 누웠다.

"갑자기 사라질 때마다, 너마저 없어질까 봐 겁이 나."

배꽃 냄새가 나는 계절이었다. 4월 햇빛이 따뜻하게 몸을 감쌌고 누나와 나는 각자의 벤치에 누워 구름을 만지려 하늘로 팔을 뻗었다. 구름이 파도처럼 밀려오다 떠나갔다. 사방이 어두워지면서 구름 뭉치들이 사라져갔다. 구름이 쪼개지면서 보드라운 새털이 떨어져 내렸다. 몸이 공중으로 들리면서 저 아래 세상과 점점 멀어져갔다. 공기를 가르는 차가운 바람이 피부에 닿았다. 엄마가 돌아가신 뒤 처음으로 속이 시원하게 뚫리는 것 같았다. 하늘 높이 몸이 떠오르면서 도로를 달리던 차들과 집들이 장난감처럼 조그마하게 보였다. 땅 위의 불빛이 별처럼 아스라이 빛난다. 엄마에게로 가는 꿈일지도 모른다고 생각했을 때 세찬 바람이 얼굴을 때려 얼얼해졌고 공중에 떠 있던 몸이 추락하기 시작했다. 붙잡을 것을 찾아 버둥거려도 무서운 속도로 땅으로 떨어졌다. 어딘가로 쿵 떨어졌는데 바닥이 보이지 않는다. 허리를 일으켜 세우려는데 몸이 말을 듣지 않는다. 은희 누나는? 고개를 돌리려 해도, 팔다리를 움직이려 해도 움직여지지 않는다. 가까스로 고개를 옆으로 돌리는데 뒤통수가 보인다. 내가 떨어진 곳은 땅이나 건물 위가 아닌 한 남자의 어깨였다. 검은 뒤통수의 남자가 나를 어깨에 메고 있었다. 죽은 걸까. 엄마를 따라가고 있는 걸까. 꿈일지도 모르겠다. 팔다리를 흔들어 땅으로 내려오려 했다.

"새끼, 가만 안 있나?"

남자가 고함을 치자 정신이 번쩍 들었다. 이건 꿈이 아니다. 잠시 꿈을 꾸다 깬 것이다. 사방을 둘러봐도 은희 누나가 보이지 않았다. 고성을 질러도 캄캄한 공원에선 사람 소리가 들리지 않는다.

"이놈이 미쳤나?"

검은 뒤통수의 남자는 욕지거리를 하면서 공원 입구에서부터 내리막길을 달려간다. 오징어잡이 배처럼 환하게 불을 밝힌 차량 한 대가 내리막길 모퉁이에 주차돼 있었다. 검은 뒤통수는 오징어잡이 배를 향해 숨을 헐떡일 정도로 뛰었다. 나는 짐짝처럼 그의 어깨에 메인 채 덜컹거렸다. 저렇게 환하게 밝은 차를 집 근처에서 본 적이 있다. 냉동식품 회사에 다니던 이웃집 아저씨는 밤마다 차에 시동을 걸었고 환하게 밝은 차를 몰고 시내를 쏘다니다 아침에야 집으로 돌아오곤 했다. 검은 뒤통수는 쇠창살이 달린 냉동차 안으로 나를 던져놓고 문을 쾅 닫았다. 쿵, 소리를 내면서 바닥에 떨어지는데 팔꿈치가 모서리에 찍혀 찌릿했다. 이건 분명 꿈이 아니다. 냉동차 내부에는 겁에 질린 사람들이 발을 모으고 등을 구부린 채 앉아 있었다. 이 안에 있는 모두가 갑자기 잡혀 들어왔다는 것을 우리는 서로의 눈빛을 보며 확인했다. 문이 열리고 은희 누나가 차 안으로 던져진다. 불행이었을까, 다행이었던 걸까. 누나를 잃어버리지 않았다는 안도감과 우리가 함께 갇혔다는 절망감. 누나에게 가려고 일어나자 오른팔에 노란 완장을 찬 남자가 뺨을 후려친다. 얼굴에서 불길이 치솟으며 화끈거렸다. 완장이 주먹으로 가슴을 차서 나는 바닥에 나가떨어졌다. 움직이지 마. 완장이 발끝으로 나를 밀어 구석 자리로 치웠다. 고꾸라진 내 얼굴 위로 겁에 질린 은희 누나의 얼굴이 보인다. 은희 누나보다 조그만 여자애가 어깨를 들썩이며 무릎 사이로 얼굴을 집어넣고 울음을 참는다. 프로스펙스 신발을 신은 조그만 여자애는 입술이 터져 마른 피딱지가 붙어 있었다. 여자애는 한 손에 플라스틱 목욕 바구니를 꼭 쥐고 있었다.

"우리를 어디로 데려가는 거요?"

술 냄새를 풍기는 아저씨 한 명이 벌떡 일어난다. 키가 작고 왜소한 완장은 각목을 들고 술 취한 아저씨에게 걸어간다. 완장이 한 걸음씩 천천히 걸어갈 때마다 냉동차 안의 사람들은 마른침을 삼킨다. 아저씨가 주먹을 높이 들자 완장이 쇠창살 밖으로 손짓을 한다. 또 다른 완장 셋이 문을 열고 뛰어들어와 아저씨의 양손을 꺾는다. 완장 네 명이 한 덩어리가 되어 아저씨를 바닥에 눕혀놓고 개 잡듯이 각목을 내리쳤다. 갑작스럽게 딸꾹질이 나왔다. 프로스펙스 신발을 신은 여자애는 어깨를 들썩이다 멈추고 고개를 들었다. 이제 밖으로 나갈 수 없다는 거지? 그 아이의 눈동자가 그렇게 말했다.

아저씨는 얼굴이 풍선처럼 부풀어 오른 채 구석으로 치워졌다. 마른기침 소리 하나 들리지 않는 냉동차가 달리기 시작했다. 그 밤, 우리는 세상 밖으로 달려나갔다. 모두와 이별한 밤이었다. 우리가 버려진 그날 이후 지금까지 누구도 폐기의 이유를 설명하지 않았다. 쇠창살 밖으로 밤의 풍경이 멀어져갔다. 승객을 태운 야간 버스들이 달렸다. 유리창에 머리를 기댄 피로한 승객들이 눈을 감고 있었고, 네온사인 간판 아래로 나이트클럽에서 나온 아저씨들이 비틀거렸다. 슬레이트집과 차들이, 사람과 풍경들이 멀어져갔다. 우리를 태운 냉동차가 사람 없는 공원이나 으슥한 골목에 설 때마다 완장들은 옷차림이 남루한 사람들을 태웠다. 술에 취하거나 옷에 토사물이 묻어 있는 사람들이었다. 그날 밤, 냉동차 안을 감돌던 그 비릿한 냄새는 버려진 사람들에게서 나는 체취였다.

차창 밖으로 익숙한 길이 보였다. 기차역이었다. 기차역에 서자 완장들은 예닐곱 명의 사람들을 더 태웠다. 역전 파출소에서 순경이 졸린 눈을 비비며 문을 열고 나왔다. 코 옆에 유난히 큰 점이 박힌 순경은 주머니에서 담배 한 대를 꺼냈다. 쇠창살 밖으로 파출소를 발견했을 때 나는 이제 집으로 돌아갈 수 있을 거라 생각했다. 부잣집 아이들이 유괴된다는 뉴스를 본 적이 있지만 은희 누나와 나를 유괴할 이유는 없어 보였다. 무언가 잘못을 했다면 그 밤, 공원에서 밤이 늦도록 잠을 잔 내 잘못이다. 짧은 노숙의 대가로 벌을 받은 것이다. 다시는 밤늦게 돌아다니지 않겠다는 반성문을 파출소에서 쓰게 될 테고, 집으로 돌아가서 아버지한테 왕창 혼이 날 거다. 누나를 물끄러미 바라보았지만 누나의 낯빛은 어둡기만 했다. 완장은 냉동차 문을 열고 나가 코 옆에 왕점이 박힌 순경에게 연신 고개를 숙였다. 닫히지 않은 문 사이로 그들의 대화가 간간이 들렸다.

"오늘은 몇 명이야?"

"열일곱 명요."

"평소보다 적네."

"저희가 요즘 밤마다 쓸어 담으니까요. 요새 걸인 찾기도 쉽지가 않아요."

"그래서 말인데 실적도 있어야 하고 대통령님 말씀도 있고. 요새 단속 강화하라잖아."

"있어야 더 잡죠. 이미 다 잡아들였다고요."

"그거야 아는데."

"저희도 힘들어요."

"그래서 말인데 내가 승진이 몇 번 누락됐잖아."

"저번에 얘기하신 거요?"

"어, 어. 딴 뜻은 아니고 지금처럼 애매한 시간에 애들 데려오면

김 형사랑 단속 실적도 나눠야 하고."

점박이 경찰은 완장의 어깨에 팔을 두르고서 차에서 멀찍이 걸어갔다. 두 사람의 대화가 멀어지자 귀에 온 신경이 집중됐다.

"그러니까 시간을 새벽 3시에 맞춰서 오라고. 알겠지? 무슨 말인지."

"뭐 어렵진 않은데요. 한 바퀴 더 돌아서 시간 끄는 거는. 일은 좀 늦어지죠."

"그때 오면, 허허. 아무튼 그때 보자고. 우리가 대체 몇 년 본 사이야?"

"뵌 지 10년이 넘었죠."

"내가 널 잡아다가 넘겼잖아, 거기에. 팔에 완장도 차고. 옛날처럼 떠돌아다녀봤자 뭐 하겠어? 건달밖에 더 돼?"

"……새벽 3시라 하셨죠?"

"어, 어. 그렇지."

"본인 확인은 하셔야죠?"

"너가 대충 사인하고 데려가. 확인은 무슨. 이름이랑 인적 사항은 서류 다 쓰면 나중에 파출소로 넘겨주고."

"네, 그러죠."

"아무튼 무열이 너 얼굴 많이 폈다, 폈어. 삼류 건달보다야 복지 국가 일꾼이 낫지. 너도 나도 밤늦게까지 나라 위해 일하는 거라고. 거지 청소하고 환경 미화하고. 그게 대통령이 강조하는 사회 정화지. 인마, 자부심을 가지라고."

바지 주머니에 깊게 손을 찔러 넣은 순경은 파출소로 들어가려다 말고 완장을 붙잡는다. 순경이 담배 한 개비를 입에 물자 완장이 불을 붙여준다. 머릿속에서 경보음이 울린다. 지금 어디로 가고 있느냐고, 우린 어떻게 되냐고, 순경에게 물어야 한다. 자리에서 일어나려는데 프로스펙스 운동화 여자애가 내 손을 붙잡으며 고개를 젓는다. 일어나지 마. 여자애는 붙잡은 손을 놓지 않고 한 번 더 고개를 가로젓는다. 그때 꽃무늬 일 바지를 입은 아주머니가 쇠창살 쪽으로 몸을 날렸다. 키 작은 완장이 아줌마의 뒷덜미를 순식간에 낚아챘다. 키다리 완장이 머리를 뒤로 꺾자 아줌마는 숨이 넘어갈 듯이 컥컥거렸다. 점박이 순경은 쇠창살 사이로 목덜미가 붙잡힌 꽃무늬 바지 아줌마를 무심히 바라보며 담배를 빨았다. 쪼그라든 담배를 바닥에 버리고는 쇠창살 앞으로 다가와 웃으며 손을 흔들었다. 잘 가라고. 완장들은 아줌마를 붙잡은 채 고개를 숙였고 그제야 냉동차는 달리기 시작했다.

　냉동차는 시내를 몇 바퀴 더 돌더니 산비탈 길을 오르기 시작했다. 산비탈 초입에 들어선 주공 아파트 단지를 지나자 슬레이트집들도 드문드문해졌다. 고바위로 올라갈수록 집들이 보이지 않았다. 구불구불한 길을 올라가던 냉동차는 잿빛 성벽 앞에 멈췄다. 완장들이 우리를 차에서 끌어 내렸다. 은희 누나와 나, 그리고 프로스펙스 운동화 여자애는 냉동차에서 내려 어른들의 뒤를 따라갔다. 입구를 지나자 붉은 벽돌 건물 수십 채가 보였다. 우리는 신입 소대라고 불리는 곳으로 들어갔다. 군대 내무반처럼 생긴 곳이었다. 일렬로 서라는 명령이 떨어진다.

"다 벗어."

카디건이며 셔츠를 벗는 남자와 여자들 사이로 각목을 든 완장들이 돌아다닌다. 팬티 한 장만을 남기고 서 있는 사람들 앞에서 완장이 각목으로 바닥을 치기 시작한다. 사람들은 마지막 속옷마저 바닥에 떨어뜨렸다. 완장 하나가 내 앞에 섰다. 고개를 떨어뜨리자 각목으로 턱을 들어 올렸다. 헐벗은 몸들이 줄을 섰다. 그 가운데 나와 누나가 있었다. 손바닥으로 그 부위를 가리고 있는 사람들에게 파란색 추리닝이 하나씩 배급됐다.

"빨리빨리 입어."

추리닝을 입는다. 술 먹고 취해 길에 뻗은 남자들, 여관비를 아끼려 기차역에서 밤을 새우는 사람들, 남루한 옷을 입고 떠도는 아이들. 내무부 훈령 410호가 잡아들인 사람들이었다. 그들은 빈곤을 모아두면 풍요로워질 것으로 착각했는지도 모르겠다. 바퀴벌레와 쥐 퇴치 운동을 벌이듯이. 그렇게 우리는 청소됐다.

내 옆에 선 프로스펙스 여자애가 배급받은 추리닝을 입고서 고개를 떨군다. 운동화는 이미 뺏긴 뒤다. 우리 동네에는 햇볕에 까맣게 그을린 애들만 많았는데, 그 여자애는 유독 새하얀 얼굴이었다. 완장들은 번호판을 주면서 가슴 앞에 들고 사진을 찍으라고 했다. 1983-2856번. 내 번호였다. 프로스펙스 운동화 여자애는 1983-2857번을 받았다. 사진을 찍고 나서 완장이 프로스펙스 여자애에게 언제 태어났는지 물었다.

"이미연, 1971년 3월 5일에 태어났습니다."

우리의 마지막 이름이었다. 키가 작아서 내 또래처럼 보였던 여자애는 은희 누나보다 한 살 적었다. 당시 열 살이던 나보다 세 살 많았다.

그날 이후 나는 그들이 부르고 싶은 대로 불렸다. 화장실 청소, 물 뜨기 같은.

7

그곳에서는 밤마다 서로를 감시하기 위해 보초를 서야 했다. 낮에는 소대장이 수용자들을 감시했는데, 밤이면 수용자들이 서로를 감시하는 역할을 부여받았다. 그들은 서로를 알지 못했다. 이름이 아니라 불리는 대로 불렸다. 소대장이 부르고 싶은 대로. 개눈깔이라거나 더듬이라거나. 보초를 서는 날이면 수용소 건물의 손바닥만한 창문을 열 수 있었다. 계절이 흐르고 별빛이 내리는 하늘을 올려다보았다. 그렇고 그런 날들이 반복되었는데 당직을 서는 날 밤이 되면 나이를 먹는다는 걸 느낄 수 있었다. 매일 똑같은 전어젓이 식판에 오르고, 봄 여름 가을 겨울 푸른색 체육복을 입었으며, 같은 시간에 일어나 노동하고 교화를 듣는 날들 사이로 시간은 흐르지 않았다. 밤이 되어서야 폭력이 잠시 멈추었고, 혼자 보초를 서는 수용소의 밤은 찰나의 평화였다. 창문을 열면 흰 연기가 피어오르는 굴뚝과 지나가는 차들의 불빛이 선명하게 보였다. 창밖으로 손을 내밀면 계절의 냄새가 스며들었고, 밤바람이 느껴지는 날이면 바람이 닿은 손을 코에 대고 냄새를 맡아보곤 했다. 수용소의 어디에도 벽시계는 없었다. 방송을 통해 시간을 알려주었다. 시간은 흐르지 않고 통보되었다.

— 문 열어도 돼요?

조수석에 앉은 준이 미연의 얼굴을 바라보고선 차창을 열었다. 준이 창밖으로 손을 내밀어 바람을 느꼈다. 미연의 차 뒷좌석에는 쇼핑백과 상자들이 가득 실려 있었다. 미연과 나란히 앉아 가기 어색했던 준은 뒷좌석에 가득 찬 쇼핑백과 상자들을 보고 조수석에 앉을 수밖에 없었다. 나란히 앉아서도 두 사람은 경차의 좁은 실내만큼 서로의 거리를 좁히지 못했다. 어색함을 깨려 애써 말을 건넬 성격도 못 되었다. 은수가 있는 제천의 정신요양원을 벗어나 세 시간이 지나도록 각자의 생각에 잠겨 있었다. 미연은 어제 아침까지 증언대회에 나올 마음이 없었다. 병호로부터 문자메시지를 받았지만 답을 하지 않았다. 두 달 전쯤 병호는 학교 앞에 찾아와 명함을 내밀었고 증언대회에 서달라는 부탁을 했었다. 오래된 일이라는 미연의 답변에 병호는 설득과 설명을 이어갔고 미연의 태도가 바뀌지 않자 이런 말을 던지고 돌아섰다.

— 형제의집에서 나온 사람들, 다 어렵고 불행하게 살아요. 배우지 못했고 괜찮은 직업 가진 사람도 없고요. 매일 죽지 못해 살아가고 있죠. 당신을 제외하면요.

당신 혼자 대학을 졸업하고 명문고 교사가 되어 버젓이 살고 있는데 왜 책임감이 없느냐는 말처럼 들렸다. 병호가 찾아온 뒤 한 달이 지나 폴란드로 학생들과 연수를 떠났다. 갑작스러운 토악질에 쓰레기통을 건네던 청년이 은희의 아들일 거라고는 생각지 못했다. 준이 은희의 아들이라고 말했을 때, 28년 전 죽은 은희가 되살아 온 것 같았다. 기억은 늙지 않는데, 은희가 낳은 아기는 훌쩍 자라 성인으로 돌아왔다. 이미 지나간 시간이 불쑥 머리를 내미는 것 같았다. 이 아이마저 불행해질까 봐 미연은 준이 내민 손을 선뜻 잡을 수 없었다. 불행은 기억을 가진 자들만의 것으로 남아야 한다. 아무것도 알지 못한 채, 적당히 무지한 채 폴란드로 돌아가는 편이 나을지도 모른다.

어제 아침 병호는 미연에게 재차 문자메시지를 보냈다. 준이 오늘 증언을 할 예정이라는 내용이었다. 아이가 죽은 지 5년이 지났지만 신기한 것은 엄마라는 정체성이 유전자처럼 박혔다는 사실이다. 아이를 잃고도 또래 아이들이 눈에 들어왔고, 식료품점을 지나치면 오늘 저녁 무얼 해 먹이면 좋겠다는 생각이 들었다. 추석이나 설 명절이 오면 매장에 걸린 아이들 옷이 눈에 가장 먼저 들어왔다. 단 하나 변한 것은 아이가 죽었다는 사실이다. 가느다랗고 보드라운 검은 머리카락을 다시는 만질 수 없다.

은희의 아들을 배웅해야겠다는 마음으로 미연은 집을 나서 국회로 향했다. 그리고 엄마가 사망했다는 이야기 외에는 할 말을 잃은 채 서 있는 준에게서, 미연은 엄마 잃은 한 아이를 보았다. 증언자로서야 할 사람은 자신이었다. 병호가 미연을 갑작스레 아웃팅했을 때, 미연은 자신이 응당 치러야 할 처분을 받은 것 같았다.

미연과 준이 울산으로 향하는 톨게이트를 빠져나갔을 때 하늘은 오렌지빛을 띠고 있었다. 낮은 산 너머로 해가 뉘엿뉘엿 넘어가고 있었다. 고속도로는 차가 없이 한산했고 미연의 차는 시속 100킬로미터 이상 속도를 내며 정체 없이 달렸다. 창문 밖으로 풍경들이 스쳐 지나갔다. 선선한 가을바람이 차 안으로 불었다.

— 엄마는 노숙인이었나요?

— 우리가 누구였는지는 중요하지 않았어. 노숙인이 필요하니까. 그냥 길을 가다가 잡아들였어. 형제의집에 들어오기 전 은희가 거리에서 살았는지 아닌지는 나도 몰라.

— 불량품처럼 느껴질 때가 있어요. 내가 어떻게 시작됐는지 아니까.

— 가끔 나도 그렇게 느껴.

두 사람 사이의 대화는 끊어졌다. 1987년, 원장이 구속된 뒤 집으로 돌아왔지만 미연은 일상으로 돌아오지 못했다. 겉돌고 삐걱거리는 상태로 버티며 살아왔던 것 같다. 안정과 균형 같은 것들이 깨졌다. 기억과 시간의 간극은 점차 커져만 갔고 안정이 찾아오리라는 믿음도 이젠 없다. 예고도 없이 자신을 데려갔던 그날로, 기억은 수시로 미연을 1987년으로 되돌려놓았다.

죽은 줄 알고 장례까지 치른 딸이 집으로 걸어 돌아온 날, 엄마는 미연을 보고 바닥에 주저앉았다. 잡혀갔었다고 말하는 미연을 안고서 엄마는 말했다. 아무 일도 없었던 거야, 아무 일도 아니었던 거야. 가족들은 그렇게 믿고 싶었는지 모르겠다. 그들에겐 일어나지 않은 일이었으니. 어느 날 갑자기 절삭된 삶을 가져본 적 없었을 테니까. 집이 한번 무너져본 이들은 어느 날 또다시 살던 집이 무너질지도 모른다는 공포를 느낀다. 어느 날, 어떤 이유도 없이, 또다시 감금되어 세상으로 돌아올 수 없을 것만 같은 두려움이 미연을 따라다녔다. 외출했다 집에 돌아오면 창문을 모두 잠갔고, 텔레비전 속의 평온한 얼굴을 보고서야 잠이 들었다. 미연은 공포를 딛고서 비틀거리며 아무렇지 않은 척 자리를 지키고 있었다. 불량품 같은 삶, 정상으로 회복할 수 없는 삶이 뭔지 미연은 알 것 같았다.

울산의 운전면허 교습소 공사장에 도착했을 때는 저녁 시간을 훌쩍 넘긴 뒤였다. 사방은 거칠게 자란 잡풀이 우거져 덤불숲을 이뤘다. 겨드랑이 위로 걸어나가기 어려울 만큼 풀들이 엉켜 있었다. 걸어 들어갈 때마다 풀들이 얼굴을 할퀴고 몸에 들러붙었다. 앞장서 가려는 미연 앞을 준이 가로막았다. 준이 풀들을 밟으며 길을 내자 한 걸음 뒤로 미연이 따라갔다. 미연의 검정 스웨터와 준의 베이지색 점퍼에 도깨비바늘이 잔뜩 들러붙었다. 검은 새들이 떼를 지어 머리 위로 사라져갔다.

한참을 걸어가자 붉은 벽돌 건물 두 동과 슬레이트집이 나타났다. 담쟁이덩굴이 검붉은 건물을 감싼 모습이 을씨년스러워 보였다. 주위를 둘러보아도 무덤은 보이지 않았다.

— 여기야.

미연은 휴게소에서 산 소주를 사방에 뿌렸다.

— 이곳인가요?

— 은희의 시신은 찾지 못했어.

미연은 소주병을 바닥에 놓고서 준에게 다가가 어깨를 붙잡았다. 몇 차례 호흡을 가다듬고는 준을 올려다보았다.

— 살아서도, 죽어서도 이름이 없어. 묻히는 게 아니라 애초부터 없었던 것처럼 사라지는 거지. 한국에서는 죽은 영혼을 이렇게 위로해.

미연은 바닥에 놓인 소주를 집어 들고는 준에게 내밀었다. 준은 술을 뿌렸다. 두 사람이 붉은 벽돌 건물의 문을 열었다. 이층 침대가 나란히 놓인 공간에는 먼지가 자욱했다. 오랫동안 닫혀 있던 공간으로 두 사람이 걸어 들어가자 먼지가 피어올랐다. 창가 옆에 놓인 이층 침대 앞에 섰다. 침대 시트가 누렇게 변색돼 있었다. 미연과 은희가 쓰던 침대였다. 은희가 죽기 전까지 서로의 이름을 부른 적이 없었다. 소대장의 눈치를 보느라 이야기를 나눌 틈이 없었다. 소대장이 화장실을 가거나 부산 형제의집으로 출장을 가는 때가 유일하게 숨을 쉴 수 있는 시간이었다. 소대장 대신 조장이 그들을 감시하긴 했지만. 그런 날에 은희와 미연은 공사장에서 돌을 나르면서 가끔씩 눈빛을 주고받았다. 모든 귀가 열려 있었기에 두 사람은 눈빛으로만 말을 건넸다. 수용자들 가운데 일부는 밀고를 하거나 고자질을 하는 것으로 그날 받아야 할 기합을 덜기도 했다. 그렇게 해야 조장이나 소대장으로 진급할 수 있었고 감금 생활이 편해졌다. 원장이 잡아들인 사람들은 원장에게 길들여져갔다. 둘이 말을 섞는 유일한 때는 설거지 당번이 겹치는 날이었다.

— 은희가 자던 침대야. 위층은 내가 썼어.

준은 아래층 침대에 얼굴을 기댔다. 잿빛으로 쌓인 먼지가 부드러웠다. 자신을 입양 보내고 운전면허 교습소 공사장으로 파견 온 엄마는 자신을 그리워했을까. 감금된 채 매를 맞던 엄마는 가끔 양부모의 팔에 안겨 있을 아들을 떠올렸을까. 자신을 낳은 걸 후회하진 않았을까.

— 아이를 낳은 건 알고 있었어. 부산에 있을 때 옆 소대였으니까. 배가 부른 채로 기합을 받는 걸 본 적이 있어. 운동장을 뛰는데 배를 꼭 붙잡고 뛰더라. 작은 배 속에 든 게 너였겠지.

붉은 벽돌 건물 밖으로 나오자 빗방울이 가늘게 떨어지기 시작했다. 사방이 캄캄했다. 맞은편에 슬레이트 건물이 보였다.

미연은 그날 일을 준에게 말하고 싶지 않았다. 도망치던 은희가 죽을 만큼 맞던 그날 밤, 사람의 뼈가 으스러지는 소리가 들렸다. 짐승 소리를 내며 진흙 바닥을 기어 다니던 그날, 누구도 왜 우리가 죽을 만큼 맞아야 하는지 묻지 않았다. 모든 일에 이유 따위는 필요치 않았다. 왜 이곳에 기약 없이 갇혀야 하는지, 왜 집으로 돌아갈 수 없는지, 왜 죽어야 하는지.

빗방울이 굵어지자 미연은 차로 뛰어들어갔고 준도 그녀를 따라갔다. 운전대를 잡은 미연은 도망치듯이 속도를 높였다. 빗줄기가 유리창을 거세게 때리는 소리가 들렸다. 울산을 벗어나면서는 빗줄기가 가늘어졌다. 미연은 차량 실내등을 켜지 않았다. 두 사람은 서로에게서 얼굴을 감추고 자신에게로 숨어들어갔다. 준은 엄마의 삶을 망가뜨린 이곳을 받아들이기 버거웠다. 빗대서 이해할 수 있는 것이라고는 폴란드의 수용시설에서 희생된 유대인들의 흔적뿐이었다. 엄마는 자신을 품은 아홉 달간 내내 자신을 갖게 된 그날을 떠올렸을지도 모른다. 그자의 씨앗인 자신을 보며 공포를 느끼지 않았을까. 서울로 가는 차 안에서 준의 마음은 무겁기만 했다. 불과 몇 달이었겠지만 자신에게 젖을 물린 엄마였다. 자신이 태어난 자궁이었다. 밤이 깊어가면서 심장에 박힌 돌이 점점 더 깊이 파고들었다.

준이 눈을 감고 있는데 차가 급정거를 했다. 순간 몸이 앞으로 튀어나왔다. 안전벨트를 하지 않았더라면 유리창에 머리를 박을 정도의 충격이었다. 미연은 운전대에 머리를 박고서 움직이지 않았다.

— 고양이가 지나갔어. 고등어무늬 고양이.

미연은 갓길에 차를 세우고는 고속도로로 걸어갔다. 당장 사고가 날 것처럼 위태로워 보였다. 준은 미연에게 달려가 등 뒤에서 붙잡았다.

— 미쳤어요?

— 죽였어. 내가 쳤어. 그 고양이.

준을 밀치고 미연은 미친 사람처럼 고속도로 한가운데로 뛰어들었다. 미연이 차선 중간까지 걸어갔을 때 준은 선택을 할 수밖에 없었다. 준이 고속도로 한복판에 있는 미연을 향해 걸어갔다. 어둠 속에서 준은 휴대폰 불빛을 밝혔다. 으스러진 고양이 한 마리가 바닥에 깔려 있다. 검붉은 피가 고속도로를 흥건히 적셨다. 머리가 깨지면서 뇌가 터져 나온 상태였다. 미연은 스웨터를 벗어 으깨진 고양이를 감쌌다. 미연의 손이 피로 물들었다. 준은 혹여나 앞뒤로 차가 올 경우를 대비해 휴대폰 플래시를 켜서 사방을 비추었다. 그들이 고속도로를 벗어나 갓길로 돌아왔을 때 준은 다행이라는 감정보다는 뭔가 하나의 문턱을 함께 넘은 것처럼 느껴졌다.

— 지금 당장 그럴 필요는 없었잖아요.

미연은 대답하지 않는다. 갓길 옆에 서 있는 나무 쪽으로 걸어가 죽은 고양이를 내려놓았다. 아이를 장례 치르듯이 찢긴 살덩어리를 곱게 싸맸다. 바닥에 무릎을 꿇고서 피 묻은 손으로 흙을 팠다.

— 구급대를 부르거나 다음 날 다시 찾아왔어도 됐잖아요.

손으로 아무리 흙을 파도 쉽사리 구덩이가 파이지 않았다. 미연이 고개를 들어 준을 올려다본다.

— 다음에 온다고 해놓곤, 오지 않을 거잖아.

그녀 옆에 서 있던 준은 결국 주저앉아 같이 맨손으로 흙을 파내기 시작했다. 손톱 밑으로 까만 흙이 파고들어갔다. 구덩이가 꽤 깊어지자 미연은 죽은 고양이를 눕혔다. 준이 흙을 덮으려 하자 미연은 핏빛으로 물든 스웨터를 가만가만 쓰다듬었다. 잠자고 있는 고양이를 토닥이듯이. 그들만의 장례였다.

— 부탁이 하나 있어.

미연은 고양이 무덤에서 몇 걸음쯤 떨어진 자리에 다시 구덩이를 파기 시작했다. 구덩이가 꽤 깊이 파이자 미연은 차 뒷좌석에 있던 쇼핑백과 상자들을 꺼냈다. 준이 차에서 나머지 상자들을 꺼내 왔다. 미연은 쇼핑백과 상자를 묻었다. 딸이 죽은 뒤 아동복 가게와 백화점을 지날 때마다 사 모은 것들이었다. 아동복 가게 주인은 자주 찾아오는 미연에게 묻곤 했다.

"외동딸인가 봐요? 매일 사시게."

"키가 부쩍 커서요."

가게 주인과 이야기를 나눌 때만은 과거로 돌아간 것 같았다. 딸이 살아 있던 때로, 흙 묻은 신발을 털어 신발장에 넣어두던 때로. 아동복 가게에 들를 때마다 미연은 아이에 대해 말했다. 딸이 공부를 잘하고 학교 선생님에게 칭찬을 받은 일들. 몇 년 전 죽은 아이의 일을 어제 있었던 일처럼 말했다. 몇 년째 같은 사이즈의 옷과 구두를, 자라지 않는 아이의 물건을 산다는 것을 가게 주인은 신경 쓰지 않는 눈치였다. 미연이 한 손에 아이 물건을 들고서 가게 문을 나설 때면 재희가 커서 다녔을 학교 아이들이 책가방을 메고 지나갔다.

그날은 오전 10시부터 예고되지 않은 비가 세차게 내렸다. 수업이 끝났을 시간이 지나서도 재희는 집에 오지 않았다. 같은 반 친구들에게 물어봐도 아파트 단지 정문에서 별일 없이 헤어졌다는 대답이 전부였다. 미연은 우산을 쓰고 동네를 돌아다니며 재희의 이름을 불렀다. 미연은 야근 중인 지훈에게 전화를 걸어 아이가 집에 오지 않는다고 울먹였다. 아이가 갔을 법한 장소를 찾아다니다 저녁 9시가 지나서 경찰서에 실종 신고를 하려고 차에 시동을 걸었다. 혹시나 하는 마음에 엘리베이터를 타고 다시 집으로 올라갔다. 현관문을 열고 들어갔을 때 재희는 거실에 엎드려 비에 젖은 새끼 고양이에게 말을 걸고 있었다. 미연이 들어오자 재희는 버둥거리는 고등어무늬 고양이를 붙잡고서 등 뒤로 숨겼다. 미연은 재희에게 달려들었다.

"어디 갔었어? 왜 그랬어?"

미연은 화가 나서 고양이를 뺏으려 했다. 아이는 고양이를 뺏기지 않으려 품에 안고서는 울기 시작했다. 겁에 질린 고양이는 아이 손을 할퀴고는 싱크대 밑으로 몸을 감추었다.

"엄마가 내 엄마가 아니었으면 좋겠어."

딸은 고양이가 할퀸 손가락을 감싸며 미연을 노려보았다. 미연은 재희의 어깨를 붙잡다 말고 손을 떼었다. 가끔 불같이 화내는 엄마에게 재희는 무엇을 잘못한 건지 묻지도 않은 채 잘못했다는 말만 반복했었다. 그런 재희가 처음으로 엄마를 거부한다. 아이를 뒤로 하고 미연은 안방으로 들어갔다. 살고 싶은 대로 살아지지 않았다. 살아왔던 방식대로 살고 있었다. 살아왔던 시간이 미연을 잠식해갔다. 형제의집에 감금된 시절, 그때의 억눌린 분노는 20년이 지나서도 심장에서 끓고 있었다. 끄지 못한 불은 여리고 약한 자식에게로 향했다. 타이르면 될 일을, 불같이 화내거나 아이 머리를 후려치는 자신은 사람이 아니었다. 자신 또한 형제의집 피해자였다는, 그따위 변명은 하고 싶지 않았다. 제어할 수 없다면 아이에게서 떠나야 한다. 자신의 전부인 아이를 망가뜨려선 안 된다. 마음을 가다듬고 안방 문을 열고 나갔을 때 거실은 고양이가 쓰러뜨린 화분으로 엉망이 돼 있었다.

　남편은 딸아이가 사라졌다는 소식에 퇴근을 당겨 집으로 돌아왔다. 재희는? 하고 묻고는 쓰러진 화분을 본다.

　"너 혹시 애를 때렸어?"

　재희가 방문 뒤에서 두려운 얼굴로 엄마를 바라본다. 자신 때문에 엄마와 아빠가 싸우고 있다는 걱정, 아빠에게 이르지 않았다는 변명 가득한 얼굴로. 지훈이 미연의 어깨를 붙잡고 흔들어댄다.

　"애를 때렸냐고!"

　미연은 입술을 다물고 벽을 바라본다. 지훈은 미연의 어깨를 흔들다 말고 바닥에 밀친다. 미연이 바닥에 쿵 넘어진다.

　"미친년. 더러운 년."

　평소에 큰소리 한번 내지 않던 남편이었다. 지훈이 다시 미연의 어깨를 거칠게 움켜잡고 흔들자 머리카락이 흐트러진다.

　"미친년, 거기서 배운 짓이지?"

　미연은 대답하지 않는다.

　지훈이 미연의 머리통을 붙잡고 흔들어댄다. 재희가 방으로 달려들어와 아빠의 팔을 붙잡는다. 딸이 부부를 말리며 소리쳤지만 누구도 아이의 말을 듣지 않았다. 미연은 아무런 저항도 하지 않았다. 지훈이 손을 놓고 뒤돌아봤을 때 아이는 사라진 뒤였다.

　거실 창문 밖으로 잠깐 주춤했던 비가 거세게 퍼붓는 게 보였다. 둘은 화해라고 할 것도 없이 집 밖으로 나가 아이의 이름을 불렀다. 아이가 나타난다면 미연은 이 집을 떠나겠다고, 다시는 가족들 곁에 나타나지 않겠다고 생각했다. 아이가 발견된 건 자정 무렵이었다. 재희는 지하철역 근처 사거리에서 트럭에 치인 채 주검으로 발견됐다. 경찰의 연락을 받고 달려갔을 때 재희는 콘크리트 바닥에 엎드린 채 일어나지 않았다. 피투성이 재희 옆으로 내장이 터진 고등어무늬 고양이가 짓이겨져 있었다. 아이와 고양이의 피가 빗물에 섞여 흘러갔다. 그날 아이는 싱크대 밑으로 숨어버린 고양이를 꺼내 안고서 집을 나갔다. 품 안의 고양이가 사거리에서 도망치자 잡으려 달려가다 화물차에 부딪혔다. 즉사였다. 미연이 숨진 아이를 일으켰다. 피투성이 아이를 안아 들자 아이의 손이 바닥으로 툭 떨어졌다.

지훈과 미연은 그날 밤 병원 영안실에서 뜬눈으로 밤을 새웠다. 장례를 치르고 발인을 했다. 화장을 하고 추모관에 재희의 유골을 넣었다. 집으로 돌아온 첫날, 지훈은 짐을 싸서 집을 나갔다. 그리고 한 달간 미연은 집 밖으로 나가지 않았다. 불도 켜지 않고 거실에 앉아 해가 뜨고 지는 것을 견뎠다. 잠깐씩 잠이 들면 꿈에 아이 얼굴이 나왔고 깨면 아이도 남편도 없는 텅 빈 거실에 혼자 앉아 있었다. 미연의 엄마가 매일 집으로 찾아왔지만 어떤 날은 문을 열어주지 않았다. 엄마는 문밖에 죽이 담긴 보온병을 놓고 갔다. 죽을 먹어도 구토가 나왔다. 아이가 죽은 지 한 달이 지났을 때 지훈이 보낸 이혼 서류가 도착했다. 미연은 서류를 다 읽지도 않고 화장대 서랍에서 도장을 꺼내 찍었다. 옷장에서 바바리코트를 꺼내 입었다. 거울 앞에서 물기 하나 없이 시든 얼굴을 바라보았다. 이혼 서류를 들고 현관문을 나섰다. 딸아이가 죽은 뒤 첫 외출이었다. 4월 첫 주 오후였고 시린 봄바람이 부는 날이었다. 우체국에 가서 빠른우편으로 이혼 서류를 남편에게 보냈다. 우체국을 나서는데 갈 곳이 생각나지 않았다. 할 일도, 만날 사람도 떠오르지 않았다. 무작정 걷다가 설렁탕집 입간판 앞에서 걸음이 멈췄다. 설렁탕집에 들어가 국밥 한 그릇을 시켰다. 식당 구석 텔레비전에선 종편 뉴스가 나왔고 남자들이 텔레비전을 보면서 밥을 먹었다. 국밥 한 숟가락을 입에 넣었는데 이상하게도 구토가 나오지 않았다. 절반을 먹고서 설렁탕집을 나섰지만 여전히 갈 곳이 없었다. 아파트 단지로 돌아와 가야 할 곳이 생각날 때까지 계속해서 같은 자리를 맴돌았다. 땅거미가 진 뒤 집으로 돌아와 문을 열자 인기척 없이 캄캄했다. 가족이 사라진 빈 집 현관에 가만히 서 있으니 두렵고 낯선 감정에 휩싸였다. 이곳이 집인가. 그때부터였던 것 같다. 현관에 들어서면 텔레비전부터 켜고 낮에도 불을 끄지 않는 습관이 시작된 게. 재희가 죽은 지 2년이 지났을 때 지훈에게서 처음 연락이 왔다.

— 네가 없어졌으면 싶었어.

수화기 너머로 지훈이 흐느꼈다.

— 나 용서하지 마.

— 재희를 기억할 사람이 이제 없어.

헤어진 부부는 다음 날 차를 타고 추모관에 갔다. 재희의 사진 앞에 꽃을 놓았다. 죽은 아이를 기억할 사람이 둘뿐이었다. 지나간 시간으로부터 달아나려 헤엄쳐도 매번 제자리에 있음을 느끼며 무기력해졌다. 과거의 날들이 매일 미연에게 편지를 보냈다. 미연이 어디를 가더라도 편지는 죽을 때까지 수신자를 찾아올 터였다.

준과 함께 미연은 옷들을 무덤에 파묻었다. 오늘 밤, 묻어둔다 해도 그날의 기억은 또다시 편지를 보낼 것이다.

─ 재희는 자라지 않아. 영원한 여덟 살이야.

8

　백반집에는 손님이 없었다. 아침부터 비가 내렸다. 처마 끝에 달린 빗방울이 플라스틱 대야로 떨어지며 일정한 간격으로 소리를 냈다. 식당에 있는 사람이라고는 문간방에 앉아 화투를 치는 동네 아주머니 넷이 전부였다. 미연은 반찬으로 나온 계란말이를 집어 준의 밥 위에 올려놓는다. 고속도로에서 왜 그런 미친 짓을 했는지에 대해 서로 이야기하지 않기로 작정이나 한 듯이 둘은 애써 화제를 돌리려 했다. 미연은 어젯밤 여자아이 물건을 땅에 묻으며 재희라고 말했다. 준은 미연의 죽은 딸 이름이 재희였을 거라고 짐작할 뿐이었다. 준은 계란말이를 집어 입에 넣는다. 계란으로 만든 음식은 폴란드나 한국이나 별다를 바가 없다. 폴란드의 가족들은 식사 시간에 맞추어 함께 저녁 준비를 했다. 저녁 시간이 되어 식당으로 가면 어머니는 식탁에 각자의 물잔을 준비해놓고 있었다. 어머니가 메인 요리를 준비하면 아버지가 샐러드용 야채를 그릇에 담았다.

형과 준이 나머지 잔일을 했다. 네 명이 모두 식사 준비를 할 만큼 거창한 음식을 만드는 것도 아니었는데 그게 습관처럼 자리 잡았다. 자리에 앉으면 가운데 놓인 그릇에서 음식을 덜어 먹었다. 서로의 접시에 담긴 음식에는 손을 대지 않았다. 미연은 좀 달랐다. 계란말이를 먹으면서 준은 한국인은 먹는 방식이 다른 것 같다고 느꼈다. 입에 든 계란말이가 고소했다. 맞은편에 앉은 여자를 만나려고 열 시간이 넘게 비행기를 탔다. 며칠 만에 이 낯선 여자와 밤을 보냈고 지금은 아침을 먹는다. 여자는 식당 구석에 켜놓은 텔레비전 뉴스 프로그램을 본다.

준은 세상 반대편에 가서라도 자신이 존재해야 하는 이유를 찾고 싶었다. 병호가 보낸 엄마의 수용소 입소 카드에 적힌 강간과 출산 내역을 본 순간부터 거울 속의 자신을 보는 일이 역겨워지기 시작했다. 괜찮은 척 살아갈 자신이 없었다. 세상에서 버려진 사람들이 그곳에서 어떤 삶을 살았는지, 엄마는 어떤 죽음을 맞았는지라도 알게 된다면 10년, 20년이 걸리더라도 자신을 받아들일 수 있지 않을까, 라는 헛된 기대감을 안고서 한국에 왔다. 미연이 건네준 계란말이는 이곳에서 맛본 유일한 달콤함이었다. 미연과의 시간은 한국에서 처음 가족을 만난 것 같은 느낌이었다. 비 내리는 소리가 차츰 사그라졌고 작업복 차림의 남자가 들어와 콩나물해장국을 한 그릇 주문했다. 미연은 마지막 계란말이를 준의 밥그릇에 옮겼다.

— 계란말이가 입맛에 맞나 봐.

밥을 먹는 동안 휴대폰이 한 차례 울렸으나 미연은 받지 않았다.

진동으로 바꿔놓은 뒤에도 가방 속에서 계속 울려왔다. 준이 미역
국과 밥 한 공기를 거의 다 먹었을 때쯤 미연은 휴대폰을 꺼내 전화
를 받았다.

— 네, 지방에 있어요. 서울 아니고요.

휴대폰 너머 남성의 목소리는 흥분한 것처럼 점점 커졌다. 뭐라
고 하는지는 알아들을 수 없었지만 미연을 다그치는 것 같았다. 미
연이 휴대폰을 든 채로 자리에서 일어났을 때 텔레비전 뉴스 화면
이 넘어갔고 화면 정중앙을 가득 채운 이는 분명 미연이었다. 그 옆
으로 마이크를 든 것도, 버린 것도 아닌 어정쩡한 자세로 서 있는 남
자는 준이었다. '그곳에 감금당했다… 한국외고 교사, 형제의집 생
존자 증언'이라는 헤드라인이 지나갔다. 미연은 화면을 흘긋 보더
니 백반집 밖으로 급히 나갔다. 처마 밑으로 떨어지는 빗줄기가 굵
어지기 시작했다. 미연의 작은 어깨가 젖어 들었다. 준은 텔레비전
화면 앞으로 걸어갔지만 한국어로 진행하는 뉴스 내용을 다는 이해
할 수 없었다. 그녀는 1분 30초짜리 뉴스를 통해 형제의집 피해자라
는 사실이 강제로 밝혀졌다. 미연은 가게 안으로 들어와서 말없이
국에 밥을 말아 몇 숟가락 뜨더니 남은 국물까지 마셨다. 무언가를
먹어야만 견딜 것 같은 얼굴이었다.

— 나 때문이에요?

— 아니. 나랑 어디 며칠 갈래요?

미연이 휴대폰을 끄고는 가방에 집어넣으며 물었다. 백반집을 나
서 차 문을 여는 미연의 뒤를 따라가며 준은 어디에 가느냐고 묻지

않았다. 그녀가 어디에 가든 함께 있어야 한다. 자신이 아니었다면, 미연이 전국 뉴스에 얼굴을 알리는 불행은 일어나지 않았을 것이다. 불행을 미연에게 옮겨 붙게 한 것 같아 죄책감이 들었다. 미연은 시동을 걸다 말고 운전대에 얼굴을 묻었다. 차 문을 열고 나가 그녀가 혼자 있을 시간을 주어야 하는 건지, 곁에 가만히 앉아 있어야 하는 건지 판단이 서지 않았다. 미연은 운전대에 얼굴을 묻은 채로 물었다.

— 어디 가냐고 왜 안 물어요?

— 한나절 넘게 운전했고, 잠도 못 잤잖아요. 막막하고 버거울 때, 아무 말도 위로 안 될 때요. 자고 일어나면 조금 괜찮더라고요. 한숨 자면 괜찮아질지 몰라요.

백반집 건너편 모퉁이에 자리한 모텔의 네온사인이 흐린 날씨 속에서도 빛나고 있었다.

— 그럼 자고 가요. 반나절이나 하루. 자고 나서 생각해봐요. 어디로 갈지.

모텔에 들어가자마자 담배 냄새가 진동했다. 창문을 가린 쪽빛 커튼과 카펫에 배어든 오래된 담배 냄새였다. 모텔 카운터에 돈을 지불하고 두 사람은 각자의 키를 받아 들고 401호와 402호에 들어갔다. 준은 들어가자마자 욕실에서 샤워를 했고 미연은 씻지도 않은 채 입고 있던 옷 그대로 침대에 누웠다. 벽 너머에서 샤워 소리가 가느다랗게 들리다 사라졌다. 미연은 공원에서 사라지는 두 사람의 뒤를 쫓아간다. 한 여자아이와 엄마다. 미연은 숨이 차도록 달리기 시작한다. 쫓아갈수록 간격은 벌어져만 간다. 피부가 발갛게 달아오르는 여름날이었다. 태양 아래서 그들을 쫓는데 노을이 지고 있었다. 아무리 불러도 뒤돌아보지 않았다. 멀어져가는 두 사람의 등을 보며 미연은 주저앉았다. 서러운 마음에 참았던 울음이 터져 나왔다.

눈을 떴을 때 베개가 젖어 있었다. 창문 밖으로 해가 지고 있었고 문 두드리는 소리가 들렸다. 준이었다. 두 사람은 모텔을 나서 차에 탔다. 어떤 계획도 없이 이제 어딘가로 떠나야만 했다. 여행 가방을 끌고서 한참을 떠나온 기분이었다. 돌아가기에는 멀리 왔고 딱히 어디로 가야 할지 막막했다.

— 너무 늦었는지도 모르겠어.

— 그냥 원하는 대로, 닿는 대로 가요.

미연은 목적지를 말하지 않았고 준 또한 묻지 않았다. 늦은 출발도, 이른 도착도 없었다. 차는 고속도로로 진입했고 비가 그쳐 안개가 사방에 가득했다.

— 은희 말이야.

— 네.

— 엄마 죽음에 대해 왜 더는 묻지 않아?

— 처음엔 엄마가 어떻게 죽은 건지 알게 되면 좀 나아질지도 모른다고 생각했어요. 근데 그런다고 제 출생이 달라지는 건 아니니까요. 그냥 어떤 사람이었는지, 어떻게 살았는지 그거라도 알면 막막함이 없어질까. 시간 지나면 나아질까. 사실 아직도 내가 태어났다는 이 나라가 이해되지 않아요.

가짜 노숙인까지 만들었던 나라를, 그들을 개조했다고 국정을 홍보했던 나라를 준이 이해할 수 있을까. 미연은 혼자 고개를 저었다.

　형제의집에서 4년을 살다 집으로 돌아갔을 때 미연은 음식을 조절할 수 없었다. 식탁에 고기 반찬이 나오는 날에는 헛구역질이 날 때까지, 냄비 바닥이 드러날 때까지 숟가락을 놓지 않았다. 엄마가 다음에 먹어도 된다고, 냉장고에 고기가 남아 있다고 말해도 식욕을 자제할 수 없었다. 식탁에 고기 양념을 흘리며 먹는 딸을 보며 아버지는 젓가락을 내려놓곤 했다.

　4년간 형제의집에서 배곯은 흔적을 지울 수 없었다. 썩은 내 나는 전어젓과 간장, 김치라고 할 수 없는 배춧잎을 매일 먹었다. 원장 아들이 자가용 밖으로 던지는 라면수프를 잡으려고 수용소의 아이들이 개떼처럼 달려들었다. 배고플 때를 대비해 몰래 숨겨놓은 라면수프가 사라지는 날이면 미친 사람들처럼 개싸움을 벌였다. 가족들은 상상할 수 없는 세계였다. 밥그릇에 코를 박고 한참을 먹다가 고개를 들었을 때 가족들이 미연을 바라보던 표정은 한편으로 안쓰러우면서도, 한편으로 고치기를 바라는 얼굴이었다. 시간이 해결해줄 거야. 다 잊힐 거야. 어머니와 아버지는 늦은 밤 가끔씩 식탁에 앉아 이야기했다. 복도를 지나 화장실로 가던 그 넓고 안락한 집에서 미연은 그들의 낮은 목소리를 듣고는 발걸음을 멈췄다. 어느 날 이유도 없이 붙들려 감금당한 4년의 시간에 대해 미연은 부모에게 말하지 않았다. 게걸스럽게 먹어대는 딸의 모습 앞에서 젓가락을 놓는 그들의 비위를 더는 상하게 할 수 없었다. 미연의 바지 속으로 손을 집어넣던 형제의집 소대장에 대해 이야기할 수 없었다. 형제의집 원장 아들이 던진 라면수프를 받기 위해 얼마나 높이 뛰어올랐는지, 그걸 잡아채려 다른 아이들의 명치를 얼마나 세게 때렸는지, 처음 입소해 빽빽 울어대는 신참 여자애들에게 발길질을 하던 시간들에 대해서도.

고위공직자였던 아버지는 국가의 부랑자 퇴치 작전 당시 억울하게도 딸이 부랑자로 몰려 잡혀갔다는 당국 관계자의 설명에 고개를 끄덕였다. 돌아온 것이 다행 아니냐. 담당자와 면담을 마친 뒤 아버지가 미연에게 한 말이었다. 미연은 별다른 항의 없이 돌아서는 아버지의 등을 따라 걸었다. 아무 일 없던 때로 돌아가고 싶어 하는 어머니와 그나마 찾았으니 다행이라는 아버지 사이에서 미연이 해야 할 선택은 최선을 다해 망각하는 일이었다. 잊은 척, 기억하지 않는 척 연기하는 것이었다. 그곳에서 몸에 밴 습관들이 불현듯 나타날 때마다 미연은 애써 태연한 표정을 지어야 했다. 시간이 흐르면 과거도 세척될 거라고 믿는 부모의 바람에 부응하느라 까치발을 들고 사는 것 같았다. 살던 집을 떠나 몇 차례 이사를 가고 전학을 다니는 동안 좋은 성적표를 그들에게 보여주는 것이 미연에겐 최선이었다. 결혼을 하고 가정이 생기면 완전히 보통 사람이 될 줄 알았다. 대학생 때 지훈을 만나 사랑했고, 결혼을 약속했다. 그에게만은 과거를 말해야 할 것 같았다. 침묵이 거짓말처럼 느껴졌다.

결혼을 이틀 앞둔 날 저녁, 아파트 놀이터 그네에 앉아 미연은 형제의집 출신이라고 말했다. 지훈은 듣기만 했다. 침묵 사이로 낡은 그네가 삐걱대는 소리만이 들릴 뿐이었다. 결혼한 뒤 지훈이 형제의집을 입에 올린 적은 없었다. 적어도 딸이 태어나기 전까지는. 아이가 옹알이를 하고 기어 다닐 때까지 부부는 기쁨에 차 있었다. 아이는 말을 배우고 걷기 시작하면서 벽에 낙서를 하고 가구에 그림을 그렸다. 하고 싶은 것과 하기 싫은 것을 구분했고 점차 통제가 되지 않았다. 미연은 아이가 자신의 통제선 밖으로 나갈 때마다 다그쳤다. 질서가 무너지는 것을 견딜 수 없었다. 그럴 때마다 지훈은 아내와 부딪쳤지만 다른 부부도 흔히 겪는 육아 갈등으로 여겼다. 아이가 커가면서 미연은 아이 또한 어느 순간 사라질지 모른다는 불안에 시달렸다. 통제 밖으로 벗어나려는 아이를 볼 때마다 제재하고 소리쳤다. 미연은 자신이 형제의집에서 겪었던 것처럼 아이의 시간을 통제하고 있다는 걸 알았다. 몸에 밴 과거를 끊어낼 수 없다는 사실까지도. 유전보다 더한 것이 기억이고 습관이었다.

남편이 형제의집 얘기를 미연에게 처음 꺼낸 건 딸이 세 살이 되었을 무렵이었다. 밥을 먹다 말고 지훈은 거칠게 숟가락을 내려놓았다.

"형제의집에서 배운 대로 애한테 하지 마."

그가 밥숟가락을 내려놓고 냉담하게 말할 때 미연은 돌이킬 수 없을 거라는 확신이 들었다. 빼앗긴 4년은 없던 일이 될 수 없었다. 표백할 수 없는 날들이었다. 기억은 그림자 같은 것이었다. 가위를 들고 들러붙은 그림자를 잘라내도 하루가 지나면 잘린 부위에서 새 그림자가 돋았다.

지훈이 먹던 밥을 남기고 식탁에서 일어났다. 정갈하게 다려놓은 하얀색 와이셔츠를 입고 문을 닫고 나가는 남편, 새벽부터 끓인 국 그릇 앞에 혼자 앉아 있는 자신, 어젯밤 세탁해놓은 식탁보가 깔린 식탁. 미연은 이 모든 것을 뒤엎고 싶었다. 여전히 어떤 설명도 없는, 자신을 가둔 세상에 불을 질러 폭발시키고 싶었다.

특별히 잘난 것도 모자란 데도 없는 평범한 남편과 딸, 보통의 가정은 애초부터 자신에게 어울리지 않았다. 아이가 죽고 지훈이 집을 나간 뒤 불 꺼진 방에 들어가 딸아이가 쓰던 베개를 베고 누웠다. 아이의 땀 냄새마저 사라질까 봐 얼굴을 깊이 묻고 숨을 들이마셨다.

준이 강간으로 태어난 자신이 불량품처럼 느껴진다고 말했을 때 미연은 버려지던 그날이 떠올랐다. 처리장에 모인 쓰레기는 일정한 시간에 깨끗이 비워지면 그만이었다. 아파트 쓰레기처리장에 어떤 쓰레기가 버려졌는지 누구도 알고 싶어 하지 않는 것처럼. 이제 갓 서른 살이 된 준에게, 자신이 폐기물처럼 느껴지는 그 감정이 사라지지 않을 거라고, 평생 맡아야 할 냄새일지 모른다고 말할 수는 없었다. 자신에게서 나는 오물 냄새를 준도 견디기 힘들었을 것이다. 미연이 그러했듯이.

형제의집은 전국 최대 규모의 쓰레기처리장이었다. 1987년 구속됐던 원장은 2년 6개월이라는 짧은 형기를 마치고 다시 자신의 왕국으로 복귀했다. 이제 다시는 거지 집하장을 만들지 않을 것처럼 발표했던 정부는 시설을 재개했다. 거리에 차고 넘치는 노숙인은 어딘가로 치워져야 했다.

― 방인곤 원장을 만나러 가려고. 왜 그랬는지, 무슨 생각이었는지 물어볼 거야. 밤마다 되돌려주고 싶었는데, 아무것도 못 하고 나이만 들었어. 28년 동안 한 게 아무것도 없어.

미연은 라디오를 틀며 말했다. 걸그룹 음악이 흘러나왔다. 반복적이고 빠른 노랫말이 흘렀다. 지루하게 떨어지는 빗줄기하며, 모텔의 담배 냄새가 잔뜩 배어 있는 몰골하며, 사흘째 같은 옷을 입고서 둘은 어쩌다 전국을 떠돌고 있었다. 걸그룹 음악은 그들 주위를 겉돌았다.

― 한국에서 요즘 유행하는 노래야.

미연은 운전대를 잡은 채 창밖으로 얼굴을 돌리고 있는 준의 목덜미를 바라본다. 준은 창문을 열고 손바닥을 내민다. 손바닥 위로 동그란 소리를 내며 비가 떨어진다. 준은 손바닥에 떨어지는 비를 가만히 들여다본다.

― 이 음악, 재밌어요. 아까 말이에요.

― 응.

― 찾아가는 길이 늦은 것 같다고 했잖아요.

― 어. 창문 좀 올려줄래? 비가 안쪽으로 들이치는 것 같아.

― 한 번도 방인곤을 찾아간 적이 없었어요?

― 직접 찾아간 적은 없었어. 아무렇지 않은 척 살았는데, 괜찮아지지 않더라.

두 사람은 간간이 맥락 없는 대화를 주고받았다. 대부분의 말들이 침묵이라는 여백에 묻혔다. 말들은 빗소리 사이로 흩어졌다. 두 사람은 좀체 서로의 얼굴을 보는 일이 드물었고, 대개는 일정한 간격으로 빗물을 닦는 와이퍼만 바라봤다. 그러다 배가 고프면 휴게소에 들러 우동이나 유부초밥을 먹었고 휴게소 편의점에서 속옷을 사서는 화장실에서 갈아 입었다. 여정이 길어진다면 고속도로 휴게소에 입점한 등산복 매장에 들러 여벌이라도 살 참이었다.

사실 미연이 방 원장을 찾아가는 게 처음은 아니었다. 스물두 살이 되던 해 여름, 버스를 타고 형제의집을 찾아갔었다. 집을 나서기 전 과도를 가방에 넣었다. 형제의집에서 욥의 마을로 간판을 바꿔 달았지만 세상과 수용소 사이를 가르는 육중한 철문은 과거 그대로였다. 방 원장이 2년 6개월이라는 짧은 형기를 마쳤으니 사법 처리는 받은 셈이었다. 수용자 3000여 명을 영장 없이 가두고 강제 노동을 시킨 죄의 벌은 아니었다. 외환관리법 위반, 횡령 같은 죄에 대해서만 처벌을 받았다. 그렇게 국가는 이 일을 처리했고, 부랑인 출신이라는 주홍 글씨를 드러내고 싶지 않은 수용자들은 숨어버렸다. 배운 것 없고 가진 것 없는 사람들은 어떻게 법적으로 대응해야 하는지 방법을 알지 못했다. 아무도 관심 없는 사건은 방 원장이 구속된 이후 그렇게 잊혔다. 방 원장은 형기를 마친 뒤 호주로 도피성 유학을 1년간 떠났다가 곧 제자리로 돌아왔다. 가짜 부랑인을 만들어내던 과거와 달리 있는 만큼만 치우는 시스템으로 바뀌었을 뿐이다.

스물두 살의 미연은 정문 맞은편에 주차된 덤프트럭 뒤에 몸을 숨기고는 과도가 든 손가방을 꼭 쥐었다. 태양이 화난 것처럼 이글거렸다는 것, 머리 위로 내리쬐는 태양빛의 열기가 벌처럼 느껴졌다는 것이 미연의 기억에 남은 흔적이었다. 구름 한 점 없는 하늘을 올려다보는데 눈을 뜰 수가 없었다. 자꾸만 태양을 향해 눈을 치켜 뜨고 싶었다. 눈을 뜨면 빛의 강렬함 때문에 저절로 눈이 감겼고 뜨거움으로 고개가 숙여졌다. 저녁 어스름이 깔리고 정문으로 진입하는 차량들이 뜸해졌다. 경비원은 담배를 태우려 수시로 자리를 비웠다. 뛰어들어간다면 진입할 공백은 분명 있었다. 가방에서 과도를 꺼내 손에 쥐었지만 누구를 찔러야 할지 막막했다. 국가, 사법부, 원장, 소대장, 조장, 아니면 저 안에 있는 모든 사람들, 거지를 치워 깨끗한 사회를 조성하려 했던 보통 사람들, 1년 남짓 소대장 아래서 다른 수용자를 감시하고 밀고한 자신. 그 누구를 죽여야 할까.

태양이 지고 먼 산 뒤로 달이 떠오른 지 오래였다. 눈을 들어 하늘을 바라봤다. 여름밤의 별들이 세상을 내려다본다. 손가락을 들어 칼날을 훑었다. 은빛 칼에서 핏물이 한 방울 떨어졌다. 울음처럼 한번 터진 핏방울이 멈추지 않았다. 미연은 핏방울이 떨어지는 손가락을 지혈하지 않았다. 시간이 얼마쯤 지났을까. 미연은 칼을 버리고 뒷걸음질 쳤다. 바닥에는 핏방울이 점점이 떨어져 길을 냈다. 1992년의 여름, 7월이었다.

그날 이후 미연은 다시는 그 일을 입에 올리지 않았다. 누군가 다시 형제의집 문제에 관심을 갖고 제대로 수사해줄지도 모른다는 가능성을 마음속에서 지워버렸다.

방 원장 이름을 다시 접한 건 석간신문 사회면에서였다. 신문에는 방 원장이 치매를 앓고 있다는 조그만 기사가 실려 있었다. 또다시 복지시설을 운영하다 국가 지원금을 횡령해 기소됐는데, 이미 치매를 앓고 있는 노인이어서 공판이 중지 상태라는 내용이었다.

칼을 버린 그날로부터 23년이 지나 다시 방인곤을 찾아가는 날이었다. 가는 비가 추적추적 내렸다. 해가 떨어진 지 몇 시간이 지나서야 두 사람은 경남 양산에 도착했다. 폐교를 매입해 리모델링한 요양원이었다. 정문 간판은 부식된 지 오래였다. 을씨년스럽게 방치된 정문을 지나 본관에 들어섰을 때 안내 데스크 직원은 자리를 비운 상태였다. 두 사람은 안내 데스크 위에 놓인 명단에서 방 원장의 이름과 호실을 확인했다. 미연은 403호 앞에서 문손잡이를 잡았으나 선뜻 들어가지 못하고 한동안 문 앞에 서 있었다. 이 문을 열면 돌이킬 수 없을지 모른다. 기억이 오늘을 덮치지 않게 하려고 날마다 봉인하고 덮었다. 문 앞에서 돌아선다면 미연은 영원히 고백할 수 없을 것이고, 죗값을 묻거나 치르지도 못할 것이다.

황금색 손잡이를 돌리자 문틈에서 불빛이 새어 나왔다. 빛 너머로 철제 의자에 앉은 채 책상에 엎드려 있는 노인의 등이 어른거렸다. 육중한 문이어서 여는 소리가 꽤 크게 들렸는데도 노인은 귀가 잘 들리지 않는지 인기척을 느끼지 못했다. 노인의 굽은 어깨가 천천히 올라갔다가 내려오기를 반복했다. 왼쪽 팔에는 깁스를 하고 있었다. 두 사람이 다가갔을 때 책상에는 읽다 만 시집이 펼쳐져 있었다. '내가 혼자 있을 때/이 밤 어디에선가 혼자 숨겨가고 있는 사람은/나를 향하고 있을 것이다'. 라이너 마리아 릴케의 시였다.

오래도록 환기를 하지 않은 것인지 책상 주위로 먼지가 자욱이 떠다녔다. 오래 묵은 책 냄새가 났다. 열 평 남짓한 방 한가운데에 원목 책상이 자리했고, 벽을 따라 미니 냉장고와 철제 사물함, 의자 한 개와 응접 테이블, 1인용 침대가 놓여 있었다. 창문에는 갈색 커튼이 드리워져 있다. 노인은 졸고 있었다. 오른쪽 팔이 늘어지며 시집이 회색 카펫에 둔탁한 소리를 내며 떨어지자 그제야 눈을 떴다. 기지개를 켜다가 자신 앞에 선 낯선 두 사람을 발견하고는 대수롭지 않게 말했다.

— 새로 온 간병인이오?

두 사람은 대답하지 않는다. 노인은 방 한구석에서 접혀 있는 간이 의자 두 개를 꺼내 와 미연과 준에게 내민다.

— 나를 찾아왔어요?

말 상대가 생겼다는 사실에 기분이 좋아진 건지 노인은 엷은 미소를 지었다. 노인은 하루 종일 이 방에서 책을 읽었다. 지겨운 날들에 말 상대는 책뿐이었다. 직업군인으로 제대한 뒤 형제의집을 개척하면서 평생 읽은 책이라고는 건강 서적밖에 없었다. 1987년 구속되고 교도소에서 할 수 있는 일은 책 읽기뿐이었다. 오직 책을 읽는 것으로 버텼다. 감방에서 죄수들은 사회사업가인 그에게 욕설과 조롱을 해댔다. 푸른 죄수복을 입고 사는 죄수들과 질적으로 다른 인간이라는 사실을 망각하지 않으려 닥치는 대로 책을 읽었다. 딱히 경제에 관심이 있었던 것은 아니지만 그곳에서 뭔가 생산적인 일을 하고 싶었고 자기계발서를 펼쳐 들었다. 대학 졸업장 없이 사회복지 계통에서 성공한 것이 콤플렉스였던 탓도 있었다. 경제경영서에서 시작한 책 읽기는 철학, 인문으로 뻗어나갔다. 가끔 책에서 읽은 내용을 죄수들에게 말했을 때의 쾌감이 짜릿했다. 알아들을 수 없는 말에 얼빠진 표정을 짓는 죄수들의 얼굴을 보는 재미였다. 3년 전 이곳으로 오면서 다시 책들을 모았다. 아무도 찾아오는 이 없는 요양원에서 책만이 그의 친구였다.

　— 당신들은 날 알고 찾아왔겠지만 말이오. 날 알아요?

　방인곤은 냉장고에서 사과를 꺼낸다. 쟁반에 칼과 사과, 물잔을 올려놓고는 오른손으로 쟁반을 미연의 무릎 위에 올려놓았다. 팔이 이러니 알아서 과일을 깎아 먹으라는 몸짓이었다. 노인은 미연을 알아보지 못하는 눈치였다. 형제의집 원장이 3000명이 넘는 원생들의 얼굴을 기억할 리는 없었다. 미연이 멀리서나마 원장을 볼 수 있었던 때는 예배 시간과 토요 집회 때였다. 원장은 수요일과 일요일 예배에 참석했지만 수용자들과 멀찍이 떨어져 앉았다. 수용소 내에도 성경을 가르치는 목사가 있었다. 목사는 수용자들을 사회의 오물이라고 단정적으로 표현하지 않았을 뿐, 설교를 가만히 들어보면 쓰레기에서 인간이 되라는 교훈적인 내용이었다. 매주 토요일은 방 원장이 수용자들을 강당에 집합시키고는 한 주의 사건 사고를 발표하는 날이었다. 형제의집을 탈출하려다 붙잡힌 수용자들이 소환됐다. 그들은 '인간 쓰레기'라는 문구가 적힌 쌀 포대를 입고 재래식 화장실의 똥을 푸는 벌을 받았다.

　— 가족이 얼마 전에 사과 상자를 택배로 보냈지 뭐요. 가족이라고 합디다.

노인은 가족에 대해서도 남 일처럼 말했다. 방 원장이 내민 과일 쟁반을 받아 든 미연은 칼을 집어 들었다. 3000명을 호령하던 원장은 이제 등은 굽고 머리는 백발인 노인이 되어 있었다.

— 4년 전부터 치매를 앓고 있지. 아, 뇌에 불량 단백질이 쌓이는 알츠하이머는 아냐. 난 좀 새로운 케이스라더군, 병원에서.

그 말에 미연이 사과를 바닥으로 떨어뜨렸다. 노인은 무릎을 꿇고 사과를 집어 의자에 앉아 있는 미연에게 다시 건넨다. 순간 미연과 노인의 얼굴이 가까워졌다. 늙음은 면죄부를 준 것인가. 죄의 대가를 치른 적도, 죄책감을 느낀 적도 없는 그는 이제 기억마저 잃었다. 2년 6개월의 형기는 예산을 횡령한 죄의 대가에 불과했다. 법원은 그에게 3000명을 감금하고 강제 노동을 시키고 학대한 죄를 묻지 않았다. 재판부는 국가정책에 의한 정당한 행정 조치라며 감금에 대해 무죄를 선고했다. 그렇게 12년간 513명이 숨진 형제의집 사건은 진상규명조차 되지 않은 채 흐지부지 끝났다. 방 원장은 출소후 어학 공부와 레포츠 사업을 하겠다며 호주로 떠났고, 한국에 돌아와 재단명을 바꾸고 복지법인 명의로 온천 사업을 벌였다. 관리 감독의 책임이 있는 시청은 이런저런 사업을 모두 승인했다. 비록 수용자 수는 줄었지만 국가로서는 떠돌이들을 치울 시설이 필요했다. 형제의집으로 복귀한 뒤 그는 종종 언론 인터뷰를 했다. 자신 또한 국가에 의한 피해자라고 말했다. 국가정책을 집행하다가 억울하게 옥살이를 했다는 항변이었다. 노인이 된 방 원장은 온화한 미소를 지으며 떨어진 사과를 쟁반에 올려놓는다. 세월은 그들에게 다른 벌을 주었다. 한 사람에게는 잊어가는 벌을, 또 한 사람에게는 잊을 수 없는 벌을.

준은 미연의 무릎 위에 놓인 쟁반을 바닥에 던졌다. 바닥에 칼이 떨어지면서 날카로운 소리가 났다. 준이 무릎을 꿇고 칼을 주우려는 방 원장의 멱살을 잡고는 일으켜 세웠다. 노인이 마른기침을 콜록거리자 준이 낮은 목소리로 말했다.

— 당신 자신을 잊었어? 대답해봐. 당신이 누군지.

준이 멱살을 놓자 방 원장은 기침을 멈추고는 새로운 놀이라도 찾은 것처럼 호탕하게 웃어젖혔다. 노인은 호주 생활 당시 배운 언어 실력이 녹슬지 않은 것을 자랑하듯이 영어로 준에게 질문을 퍼부었다.

— 당신은 누구요? 외국에서 온 것 같은데. 나를 알아요? 내가 누군지.

— 당신을 보러 왔지. 아주 오랜 시간이 걸려서.

— 오, 나를 보러? 오히려 내가 듣고 싶군.

노인은 커튼을 활짝 젖혔다. 허연 먼지가 방 안을 자욱이 돌아다녔다. 벽에 걸린 시계가 밤 11시를 알렸다. 그들은 각자의 언어를 내뱉고 있을 뿐이었다. 노인은 손가락을 들어 자신의 머리를 가리켰다.

— 젊어서 말이야. 교도소를 출소한 뒤부터 전등이 깜빡였다고 하더군. 옛날 일이 잘 떠오르지 않아. 주위에서는 차라리 다행이라고 여겼다더군. 아예 잘된 일이라고. 그러다 4년 전부터 기억이 허물어져갔어. 한 해씩 한 해씩 사라져가. 이제는 모르겠어. 내가 누군

지. 그러니 자네가 누군지 내가 알 게 뭔가? 자네가 화내는 이유를 내가 알아야 하나?

노인은 책꽂이에서 노트를 꺼내 들고 몇 페이지를 넘겼다.

— 아내 이름은 노미자. 69세. 간암으로 8개월간 투병하다 2010년 10월 9일 사망.

그는 아내의 죽음을 타인의 것처럼 읽어 내리고는 노트를 덮었다. 세상 어디에서도 살았던 적이 없는 사람처럼. 지워져가는 기억이 안타깝지 않은 것처럼 홀가분한 얼굴이었다. 그는 매일 휘발되는 기억을 머릿속이 아닌 노트에 기록했다.

— 기억을 할 수 없으니 매일 기록을 하지. 날 찾아온 사람들에 대해. 그들이 내게 알려준 것들에 대해.

벽에 걸린 괘종시계가 울렸다. 17분 전에 울린 시계는 한 시간 간격이 아닌 저 울리고 싶은 대로 울렸다. 괘종시계에 먼지가 하얗게 쌓여 있었다. 방 원장은 시계를 고쳐놓지 않았다. 시간의 흐름은 중요하지 않았다. 사라져가고, 사라질 테니까.

— 시계가 두 바퀴를 돌면 하루가 지나가. 며칠이 지나면 또 내 머릿속은 흐릿해지겠지. 그러다 시간이 지나면 오늘은 과거가 될 테고, 언젠가 지워지겠지.

그는 갑자기 소리를 낮추더니 비밀 이야기를 하듯이 속삭였다. 노인의 영어는 치매라고 보기 어려울 만큼 유창했다.

— 난 매일 머릿속을 청소해. 쓸데없는 것들을 매일 쓸어 폐기처분하는 거지. 난 병자가 아냐. 환자가 아니라고. 쓸데없는 걸 잊어가

는 건 합리적인 거야. 아주 합리적인 증상인 거지. 쓸데없는 걸 잊어 가지만 그렇다고 인지능력이 없는 건 아냐. 많은 것들을 습득하고, 알고 있지. 일상생활에 지장이 되는 건 없어. 지나간 시간 가운데 버리고 싶은 것들을 자동폐기하는 장치가 내 머리에 생긴 거뿐이지.

노인은 자리에서 일어나 냉장고에서 사과즙을 꺼내더니 미연에게 건넨다. 미연은 주먹을 꼭 쥔 채 입을 다문다. 준은 20년이 넘게 걸려 방인곤 앞에 선 그녀가 어떤 말이라도 꺼내길 바랐다. 그는 사과즙을 든 노인의 손을 치운다.

— 당신, 살인자였어. 사람들의 삶을 훔치고 가두고는 지배했어. 내 엄마, 그리고 저 여자도. 잊었다고 하지 마. 잊은 척 연기하지 마.

방 원장은 좁은 방을 오가며 허공에 손가락질을 했다. 무언가 지나가는 것처럼 노인의 시선이 움직였다.

— 여기, 시간이라는 기차가 출발하지. 오늘은 어제가 되고, 지금은 그때가 돼. 그걸 막을 수 있나? 신은 인간에게 무한한 가능성과 유한한 시간을 동시에 줬지. 다 이뤄낼 수 있을 것 같은데, 결국 시간은 가고 늙어 죽거나 늙기 전에 기억을 잃어. 사람에게 기억이라는 게 뭔가? 편집된 시간이지. 그런데 사람들은 그걸 또 전부로 여겨. 참 한심해. 사람들의 기억에는 불순물이 섞여 있어. 오늘 안에 어제가 있고, 미래 안에 지금이 있지. 내게는 아무것도 없어. 아무것도. 강물처럼 흘러가버리고 마는 거지. 댐에 쌓아둬서 괴물이 되게 하느니, 그저 기억을 방류해버리는 거지.

그는 기억을 잃어가고 있다기보다는 자신의 과거에 대해 관심이 없는 것처럼 보였다. 살인자라는 말에도 놀라는 기색이 없었다. 마치 과거와 분리되어 나온 개체 같았다.

— 당신들은 내 친구였는가? 친구라고 하기엔 너무 젊군.

답변을 듣고 싶어서라기보다는 손님에 대한 예의 차원에서 하는 질문 같았다.

— 기억하지 않는다고 죄가 사라진 것은 아냐. 기억나지 않는다고 없던 일이 되는 것도 아니고. 죄책감이란 게 없군. 기억도, 과거도, 죄의식도 아무것도 없이.

준이 방 원장을 몰아세우기 시작했다. 미연은 이상하리만큼 말이 없었다. 화를 내지도, 울분을 터뜨리지도 않았다. 과도를 두 손에 꼭 쥔 채 노인을 바라보기만 했다. 머릿속에서 헤아릴 수 없이 죽였던 원장이었다. 그가 늙고 병들어 기억이 나지 않는다고 한다. 자신을 가둔 사람이 다른 사람으로 변한 것처럼. 그토록 찌르고 싶었던 사람이 평온한 얼굴로 말하는데 눈앞의 광경이 환상처럼 느껴졌다. 아버지가 사 준 프로스펙스 운동화를 신고 집에서 도망치던 그 밤, 냉동차에 실려 가던 그때, 울음조차 나지 않던 순간. 아무것도 기억나지 않는다며 타인처럼 구는 노인 앞에서 미연은 아무 생각이 들지 않았다. 심장이 바닥에 떨어진 것 같았다. 노인은 어딘지 모르게 반쯤 미쳐버린 것 같았고, 어두운 공기가 감도는 이 방 또한 비현실적으로 느껴졌다. 손에 쥔 차가운 은빛 과도만이 그녀가 있는 이곳이 현실임을 느끼게 했다.

— 내 과거는 사람들이 던져준 퍼즐로 구성되지. 사람들이 나에

대해 기억하는 것들의 조합.

— 날마다 인생이 달라지겠군. 판타지 소설 주인공처럼.

노인이 궤변을 이어가자 준은 비아냥댔다. 미연에게만큼은 질문을 아꼈던 준이 피해자 앞에서 당당한 가해자를 몰아세웠다.

— 인생? 그런 건 없어. 기억이 없으니까. 나 자신도 사라져버린 거지. 아픈 추억 같은 거 하나 없이 하루하루가 연장될 뿐이지. 삶이 연명치료 같은 거야. 의미 없이 숨만 쉬는 거.

노인은 갑자기 열띤 얼굴로 책상에 엎어놓은 노트를 들고서는 몇 장을 뒤적였다. 코끝으로 내려앉은 안경을 밀어 올리며 기록을 찾기 시작했다.

— 한 달 전 그림을 그린다는 사람이 찾아왔군. 이날의 기록을 읽어주지. 흠, 꽤 흥미진진한 하루였어. 그도, 나도 처음엔 서로를 관찰했다. 그가 내게 말했다. '나를 알겠지?' 알지 못한다고 답하자 그는 차분한 목소리로 말했다. '당신은 인간 장사를 한 사람이었지. 당신이 기억을 잃고 있다고 하기에 문득 보고 싶어졌어. 그래서 한국까지 달려왔지.'

그는 노트를 내려놓고 상상 속에 있는 것처럼 혼잣말을 했다.

— 가끔 내 과거가 말이야. 끝이 정해지지 않은 시나리오 같아. 이미 지나갔지만 아직 오지 않은 미래처럼 느껴져.

노인은 노트를 다시 들어 자신이 쓴 기록을 소설처럼 읽어 내려갔다. 준이 노인을 제지하려 했으나 미연이 손을 들어 준을 말렸다. 어쩌면 기록 속에서 어떤 단서가 나올지도 모를 터였다.

— 한 남자가 내게 찾아왔다. 그는 자신의 이름을 밝혔으나 나는 기록하지 않는다. 남자는 방인곤이 돈을 많이 벌어서 어려운 사람들을 도왔다고, 숙박 시설을 지어서 갈 곳 없는 사람들을 데려다가 먹이고 재워주었다고, 나라에서 훈장도 받았다고 말했다. 자신 또한 나의 도움을 받았다고 말했다. 별다른 감정의 동요가 생기지 않는다. 과거뿐만이 아니라 나 자신에 대한 관심이나 흥미가 생기지 않는다.

노인은 노트를 책장에 꽂고는 서랍에서 담배 한 개비를 꺼내 입에 물었다. 주머니를 뒤졌으나 라이터가 나오지 않자 준에게 빈손을 내밀었다. 라이터가 있으면 달라는 몸짓이었다. 준이 아무런 제스처를 취하지 않자 그는 입에 문 담배를 내려놓고 책상 서랍에서 라이터를 찾기 시작했다.

— 기억이 없는 건 새처럼 가벼워지는 거야. 내일 죽는대도, 오늘 떠난대도 난 미련이 없지.

라이터를 찾다 말고 노인은 머리를 들어 천장을 바라봤다. 그의 머릿속에서는 검은 새 한 마리가 가볍게 날고 있었다.

— 당신은 죽기 전에 당신이 어떤 사람이었는지 들어야 해. 우리가 왜 당신을 찾아왔는지, 내 어머니가 왜 죽었어야 했는지. 당신은 회피하고 있어. 겁이 나니까. 지금 당신은, 당신이 아닌 것처럼, 다른 사람인 것처럼 굴잖아. 사람들이 하는 고백, 증언, 다 같잖다는 듯이.

— 궁금하지 않군, 흥미가 당기지도 않고. 당신들은 슬프고 후진

이야기를 할 거야. 후진 건 나와 어울리지 않아. 시시하고 따분한 이야기를 요즘 세상에 누가 듣겠어? 다들 사는 게 힘들지 않아? 젊은 사람들이 왜 그렇게 노인같이 구나? 난 그저 오늘, 이 순간을 살아가는 사람이지. 그게 지극히 현실적인 거야.

— 당신 앞에 있는 이 여자, 그리고 내 어머니를 당신이 가두었어. 가두고 노동을 시키고 학대했어. 당신은 그걸로 떼돈을 벌었지. 대가를 치르게 될 거야. 내가, 당신이 대가를 치르도록 만들 거야.

— 과거의 내가 했다는 행동을, 지금의 내가 사죄해야 하는 건가? 기억나지 않는 일을 기억나는 척 연기라도 해야 되는 건가? 당신들 앞에서?

바닥에 칼이 떨어지는 소리가 났다. 미연이 손에서 놓친 것인지, 내동댕이친 것인지는 알 수 없었다. 그녀는 무서울 정도로 차분한 얼굴로 일어나 문으로 걸어갔다. 황금색 문손잡이를 잡고는 뒤돌아보며 방인곤을 향해 낮은 소리로 말했다.

— 기억하게 될 거야. 지옥 끝까지.

요양원 정문 밖으로 나왔을 때 멀리서 개들의 울음소리가 들렸다. 머릿속에선 단어들이 하나씩 지워졌다. 다리에 힘이 풀려 자리에 주저앉은 미연은 속을 게워내기 시작했다. 아우슈비츠의 호텔에서 처음 만난 그날 그랬듯이.

어떤 기억도 갖지 못한 준, 기억에서 달아나려다 주저앉은 미연, 그리고 기억을 버렸다는 노인. 노인이 사죄를 한다 해도 미연에게 위로가 되지 않겠지만, 사죄할 이유조차 없다는 태도는 어떤 오기를 갖게 했다. 딸을 잃고 살아갈 이유조차 없던 그녀가 이제는 과거로 걸어 들어가겠다고 다짐했다. 국가가 주도한 납치와 감금을 자기 손으로 풀어내겠다는 의지와 함께.

하늘에서는 가랑비가 내렸다. 모래에 가는 빗방울이 떨어지자 바닥에서 흙냄새가 올라왔다. 게워낼 것이 없을 때까지 비워낸 속에서는 역한 냄새가 올라왔다. 어디로 가야 할지, 어디까지 갈 수 있을지 알 수 없는 땅 위에 서 있었다. 미연은 자리에서 일어나 입을 닦고는 준에게 말했다.

— 봤어. 은희가 널 안고 웃는 거. 지옥 같은 곳이었는데 환하게, 너무 환하게 웃더라. 되돌려놓을게. 다 제자리로 돌려놓을게.

9
방인곤의 기억

금빛 샹들리에 불빛이 애틋하게 우리를 안아주었습니다. 외국 그림책에서 봤던 아기 천사들이 천장에서 날개를 펴고 내려다보았습니다. 분홍 장미가 바닥을 장식하고 연미복을 입은 현악 사중주단이 잔잔한 음악을 들려줍니다. 상공으로 날아오르는 물줄기가 조명을 받아, 바람 속에서 팔을 뻗어 춤을 춥니다. 분수대의 물줄기가 솟구칠 때보다 떨어질 때 더 아름답다는 것을, 그때 알았습니다. 은빛 달이 흐린 안개에 둘러싸여 있습니다. 어둠이 잔디에 내려앉습니다. 검은 조끼에 정장 바지를 입은 남자들이 테이블에 접시를 가져다 놓습니다. 은회색 치마에 연분홍 저고리를 입은 아내의 눈가가 젖어옵니다. 감격한 얼굴을 내색하지 않으려 참아보지만 입술이 미세하게 떨립니다. 테이블 아래서 아내의 손을 살짝 잡아봅니다. 말없이 아내 눈을 쳐다봅니다. 아내가 입술을 올리며 미소 짓습니다. 아내는 저보다 배운 것이 많습니다. 풍요로운 집에서 태어났으며, 저보다 학교를 오래 다녔습니다. 아내는 부모의 반대에도 불구하고 직업군인 출신인 저의 청혼을 받아주었습니다. 연회장을 가득 채운 사람들이 고상한 얼굴로 서로를 바라봅니다. 풍요로운 음식, 은은한 음악, 격식 있는 말투. 여기까지 오느라 겪은 고생과 우여곡절이 많았지만 지금에서야 말할 수 있을 것 같습니다. 나 스스로에게 장하다고 말이죠.

오늘 가슴에 별을 달았습니다. 차가운 별은 아무리 만져도 지겹지가 않습니다. 대통령님은 내 가슴에 직접 훈장을 달아주고 노고를 치하해주었습니다. 지금, 별을 달아준 대통령님이 저 멀리 연단에서 마이크를 잡습니다. 청중들은 포크와 나이프를 조심스레 내려놓고 무릎 위에 손을 올립니다.

"조국이 광복된 후 한 세대의 시간이 흐르는 동안 우리 사회의 중추 세력이 바뀌었고 불의의 10·26 사태는 결과적으로 한 시대를 마무리 짓는 전기가 되었습니다. 그뿐만 아니라 구시대의 그릇된 기풍을 과감히 청산하고 깨끗하고 서로 믿는 정의로운 새 사회와 부강한 복지국가를 건설하는 것이 오늘을 사는 우리의 시대적 사명이라고 확신합니다. 국민 여러분, 우리는 지난 60년대와 70년대에 걸쳐 갖가지 내외의 도전과 시련에도 불구하고 경이로운 국가 발전을 이룩하였습니다. 그러나 급속한 발전 과정에서 많은 모순이 부산물로 생겨났습니다. 이른바 권력형 부정 축재, 부의 편재 현상, 황금만능주의, 도의의 타락, 정치적 이견의 극단화, 공직자들의 무사안일주의 등이 그 대표적인 예가 될 것입니다. 백수의 왕인 사자도 다른 맹수의 공격 때문에 죽는 것이 아니라 내부의 병균이나 기생충에 죽는 것에 비유할 수 있을 것입니다. 이 나라는 우리 모두가 피로써 지켰고 땀 흘려 이룩한 국민의 것입니다. 몇몇 특혜받은 사람들을 위한 나라가 결코 아닐 것입니다. 따라서 80년대에는 이 같은 구시대의 잔재를 추방하고 참다운 민주복지국가를 건설해야 하겠습니다. 우리가 지향하는 민주복지국가는 첫째, 우리 정치 풍토에 맞는 민주주의를 이 땅에 토착화하고 둘째, 진정한 복지사회를 이룩하며 셋째, 정의로운 사회를 구현하고 넷째, 교육 혁신과 문화 창달로 국민정신을 개조하려는 것입니다. 친애하는 국민 여러분, 우리에게는 오직 결단과 참여와 영광이 있을 뿐입니다. 우리 모두 국가 속에 내가 있고 나와 함께 국가가 있다는 것을 명심하여, 조국과 민족을 위해 무엇을 할 것인가를 겸허한 마음으로 생각하면서, 우리 국민 모두가 다 함께 손을 마주 잡고 새로운 광명의 시대를 향하여 힘찬 전진을 계속합시다."

연회장에 앉은 우리는 그에게 뜨거운 박수를 보냅니다. 대통령님의 연설은 나의 심장을 두근거리게 했고, 뜨겁고 영광스러운 무엇이 속에서 올라오게 하였습니다. 그가 만드는 새 시대, 새 나라, 새 정의, 혁신과 개조를 이루는 주역으로서의 책임감이었습니다. 저의 사명은 국가의 힘찬 전진을 위해 과거를 청산하는 일입니다. 거리를 더럽히고 돈을 구걸하는 걸인들은 청산돼야 할 과거입니다. 오늘 별을 단 나는 대통령님으로부터 막중한 책임감을 부여받았습니다. 또 다른 주역들과 어깨를 나란히 하고 있다는 자부심이 나를 채

왔습니다.

대통령님은 구시대와의 차이를 사회정의와 복지국가라고 역설했습니다. 국민정신 개조를 통한 빈곤 퇴치, 사회 정화, 도시 질서. 그의 연설을 들으면서 내가 가야 할 길이 분명해졌습니다. 전쟁이 끝난 지 30년이 지나도록 거리마다 고아와 걸인, 부랑인, 넝마주이들이 넘쳐납니다. 그들은 일하지 않고 돈을 달라 구걸하고, 지나가는 사람의 가방을 훔치고, 냄새나고 불결하며 혐오스럽습니다. 이제 새 시대, 새 나라가 열려야 합니다. 그들은 새 시대에 가장 먼저 사라져야 할 대상입니다. 가난하고 개조되지 않은 구악의 잔재들입니다.

부산시 북구 주례동 산18번지, 붉은 흙과 돌이 무성한 황야였습니다. 땅을 깎아서 나의 군대를 만들었습니다. 걸인들을 데려다 소대별로 수용자들을 구분하고 직업훈련 공장을 건설했습니다. 부랑인 시설을 군대처럼 운용한 것입니다. 군인 대통령, 도시 질서라는 그 시대의 사명과도 딱 맞는 일이었습니다. 사막에 고속도로를 내는 일이었습니다. 아무짝에도 쓸모없는 그들을 일하게 하고, 형편없는 그들에게 계급을 주었습니다. 조직에 충성하고 도망갈 염려가 없는 자들에게 중대장, 소대장 계급을 주고, 이들이 다시 하급 계급 가운데 조장과 서무를 세우도록 권한을 주었습니다. 그들은 계급을 지키려 서로 증오하고 감시하고 밀고했습니다. 그들은 자신이 아니라 제 계급을 지키려 했고 뺏길지 모른다는 불안은 나의 요새를 공고히 지켜주었습니다. 계급을 주는 데 돈이 드는 것도 아닙니다. 더 편안히, 체계적이고 안정적으로 그들을 통치하는 데 계급만 한 것이 없습니다. 올라갈수록 때리고 밟을 수 있는 권한, 맞지 않을 권한을 주는 겁니다. 나는 먹이사슬의 정점에서 공포만 심어주면 됩니다. 그들은 두려움을 삼켜 또 다른 타인에게 겁을 주는, 두려움의 노예가 됩니다. 통치의 사슬을 끊을 자는 없습니다. 인간은 무얼 하나 더 얻는 것보다 쥐고 있는 한 개를 뺏기는 데 더 예민한 족속들이죠. 그들은 자유를 얻기보다 계급을 뺏기지 않기 위해 자신의 모든 걸 겁니다. 길들여지고 조련되는 것이죠.

권투 해보셨습니까. 나는 아마추어 권투선수 출신입니다. 여기서도 권투가 벌어집니다. 계급을 지키려고 피투성이 경기를 하죠. 그들이 서로를 다운시킬 때까지 저는 앉아서 심판만 보면 됩니다. 관리란 그런 겁니다. 이 얼마나 쉬운 방법입니까. 나만큼 인간의 마음을, 기득권의 욕망을, 사회질서 유지의 원리를 복지시설 운영에 훌륭하게 적용한 사람은 없다고 자부합니다. 네, 그렇지요. 획기적이고 창발적인 일이었습니다. 다른 시설들은 자빠지기도 했지만 내가 운영하는 형제의집은 수용자가 나날이 늘어나 한 해 3000명을 넘겼습니다. 우리나라에서 제일 거지가 득실거리는 더러운 부산 시내에서 거지가 사라져갔습니다. 모조리 다 잡아 가두었습니다. 숫자가 모자라면 거지라고 우겨서라도 잡아 가두었습니다. 거리가 거울처럼 환하고 깨끗해졌습니다. 청결한 질서가 생겼습니다. 누구도 구걸하지 않는 아름다운 나라, 선진국의 도시처럼 말입니다. 시청이며 구청이며 나한테 고마워 어쩔 줄 모릅니다. 그 어느 환경미화원도 나처럼 도시를 아름답게 만든 사람은 없습니다. 88년 서울올림픽이

118

바로 코앞입니다. 도시마다 거지가 득실거리고, 구걸하고. 외국인들 보기에 낯짝 부끄러워서. 다 치우고 가둬놔야 아름다운 나라, 대한민국이라 할 것 아닙니까.

　네, 인정합니다. 나는 헌병 출신이 아닙니다. 상사로 제대한 일반 군인입니다. 사람들에겐 헌병 출신이라고 말했습니다. 육군사관학교 출신도 아니고, 그냥 군인 출신이라고 말하기에는 조금 밋밋해 보였거든요. 하지만 이젠 그런 소개도 필요치 않을 것 같습니다. 나는 대통령님이 직접 별을 달아준, 사명을 달성할 시대의 주역이니까요. 그러니 오늘처럼 대통령 훈장을 가슴에 이렇게 턱, 별처럼 찬란하게 달고, 아내와 연회장에 있지 않습니까.

　대통령님께서 지금 VIP 테이블에서 일어나 걸어오고 계십니다. 연회장의 사람들은 스테이크를 썰고 와인을 마시면서도 대통령님이 어느 테이블로 향하는지, 걸음이 어디서 멈출지 숨소리도 내지 않고 집중합니다. 우리는 그의 주목을 받길 원합니다. 대통령님께서 나의 이름과 얼굴을 기억하시는 영광, 국가의 안위와 발전을 위해 또다른 역할을 주시는 기회를. 우리는 자라처럼 마음을 빼놓고 기다립니다. 대통령님은 연회장 정중앙에 깔린 붉은 카펫 위로 앞만 보고 걸어오십니다. 첫 번째 줄을 지나 두 번째, 세 번째, 네 번째 줄을 지나치십니다. 다섯 번째 줄 정중앙에서 왼쪽으로 꺾으십니다. 가까워질수록 심장이 쿵쾅거립니다. 대통령님이 내가 있는 테이블 쪽으로 걸어오십니다. 포크와 나이프를 아이처럼 바닥에 떨어뜨리고 말았습니다. 나는 손등으로 입가를 훔치고 벌떡 일어났습니다.

존귀하신 분이 내 앞에서 말씀하십니다.

"훌륭한 일을 했소. 방 원장 덕분에 거리에 거지도 없고 좋지 않소?"

국가는 나를 인정하고 칭송합니다. 나의 방법, 나의 철학, 나의 뜻, 그 모든 것을요. 나는 틀림없는 애국자입니다.

10

여행은 우리를 어디로 데려갈까. 라면을 처음 먹어본다는 준은 그릇 바닥이 드러나도록 국물을 마셨다. 헝가리 음식과 비슷한 맛이라고 했다. 밤을 새운 미연과 준은 요양원 옆에 자리한 찜질방으로 향했다. 똑같은 반바지와 반팔 티를 입고서 뜨거운 방에 아무렇게나 드러누워 자는 풍경을 준은 한참 동안 신기한 듯 바라보았지만 그렇다고 이상하다는 말은 하지 않았다. 엄마의 나라가 지닌 문화로 받아들이는 것처럼 보였다. 찜질방 구석에 쌓인 이불과 베개를 들고 두 사람은 수면실에 들어가 누웠다. 준은 누운 지 10분도 되지 않아 잠이 들었다. 코를 고는 것은 아니었지만 피곤했는지 쌕쌕거리는 숨소리를 냈다.

미연은 잠을 자는 준의 곁에 앉아 얼굴을 내려다본다. 은희와 닮은 곳 하나 없는 얼굴이었다. 길고 검은 은희 얼굴은 웃을 때 눈가에 주름이 잡혔다. 태양볕 아래서 웃으면 눈가가 자글자글해서 어딘가 어색해 보였다. 준의 얼굴에서는 은희를 느낄 수 없었다. 준의 얼굴은 모자라거나 어색한 데 없이 반듯해 보였다. 폴란드에서 병원에 데려다주었을 때만 해도 부족함 하나 없는 한국 유학생인 줄 알았다. 준이 집 앞으로 찾아와 자신이 은희의 아들이라고 말했을 때도 은희와의 어떤 공통점을 찾기 어려웠다. 준은 고맙다는 말과 미안하다는 말에 인색하지 않았다. 당연한 것도 당연하지 않게 받아들였다. 그의 친절한 성품은 그동안 얼마나 노력하며 살아왔는지를 보여주는 것 같아서 안쓰럽게 느껴지기도 했다. 당연히 받아야 할 것들을 받지 못한 것처럼, 언제나 셈을 치르고서야 뭔가를 얻을 수 있는 사람처럼.

가늘고 검은 준의 머리카락을 쓸어내리다가 머리를 숙여 머리카락에 얼굴을 묻고는 깊이 숨을 들이마셨다. 딸에게 그랬던 것처럼. 준은 얕은 콧소리를 낼 뿐 깨지 않았다. 미연은 그날 숨을 거둔 은희가 옆에 있는 것 같은 기분이 들었다. 은희의 긴 얼굴은 무얼 해도 어색한 표정이 어리곤 했는데 아기를 안을 때면 빛이 났다. 웃음과 농담이 메마른 수용소였으나 은희가 준을 낳으면서 온기가 돌았다. 수용자들이 은희 곁으로 다가와 아이를 한번 안아봐도 되냐고 물어보기도 했고, 새끼손가락만 한 그 조그만 손을 잡고는 가만히 앉아 있기도 했다. 잿빛의 수용소에서 아기가 까르르 웃기라도 하는 날이면 수용자들은 모포를 접다가도 몽글몽글한 감정에 젖어 들었다. 아기는 웃고 울고 옹알이를 했다. 강간으로 태어났다는 걸 모두가 아는데, 은희는 아기를 내치지 않았다. 그렇게 준을 품었다.

은희가 쭈글쭈글하고 작은 생명체를 가슴에 처음 포개던 순간, 심장이 쿵쾅거렸다. 아이는 범죄의 결과가 아니라 빛으로 찾아온 생명이고 우주였다. 신비였다. 아기를 안고 있으면 그날의 일이 아무것도 아니라고 말해주는 것 같았다. 긴 얼굴의 은희는 아기에게 얼굴을 부비며 애틋한 사랑을 주었다. 아기를 안은 은희는 수용소 사람이 아닌 것 같았다. 젖을 빠는 준을 내려다보는 은희의 옆모습은 사랑으로 가득 차 있었다. 아이 아버지가 누구인지 드러난 건 한참이 지난 뒤였다. 은희가 아이를 낳기 직전 신입 남자 소대장 한 명이 운동장을 수십 바퀴 돌았다. 그가 형제의집 여자들을 연이어 건드린 게 원장에게 보고됐다. 소대장은 어느 날부턴가 형제의집에서 보이지 않게 됐다. 다른 부랑인 시설로 옮겨 갔다는 소문이 나돌 뿐이었다.

준의 뺨에 미연이 조심스럽게 손등을 갖다 댔다. 체온이 느껴졌다. 준의 얼굴을 가만히 쓰다듬었다. 은희가 떠난 그날 밤을 생각한다. 미연은 도망치듯이 계단을 뛰어내려갔다. 찜질방을 나와 차에 시동을 걸고 달리는데 안개가 자욱해서 오후인데도 새벽처럼 느껴졌다. 어쩌다 이곳까지 오게 됐을까. 그에게 물려줘서는 안 된다.

핸들을 붙잡고 전속력으로 달리는데 숨소리를 내며 곤히 자던 준의 얼굴이 눈에 밟혔다. 준의 얼굴을 지우려 해도 사라지지 않았다. 아이를 버리고서 달리는 것 같다. 덜컹거리며 비포장도로를 달리는데 뭐가 덜 불행한 선택인 건지 확신이 서지 않았다. 수습을 해야 할 것 같은데 두렵고 무서웠다. 이미 망가진 자신이 타인의 삶마저 망칠까 봐.

창밖으로 안개가 걷히는데 차 앞으로 고양이 한 마리가 튀어나왔다. 고등어무늬 고양이었다. 순간 차량에 뭔가 부딪치는 느낌이 들었다. 급정거를 하면서 온몸이 앞으로 쏠려 얼굴을 운전대에 박았다. 창자 터진 죽음이 눈앞에 있을까 봐 두려웠다. 시간을 역주행할 수 있을까. 처음으로 시간을 돌려 형제의집으로 붙잡혀 간 그날 밤으로 돌아갈 수 있을까. 그 밤, 목욕 바구니를 들고 집으로 오는 길에 엄마가 낯선 남자와 키스하는 걸 보지 않았더라면. 집으로 가던 걸음을 되돌려 달아나지 않았더라면. 다시는 엄마를 보지 않겠다며 부산역으로 가지 않았더라면. 한두 시간 떠돌다 집으로 돌아갔더라면. 바람난 엄마를 못 본 척했더라면. 미연은 눈을 감은 채 있는 힘껏 경적을 울렸다. 눈을 떴을 때 내장 터진 고양이를 보게 된다면, 참아왔던 감정을 주체하지 못할 것 같았다.

고개를 들었을 때 눈앞에 고양이는 보이지 않았다. 차 문을 열고 나갔지만 도로에도 죽은 고양이는 없었다. 차 바퀴 아래에도 흔적이 남지 않았다. 고양이가 달아났거나, 애초에 없었는지도 모른다. 재회가 죽은 그 밤의 고양이는 이제 언제 어디서나 자신을 따라다닐 터였다. 긴장한 탓에 한기가 들어 온몸이 떨려왔다. 시골 도로를 한 남자가 뛰어왔다. 저 멀리서. 미연은 달려오는 준을 바라보기만 했다. 두 사람의 간격이 좁아지는데 누구 하나 손을 흔들거나 인사를 할 수 없었다. 준이 미연의 어깨를 감싸 안았다.

— 들어가 쉬어요. 나 때문에 학교에 알려진 거, 어떻게든 도울게

요. 미안해요. 힘들게 해서. 기억하기 싫은 거 떠올리게 해서.

— 학교는 아무것도 아니야. 상관없어.

— 눈을 떴는데 아무도 없었어요. 혼자 남겨진 게 막막해서 견딜 수가 없는데, 당신이 어디로 간 건지, 어디로 갈 건지 걱정돼서 아무 것도 할 수가 없어.

준은 찜질방에서 오랜만에 긴 잠에 빠져 있었다. 옆에서 인기척 이 들려 준은 눈을 떴다. 청소하는 직원이 담요를 수거하고 있었다. 주위를 둘러봐도 미연은 보이지 않았다. 그녀가 누워 있던 자리에 담요도, 베개도 남아 있지 않았다. 준은 수면실 밖으로 뛰쳐나가 미 연을 찾았다. 이 방, 저 방을 열어보아도 그녀가 보이지 않았다. 사 방에서 이해할 수 없는 한국어가 귓속으로 쏟아졌고 반바지 차림의 평온한 얼굴들이 그를 스쳐 지나갔다. 모르는 사람들, 알아들을 수 없는 말들 속에 그는 한동안 서 있었다. 그녀가 다시 올 거라고, 저 만치 갔다가 돌아올 거라고 생각하며.

준은 언제 어디서나 튀지 않는 평범한 사람으로 살았다. 그가 자 란 오시비엥침 마을은 저녁 6시면 가게들이 문을 닫고, 이사를 들어 오거나 나가는 인구가 거의 없으며, 미사가 열리는 시간이면 옆집 이나 앞집의 이웃들이 성당에 가는 그런 동네였다. 준 외에 동양인 은 한 명도 없었다. 검은 눈동자에 검은 머리의 그는 외양부터 튀는 사람이었다. 튀는 외모는 그가 입양됐다는 사실을 이웃들에게 자연 스럽게 알려주었다. 어렸을 때부터 봐온 동네 사람들에게 태생적으 로 튀는 사람이었으므로, 준은 자신의 존재가 평범해야 한다는 암묵적인 강박 속에 살았다. 있는 듯 없는 듯한 존재로 지내는 게 익숙했다.

양부모님은 친절했으며 한결같은 분들이었다. 그 한결같음이 그들 사이의 거리를 좁혀주지는 못했다. 특별한 충돌이나 갈등, 멀어지고 가까워지기를 반복하는 관계가 준에게는 없었다. 어머니는 한 살 터울의 형에게는 짜증도 내고 화도 냈지만 준에게는 그러지 않았다. 자주 인사불성이 되도록 술을 마시고 집에 들어오는 형과 그런 형을 보는 부모님의 한숨 섞인 표정을 보며 준은 그들만이 진짜 가족처럼 보인다고 느꼈다. 준도 잘못한 일로 어머니나 아버지에게 몇 차례 혼이 난 적은 있지만, 그것은 분노라기보다는 훈계에 가까웠다. 마음을 내려놓을 수 있는 관계가 준에게는 없었다. 언제나 한결같은 가족과의 거리는 타인과의 관계에도 영향을 미쳤고, 타인과 자신 사이의 담을 허무는 일이 그에게는 좀처럼 일어나지 않았다. 담을 지키며 사는 게 준에게는 자연스러운 일이었지만, 넘을 수 없는 담은 불안정을 가져다줬다. 남에게 폐를 끼치지 않는, 안정된 불안정의 삶이었다.

준은 어릴 때부터 부모를 도와 호텔에서 심부름이나 청소를 했다. 관광지가 아닌 시골 마을을 찾는 외부인은 별로 없었지만 간혹 아우슈비츠 수용소에 가는 방문객들이 길목처럼 들렀다 가곤 했다. 폴란드어로는 오시비엥침 수용소이지만, 가족들 사이에서도 관광객들이 발음하는 대로 아우슈비츠 수용소로 말하곤 했다. 그러나 수용소 바로 인근에 호텔이 하나둘 세워지면서 준의 부모님이 운영하는 호텔, 사실상 호텔이라 하기에는 애매한 숙소를 손님들은 찾지 않았다. 호텔 뒤로는 강이 흘렀고 오래된 나무들이 강의 양쪽을 감싸 안고 있었다. 작은 다리가 놓여 있었는데, 다리를 지나면 이제는 폐역이 된 오시비엥침역으로 갈 수 있었다. 인적이 드문 강변이었다.

자신을 낳은 친엄마가 누구인지 궁금하지 않은 것은 아니었지만 그럴 때마다 깊게 생각하지 않으려 했다. 처음 엄마의 얼굴을 마음으로 그려본 건 열일곱 살 때였다. 물 흐르는 소리가 들리는 강변의 오래된 나무 아래서 같은 반 여학생 마리아와 처음 입을 맞춘 밤이었다. 천천히 입술을 뗀 두 사람은 서로의 눈동자를 바라봤고 더운 입김을 느꼈다. 준은 자신의 아래에 누운 마리아의 숨소리와 심장박동을 느낄 수 있었다. 준이 다시 입을 맞추려 얼굴을 가까이 댔을 때 그녀가 속삭였다. 네 눈은 검은 밤 같아. 사파이어색을 띠는 그녀의 눈동자를 바라보면서, 준은 이상하게도 사랑이라는 감정이나 성적흥분이 아닌 자신을 낳은 사람을 떠올렸다. 자신처럼 검은 눈을 가진 동양 여자를.

마리아 이후에도 몇 명의 여자를 사귀었지만 그녀들과 준의 사이에는 여전히 담이 사라지지 않았다. 견딜 수 없어 헤어지자고 한 쪽은 주로 그녀들이었으며, 준은 매번 붙잡지 않았다. 붙잡는다 해도 자신을 바꿀 수 없다는 사실을 알고 있었다. 그렇게 다시 혼자가 되어 쓸쓸하긴 했지만, 한편으로는 곁에 누군가가 없다는 사실에 묘한 안정감이 들곤 했다. 그러니까 이번이 처음이었다. 미연이 자신을 혼자 두고 찜질방을 떠났을 때 준은 찜질방 안의 이 방, 저 방을 찾아다니며 그녀가 나타나주기를 간절히 바랐다. 아무리 찾아도 그녀가 나타나지 않자 처음으로 누군가에게서 버려졌다는 불안감이 밀려들었다. 한 번도 타인 곁으로 간 적이 없었기에 느껴본 적이 없던 불안이었다.

급히 옷을 갈아입고 찜질방을 뛰쳐나왔다. 전화를 해도 받지 않는 그녀를 찾기 위해 준이 할 수 있는 일이라고는 그저 차가 다닐 만한 길로 걷는 것이었다. 한 시간쯤 걸었을까. 저 멀리서 미연의 차가 보였다. 차 밖으로 미연이 걸어 나왔을 때 준은 오래전에 잃어버린 가족을 찾은 것 같았다. 엄마를 만난 것처럼 준은 그녀에게 뛰어갔다. 하지만 미연은 반가운 얼굴이 아니었다. 뭔가 결단을 내린 것 같은 말투로 그녀가 말했다. 준은 자신을 밀어내는 미연의 얼굴을 보며 처음으로 그녀를 붙잡아야 한다는 절박함을 느꼈다.

— 너도 아이를 낳아보면 알 거야. 네 탓도, 네 책임도 아냐. 너는 살던 곳으로 돌아가야 해. 돌아가서 하루 이틀 견디면 무뎌지고, 무뎌지면 잊힐 거고, 괜찮아질 거야. 살 만해질 거야.

— 괜찮아요. 엄마가 어떻게 살았는지, 죽었는지, 내가 어떻게 태어났는지 알고 싶어요. 지금 당장은 힘들더라도 시간 지나면 괜찮아질 거고 살아질 거고 견뎌질 거예요. 난 그렇게 믿어요. 그러다 우는 날도, 웃는 날도 있을 거고 그렇게 살아질 거예요. 도망치고 싶지 않아졌어요.

— 시간 지나고 나면, 모르는 게 나을 수 있어. 진실이란 게 그래.

알면 알수록 괴롭고 귀찮아져. 네 나이 때는 진실이 너를 치료할 거라고 착각할 수 있어. 젊을 때는.

— 은희라는 여자에게 함부로 한 세상을 대신해 나라도 미안하다고, 잘못된 거라고 사과하고 싶어요. 나라도 그렇게 해주고 싶어요. 그럼 꾸역꾸역 살아볼 수 있을 것 같아.

— 누구도 들춰내고 싶어 하지 않아. 우리에게 그런 과거가 있었다는 걸. 방인곤도 치매야. 이제 형사처벌도 받을 수 없게 됐어.

— 사람들이 기억하게 만들 수는 있잖아요. 환기시킬 수는 있잖아. 당신은 날 두고 어디로 가려 했던 건데요?

— 널 위험에 빠뜨릴 수 없어.

— 당신만은 날 버리지 않았으면 좋겠어.

엄마를 잃은 아이가 다시 차에 타는 걸 미연은 막을 수 없었다. 하나를 잃음으로 인해 세상 전부를 잃어버린 사람들이었다. 잃어버린 것을 찾아 길을 떠났으나 그 길 끝에 파국이 기다리고 있음을 알지 못했다.

미연은 형제의집 방인곤 원장을 수사한 주태석 검사를 찾아 차를 몰았다. 주태석 검사의 행방을 알아본 게 6개월 전이었다. 은희의 사망 사건 수사로 만난 검사는 28년 전 형제의집 사건을 채 마무리 짓지 못하고 옷을 벗었다. 태석은 검사직을 그만두기 전 형제의집에서 일어난 각종 사망 사고를 파헤쳤고, 석연치 않은 은희의 죽음을 수사하다가 목격자인 미연을 찾아내 진술을 받았다. 그러나 가해자인 소대장 무열은 이미 죽은 뒤였고 수사는 흐지부지됐다.

태석이 사직서를 내고 수사 박스를 안고서 검찰청사를 나오는데 여자아이 하나가 장대비를 맞으며 서 있었다. 미연이었다.

"책임을 지게 하는 진실. 아저씨가 나한테 한 말이잖아요."

미연은 태석이 조사실에서 했던 말을 꺼낸다. 구속된 방인곤 원장이 거리를 활보하는 사진을 미연은 신문에서 보았다. 방 원장이 구속되고 한참 떠들어대던 여론은 점차 시들해졌고 사람들은 그들의 이야기를 잊었다. 방 원장은 구치소에서 교도관을 매수해 사나흘에 한 번씩 외출을 나갔다. 관절염을 치료한다는 이유로 교도관의 집에서 목욕을 하고 시내를 활보했다. 정치권은 하루가 멀다 하고 수사 축소를 요구했다. 필요에 의한 시설이라는 게 이유였다. 이미 언론에 사건이 알려진 상황에서 대놓고 수사를 접을 수 없게 되자 대검찰청은 주태석 검사에게 건건이 수사 보고를 요구했고 보고를 올릴 때마다 트집을 잡았다. 형제의집 사건과 맞물려 서울대생 박종철 군이 고문으로 숨지자 정부를 규탄하는 성난 여론이 전국으로 번졌다. 대검찰청은 반정부 여론을 조성하려는 일개 검사의 기획 수사가 아니냐며 태석을 질책했다. 정부의 허가를 받은 시설이었기에 수용자들을 가둔 감금죄는 수사 대상조차 되지 못했고 방인곤 원장의 횡령 같은 자잘한 혐의만 수사 대상이 됐다.

태석은 마땅히 어떤 말로 미연에게 마지막 인사를 해야 할지 쉽게 입이 떨어지지 않았다.

"너에게 지키지 못할 말을 했어."

"제가 한 얘기는요?"

"네 말은 증언이 되지 못할 거야."

"아저씨가 진실을 말하라고 했잖아요. 난 아저씨 말 믿었어요. 이제 나는 어떡해요?"

"다른 죄들은 다 처벌받지 않을 거니까."

"그럼 나는요?"

"네 기억이 죗값을 치르게 하겠지."

"그날 밤 일은 없던 게 되는 거예요?"

태석은 박스에 담긴 서류 사이에서 한 장의 종이를 꺼냈다. 사람들 위로 집들이 떠다니는 스케치였다. 그리다 만 것 같은 그림은 곡선 하나 없이 거친 직선들만 가득했다.

"살다가 벽에 부딪힐 때, 그럴 때 그림을 그렸어. 네 이야기를 듣고도 아무것도 할 수 없는 내가 그린 게 이 그림 한 장이야. 아무것도 하지 못했지만, 네 이야기를 쓰레기통에 집어넣은 건 아냐. 변명이겠지만 아무것도 못 해서, 이 그림을 그렸어."

그것이 태석의 마지막 모습이었다.

11

사방이 버려진 무덤이었다. 깨진 비석들 사이로 듬성듬성 내려앉
은 지붕이 보이지 않았다면 공동묘지라고 해도 믿을 것 같았다. 이
끼가 껴서 이름을 알아볼 수 없는 비석 옆으로 무덤이 있었고, 그 옆
에는 언젠가 망자를 위해 뿌려졌던 빈 소주병이 나뒹굴었다. 비석
앞에는 붉은색이 허옇게 되도록 방치된 조화가 아무렇게나 놓여 있
었다. 미연이 무덤들 옆에 차를 세웠고 두 사람은 찾는 이 하나 없는
무덤들 사이를 빠져나왔다. 무덤들 사이에 허리를 깊이 숙여야 들
어갈 수 있을 만큼 지붕이 낮은 집들이 자리 잡고 있었다. 매해 여름
태풍이 불 때마다 허물어지고 덧대지는 판잣집들, 사람 하나 겨우
누울 만한 크기의 슬레이트집들이었다. 집을 나오면 곧바로 무덤이
화단처럼 이어졌다. 무덤들 사이로 빨간 고무 대야를 머리에 인 여
자가 걸어갔다.

무덤 마을이었다. 한국전쟁 당시 살 곳 없는 피란민들이 무덤 사

이에 판잣집을 지었고, 산업화 시대를 지나서도 빈곤의 사다리를 오르지 못한 자와 그들의 딸과 아들이 이곳에 남았다. 밤이면 집집마다 싸우는 소리가 들렸고, 서러운 여자들이 무덤 사이에서 한풀이를 했다. 별말 없이 무덤 사이를 곧장 걸어가는 미연에게 준이 물었다.

― 검사가 여기에 살아요?

― 확실치는 않아.

태석은 1987년 봄, 종적을 감췄다. 대학, 사법고시 동기 가운데 누구도 행방을 알지 못했다. 해외를 떠돌다 죽었다는 소문이 돌았다. 우울증이 심해져 정신병동에 입원했다는 설도 파다했다. 한동안 형제의집 수사 검사로 이름을 날렸으나 불현듯 그만뒀고, 그의 이름도 자취를 감췄다.

언젠가 검사가 자신을 찾으러 올지 모른다는 생각은 살아가는 내내 묘한 긴장감을 주었다. 태석이 다시 찾아온다면 애써 유지하고 있는 균형에 금이 갈 것 같았다. 스무 살 즈음, 미연은 뒤늦게 태석의 행방을 찾았다. 여전히 미연은 은희의 죽음에 대한 자신의 증언이 어딘가에 기록돼 있을 것으로 믿고 있었다. 흐지부지 종결된 은희의 사망 사건이 언젠가는 세상에 드러날지도 모른다고. 그날 밤의 일을 아는 사람이 자신밖에 없다는 사실이, 이제 진실을 알릴 책임이 오로지 자신에게 있다는 사실이 미연의 마음을 무겁게 만들었다.

아이를 낳고서 잠시 그 일을 잊었다고 믿었지만, 딸이 죽고 남편이 떠난 뒤 잠이 오지 않는 밤이면 미연의 머릿속에 수많은 이름이 맴돌았다. 방인곤 원장과 주태석 검사, 죽어버린 은희와 소대장 무열……. 가끔은 주태석 검사의 이름을 구글에서 검색했다. 구글 검색을 해도 인터넷에 떠도는 건 동명의 배우 주태석과 모델 주태석의 사진뿐이었다.

그의 행방이 다시 드러난 건 그림 덕분이었다. 한 포털 사이트에서 미연은 과거에 태석이 자신에게 준 스케치와 비슷한 유화 작품을 발견했다. 사람들 머리 위로 붉고 검은 집들이 날아다니는 그림이었다. 꼭 똑같다고 할 수는 없지만 어딘가 모르게 비슷한 분위기의 그림이었다. 그림 하단에 적힌 이름은 태석도, 한국인의 것도 아니었다. 그럼에도 미연은 혹시나 하는 가느다란 기대감에 그림을 소장한 미국 버팔로의 한 갤러리에 국제전화를 걸었다. 그가 혹시 아시아인이냐고 묻자, 갤러리 직원은 작가가 고향인 한국으로 그림 여행을 떠난 지 석 달이 지났다고 답했다. 연락처를 알 수 있느냐고 하자 개인정보는 알려줄 수 없다는 거절이 돌아왔다. 한국 어느 지역으로 여행을 떠났느냐고 묻자 직원은 한숨을 쉬며 마지못해 답했다.

— 자기 집 주소도 비밀에 부치는 작가가 행선지를 알려줄 리 있겠어요? 어디 무덤 마을로 갈 거라고는 했어요. 한동안 거기서 작업할 거라고.

미연은 메모지에 무덤 마을이라는 단어를 기록했다. 한국에서 무덤과 동네가 어우러진 곳을 검색했다. 한국전쟁 당시 피란민들이 무덤 사이에 집을 지은 돌산마을이 검색됐다. 〈세상에 아직도 이런 일이〉라는 텔레비전 프로그램에서 이런 마을이 있다는 방송을 내보냈다는 기사를 클릭했다. 무덤 사이에 집들이 들어서 있는 마을에 주민들이 돌아다니는 사진이 나왔다.

무덤 길을 따라 10여 분을 걸어갔을 때 마을 입구가 나왔다. 한 노인이 좌판을 벌이고 과자며 껌을 팔고 있었다. 마을 반장 집을 묻자 좌판 바로 맞은편 문을 가리켰다. 대문이라고는 할 수 없는 문 하나를 사이에 두고 집 밖과 내부가 구분되는 슬레이트집은 허리를 숙여야 들어갈 수 있을 정도로 지붕이 매우 낮았다. 문 앞에는 정원이라고 할 수 없을 만큼 막 자란 풀이 제멋대로 돋아나 있었다. 자르다 만 머리처럼 풀들은 키가 제각각이다. 문을 두드리자 반장이라는 사람이 나왔다. 묵은 땀과 술 냄새가 풍겨 왔다. 60대 중반으로 보이는 남자는 녹슨 안경을 쓰고 있었는데 유난히 콧대가 낮아서 안경이 당장이라도 흘러내릴 것 같았다. 오른쪽 유리알이 깨졌는지 셀로판테이프로 붙여놓은 안경이 위태로이 그의 얼굴에 얹어져 있었다. 반장은 준과 미연을 위아래로 훑어보더니 문을 탁 닫는다. 미연이 닫히려는 문 사이로 손을 집어넣는 바람에 문이 채 닫히지 않았다. 미연은 낮은 신음 소리를 내며 문 사이에 낀 손을 빼낸다. 녹슨 안경은 뭐 이런 여자가 다 있나 하는 얼굴로 바라보다 벌겋게 부어오른 미연의 손을 보고는 집 안으로 들어간다. 얼음 몇 개와 싱크대 위에 놓여 있던 행주를 가져와 미연에게 건넨다. 미연이 얼음을 행주에 말아 부은 손에 갖다 대자 녹슨 안경은 그제야 첫마디를 꺼낸다.

— 혹시 글 쓰러 왔어? 배운 사람들이 와서는 삶과 죽음이 공존

하는 마을 어쩌고 하드만. 흥미롭다고, 신기하다고. 동네를 한참이나 헤집고 다니곤 말 같지도 않은 걸 글이라고 쓰더군. 그런 게 배워 먹은 인간들이 요 동네 와서 하는 짓거리들이지. 우린 그런 거 몰라. 삶과 죽음? 하! 오죽 답답했으면 무덤가에 와서 살겠어? 그냥 돌아가. 재수 없어지기 전에.

미연은 부어오른 오른손을 연신 흔들며 허락도 받지 않고 녹슨 안경의 집으로 들어가 신발을 벗었다. 녹슨 안경은 미연을 막지 않는다. 방 한구석에 자리한 비키니 옷장, 작은 상, 라디오 한 대가 살림살이의 전부다. 벽지는 녹슨 안경의 앞니만큼이나 누렇게 변색된 지 오래였다. 미연은 집 한가운데 놓인 교자상에 앉아 준에게 들어오라고 손짓했다. 방인곤 원장을 만날 때와 달리 주저하는 기색이 없었다. 교자상 옆으로 격자무늬 창문이 있었다. 어디서 주워 와 붙여놓은 것인지 값비싸 보이는 창틀이었다. 녹슨 안경은 낯선 사람들이 좁은 집에 들어온 게 불편한지 일부러 대문을 활짝 열어젖혔다. 그러고는 문밖에 마구 자란 풀을 보며 대사를 치는 연극배우처럼 말했다.

— 딱 화단같이 보이지만 무덤 아이가. 추석에, 설에 1년에 두 번 소주 뿌리러 오는 놈들이 있는 무덤. 죽은 놈한테 소주 한번 뿌리고 엉엉 우는 놈, 절하는 놈. 뭔 사연이 있겠지 싶어서 집 근처에서 온갖 진상 부리는데 그냥 두고만 보지. 그런데 그렇게 몇 년 오다 고마 안 오대. 그래 내가 아무도 안 오는 무덤에는 명절 때 소주도 사서 뿌리고 먹을 것도 올려놓는다. 찾을 사람도 없을 긴데 싶어서. 고마,

이런 거 주워듣고 쓰려는 거 아이가?

— 사람을 한 명 찾으러 왔습니다. 주태석 씨라고.

남자는 대문 밖으로 나가 풀을 뽑으면서 미연의 말을 끊는다.

— 그렇게 말하면 모르지. 돌산마을 사람들이 6, 70명이라도 우린 서로 이름 몰라. 이름은 주민등록증에 적힌 거고.

녹슨 안경은 방 안으로 들어와 격자무늬 창문을 열고 손짓했다.

— 저그 저 집 보이나?

녹슨 안경이 손가락으로 어디를 가리키는데 어느 집을 가리키는지 알 수 없었다. 집들은 어린이 장난감이라 해도 믿을 만큼 작았고 모양도 제멋대로였다. 녹슨 안경은 예전에 여러 번 인터뷰를 해본 사람처럼, 이 동네를 줄줄 읊었다.

— 저그 저 집은 밤만 되면 시끄러웠어. 남자가 술 처먹고 들어와서 지 마누라를 지근지근 밟고 팼거든. 다음 날 아침 되면 그 집 마누라 얼굴은 전날 밤 역사야, 역사. 어떤 날은 눈탱이가 멍 들고 어떤 날은 다리를 절뚝절뚝 절고. 저 양반 술 처먹고 오는 날은 마누라가 무덤가에 앉아 곡을 해대서 동네에 다 울려. 근데 저 양반이 10년 전인가 죽었거든. 간경화로. 집에서 장례를 치르는데 동네 사람들이 불쌍하다고 거의 다 갔지. 마누라가 상 앞에서 서럽게 울다가 갑자기 부아가 치밀어 오르는지 영정 사진을 탁 덮더니 패대기를 치더라고. 발로 지근지근 밟고는 쌍욕을 하는 기야. 야, 이 씨발놈아, 개새끼야, 호로자슥아. 그때부터 저 집을 여그 사람들이 뭐라 부르는지 아나?

대답을 하지 않는 미연을 보며 녹슨 안경은 혼자서 배를 잡고 마구 웃어댔다. 숨이 넘어갈 듯이 웃던 그는 웃음기를 거두고는 혼자 묻고 혼자 답했다.

— 뭐라 부르는지 아나? 죽어서도 씨발놈네. 뭐 그런 식이지. 몇 해 전까지 저 아래 은아 극장 앞에서 쥐포 팔던 여자는 쥐포댁이고, 고무 공장에 일 다니는 여자는 고무네. 이름이 뭐 필요해? 불러주는 사람도 없는데. 어디 일 다니러 가면 누가 이름 불러주나? 우린 이름 몰라.

녹슨 안경은 미연을 뚫어져라 쳐다보더니 이에 뭐가 끼었는지 입을 우물거렸다. 그러더니 소리를 낮추고 슬그머니 물었다.

— 혹시 사람 죽인 남자를 찾아왔는가? 그놈 찾으러 10년 전부터 1년에 몇 번씩 오는 사람이 있다만.

— 그분이 60대세요?

— 아니, 한 40쯤 돼 보이던데.

— 그분은 아닌 것 같은데 여기 그림을 그리는 남자분이 몇 달 전쯤 오지 않으셨어요?

— 그림?

녹슨 안경은 흘러내린 안경을 밀어 올리며 되물었다.

— 미국에서 그림을 그리다가 이곳으로 여행을 오신 분을 찾고 있어요.

녹슨 안경은 그제야 무덤 동네의 오른쪽을 손가락으로 가리켰다.

— 혹시 저 양반일랑가. 그림은 모르겠고 몇 달 전에 여기 빈집에

138

기어들어와 살아. 이 동네에 신입이 안 들어오는데 신기해서 뭐 하는 사람인가 물어봐도 대답이 없어. 술만 마시면 무화과나무 아래 평상에 누워서 뭐라 지껄이던데. 미친놈인가 싶었지.

　— 그분 집으로 안내해주실 수 있으세요?

　녹슨 안경을 따라 오르막길을 오른다. 오르막길 마지막 자락에 심긴 무화과나무 아래 대낮부터 취한 노인이 평상에 뻗어 자고 있다. 녹슨 안경은 평상을 가리키더니 인사랄 것도 없이 등을 돌려 아랫길을 걸어 내려갔다. 내려가다가 휙 뒤돌아보더니 미연과 준에게 소리쳤다.

　— 인터뷰 실컷 해줬는데 뭐 봉투 한 장 없나? 아니, 뭐 꼭 달라는 건 아니고.

　녹슨 안경은 그렇게 말해놓고도 머쓱했는지 두 사람의 대답을 듣기도 전에 뒤돌아 뛰어 내려갔다. 준과 미연은 녹슨 안경이 가리킨 노인에게 다가갔다. 파란색 추리닝 바지에 삼선 슬리퍼를 신은 노인은 해가 지도록 깨어날 기미가 없다. 미연은 평상에 걸터앉아 술에 취한 노인을 내려다본다. 노인이 태석이라는 확신이 들지 않았다. 60대 중반의 태석이라고 하기에 10년은 더 늙어 보였다. 해가 어둠 속으로 빨려 들어갈 무렵 노인이 벌떡 일어나 앉는다. 취한 얼굴로 눈을 비비는데 손에 에메랄드색 물감이 묻어 있다. 그는 자신 앞에 앉아 있는 낯선 두 사람을 보더니 한마디 말도 없이 집 안으로 들어가버렸다. 미연은 그가 태석일지 모른다는 직감이 들었다.

　— 준, 오늘은 검사님이랑 따로 하고 싶은 이야기가 있어. 그분과

정리해야 할 이야기가 남아서.

　준은 아랫길로 내려와 차 안에서 미연을 기다렸다. 그들은 저마다의 과거를 기웃대다 우연히 만났다. 죽은 엄마를 찾는다는 준을 거절할 수 없었던 미연이 따라나섰다. 묻어두거나 길어 올려야 할 저마다의 과거로 걸어 들어가면서 미연은 준의 등 뒤에만 있지 않게 됐다. 이제 미연은 준이 어머니를 찾는 길의 조력자가 아니었다. 준은 그런 미연의 변화가 다행인지 위험스러운 건지 가늠이 되지 않았다. 주머니에서 엄마의 검안서와 검찰 수사 기록을 꺼낸다. 태석이 기록한 수사 목록에는 엄마의 죽음에 대한 미연의 증언이 포함돼 있었다. 폭행치사로 죽어가는 은희의 가슴에 안티프라민을 발랐다는 내용이었다. 수사 기록 일부는 병호를 통해 폴란드에 있는 준에게 흘러갔고, 결국 준을 한국으로 오게 했다.

　평상에 드러누워 있던 에메랄드색 물감의 남자는 주태석 검사가 맞을까. 준은 차 안에서 잠시 눈을 감았다. 그때 주머니에서 휴대폰이 울렸다. 병호의 전화번호였다. 섣불리 받을 수 없었다. 준은 아직 자신의 시작을 받아들이기가 버거웠다. 더구나 미연은 병호로 인해 형제의집 피해자라는 사실이 아웃팅됐다. 준은 내심 병호가 부담스러워졌다. 엄마의 사인을 조작한 조병국의 주소를 일러주었으니, 그곳에 갔는지 확인차 전화했을 것이다. 휴대전화를 끄려는데 다시 진동이 울리며 병호의 번호가 화면에 떠올랐다.

12

미연이 집 밖에서 몇 번을 외쳐도 안에선 인기척이 나지 않았다. 평상에 앉아 그가 나올 때까지 밤을 새우겠다는 마음을 먹었을 때 태석이 차 한 잔을 들고 나왔다.

— 직접 재배한 차이니 맛있을 겁니다.

술이 좀 깼는지 노인은 방금 전의 만취상태가 아니었다. 차를 마시는 미연의 얼굴을 바라보더니 말했다.

— 어딘가 낯이 있는 것도 같군요. 우리가 만난 적이 있던가요?

— 네 기억이 죗값을 치르게 하겠지.

미연은 고개를 들지 않고 찻잔을 내려놓으며 낮게 읊조렸다. 28년 전 태석이 자신에게 마지막으로 한 말이다. 가방에서 태석이 준 그림을 꺼내 건넸다. 노인은 그림에 대해 묻지 않는다. 그들은 서로의 이름을 확인하지 않는다. 미연은 말없이 평상에서 일어나 집 안으로 들어가는 그를 따라간다. 집 벽면에는 책들이 아무렇게나 쌓여 있었다. 법률 서적 몇 권이 눈에 띄었다. 두세 사람 누울 만한 방 하나에 부엌이 딸린 구조였다. 태석은 부엌으로 들어가 접시에 사과를 담아 온다. 28년 만의 재회였다. 언젠가 만나리라고 예상이라도 한 것처럼, 구태여 자신들의 과거가 어떠했는지 회상하거나 상대방의 신원을 확인할 필요가 없었다. 그들은 각자의 삶에 변곡점이 찾아왔을 때 같은 곳에서 만났다. 그리고 헤어졌다.

1987년의 그날, 그들은 서로에게 자신의 비밀을 말했고, 맡겨두었고, 오래도록 찾지 않았다. 그들은 각자 자신의 자리로 돌아갔으나 낯선 사람이 맡겨둔 물건을 쉽게 버리지 못했다. 그때로부터 멀리 떠나왔으나 그렇다고 완전히 떠나온 것도 아니었다. 그들은 각자의 자리에서 그때를 서성였다.

창밖으로 어둠이 내리고 있었다. 어둠은 남루한 것들을 감춘다. 무덤 마을의 삐뚜름한 지붕, 여기저기 균열이 드러난 추상화 같은 담벼락, 전신주들 사이로 거미줄처럼 늘어진 전깃줄이 어둠 속으로 사라졌다. 흐릿한 조명 아래서 두 사람은 침묵했다. 그리고 침묵이 서로의 말들을 밀어 올렸다. 태석이 먼저 입을 열었다.

— 언젠가 그때 그 아이를 만날지도 모른다고, 문득문득, 그랬어요. 꼭 잊지 않고 기억할 거라고 다짐한 것도 아니었는데 그렇게 되더군요.

— 검사님을 처음 뵌 게 열일곱 살이었어요. 이젠 그때 얼굴도 아닌데, 나이를 먹었는데도 제 머릿속은 늙지 않더군요. 바래지도, 사라지지도 않았어요. 네 기억이 죗값을 치르게 하겠지. 살면서 검사

142

님의 그 말이 기억에 내내……. 무기징역 선고처럼, 그렇게 지냈습니다.

창밖으로 후드득 비 떨어지는 소리가 들리더니 몇 분이 지나지 않아 세찬 빗소리로 변한다. 1987년 그날처럼.

1987년, 그해 겨울 장마는 한번 울음이 터지면 그칠 수 없는 아이 같았다. 장마는 겨울을 지나 봄으로 이어졌다. 비는 대지의 낮과 밤을 적셨다. 먹고사는 게 서러운 사람들이 우산으로 얼굴을 가렸다. 태석이 창을 활짝 열어 세찬 빗소리를 듣는다. 빗물이 창문 너머로 들어와 얼굴을 적시는데도 창문을 닫지 않는다. 감색 양복 어깨 위로 빗방울이 스며들어 옷이 축축해진다. 며칠째 양복 안주머니에 사직서를 꽂고 있었다.

검찰 조서는 아무렇게나 흐무러져가고 있었다. 있었던 사실이 검찰 상부의 요구에 따라 파괴된다. 그들의 말은 있었던 사실을 부정하게 하고 가상의 사실을 만들어낸다. 어쩌다 우연히, 어쩌면 운이 좋아서 여기까지 온 수사였다. 비리 사회복지법인 적발로 시작된 수사는 형제의집 원장 수사로 이어졌다. 차장검사가 근무하지 않는 일요일을 틈타 운이 좋게도 방 원장 구속영장을 청구했다. 한낱 횡령 사건으로 여긴 판사의 섣부른 실수로 구속할 수 있었다. 형제의집 사건으로 국가의 사회복지 정책에 대한 비난이 들끓었다. 다음 날인 월요일부터 지방정부와 중앙정부, 검찰 상부에서 수사 압박이 들어왔다. 여기저기 언론에서 다루기 시작하자 완전히 없던 일로 만들 수도 없게 됐다. 하지만 적당한 선에서 마무리하라는 요구가 검찰 상부에서 대놓고 이어졌다. 방 원장뿐만 아니라 그에게서 뒷돈을 받은 고위공무원, 정치인, 처음부터 유괴 장사를 용인한 정부, 모두가 얽혀 있는 문제였다.

12년간 형제의집에서 513명이 죽었지만 대가를 치러야 할 죄들은 뒷길로 달아났다. 이제 검찰청사에 무기력하게 서 있을 날도 얼마 남지 않았다. 전날 지검장 관사에 찾아갔을 때만 해도 가느다란 희망을 품고 있었다. 출근하려는 지검장에게 방인곤 원장의 공소장을 변경하게 해달라고 부탁하려던 참이었다. 다른 죄들은 놓아두더라도, 이미 수사를 시작한 횡령 혐의에 대해서라도 제대로 대가를 치르게 해달라는 부탁이었다. 수사를 시작한 지 2개월이 지났을 때 방 원장이 국고지원금 11억 원을 횡령한 사실을 파악했다. 정부와 부산시 보조금 39억 원 가운데 3분의 1에 가까운 돈이었다. 법률상 횡령 액수가 10억 원 이상이어야 무기징역을 구형할 수 있다. 처음에 태석이 공소장에 기재한 횡령액 3억 원보다 금액이 커지자 차장검사는 대놓고 수사가 잘못된 게 아니냐고 딴지를 걸었다. 은희의 사망원인을 조작한 의사 조병국도 수사망에서 빠져나갔다. 불구속 수사하라는 명령이었다. 태석이 이른 아침에 관사를 빠져나오는 지검장차의 창문을 두드렸다.

"공소장 변경을 부탁드립니다."

"대통령께서 소년체전 참가 때문에 부산에 와. 시끄럽지 않았으면 하는데."

"사직하겠습니다."

"사건 하나 해가지고 영웅이 되고 싶은 건가?"

지검장이 차창을 올렸다. 검은 연기를 내뿜으며 멀어져가는 차를 바라보다 태석은 가슴에서 사직서를 꺼내 들었다. 법은 모두에게 동등하게 적용되지 않았다. 방 원장에게는 10억 원이 넘는 횡령죄도, 부랑인들을 가둔 감금죄도 적용되지 않았다. 가둔 이가 없으므로 부랑인들은 감금의 피해자가 되지 못한다. 거리에서 구걸하는 이들은 법의 바깥으로 폐기된 지 오래였다. 법의 보호는 무산자들을 위한 것이 아니었다.

비록 자신이 원하던 삶은 아니었지만 태석은 검사로서의 일이 사람을 위한 일이라고, 그렇게 위안을 삼아왔다. 시인이 되고 싶었지만 그러기엔 재능이 없었던 아버지는 가족을 팽개쳐둔 채 세상을 방랑했고, 집안 대대로 내려오는 유산을 탕진했다. 아버지처럼 살지 말아야 한다는 가족들과의 암묵적인 약속은 미대가 아닌 법대로, 법조인의 길로 들어서게 했다. 태석에게 검사직은 어떤 보상이나 명예가 아닌 자신에게 명분을 주는 일이어야 했다. 꿈을 접고 들어선 길이었다. 밤늦게까지 온갖 종류의 변사 사건 보고서를 보는 게 썩 싫지 않았다. 모든 사망자는 죽음의 원인이 밝혀진 채 흙으로 돌아가야 한다. 어쩌다 시작된 생일지라도 타살과 그렇지 않은 죽음을 구분하여 사회적 장례를 치르는 일이 자신의 일이라고 여겼다. 하늘이 사람의 시작을 내어놓는다면, 사람이 그 끝을 치러야 한다고. 그것이 인간의 존엄을 지키는 일이라고.

형제의집에서 발생한 죽음은 석연치 않은 것들이 대부분이었다. 형제의집 수용자 사망 보고서에 적힌 사망 날짜와 검안서의 날짜가 맞지 않았고, 서류상 시신이 인도된 인계인의 인적 사항과 실제 주소가 다른 사례도 많았다. 대부분 병사로 기록된 이 수많은 죽음들 가운데 얼마만큼이 조작된 건지 알 수 없었다. 그러나 하루가 멀다 하고 함께 일하는 수사관들이 전보 조치되었고, 방인곤 원장 석방 압력까지 겹치면서 사망 사건은커녕 횡령 사건도 제대로 수사를 진행하기 어려웠다. 횡령 사건이라도 제대로 조사하게 해달라고 했지만 소용없었다. 마지막 부탁마저 거절당한 그는 검찰청사로 향했다.

일요일 이른 아침, 청사에 근무하는 인원은 적었다. 태석은 복도 끝에 있는 자신의 방으로 들어간다. 이름이 적힌 명패와 서류 더미들이 책상에 쌓여 있다. 바닥에는 형제의집 자료들이 담긴 박스들이 어지러이 널려 있다. 책상에 사직서를 올려둔다. 이곳에 남아 수사를 하고 범죄를 적발하고 타살을 증명한다고 해도, 법과 인간의 범위는 검찰 상부가 정한 그들만의 범위를 넘어설 수 없다. 법은 세상의 주류가 정한 범위 안에서 죄를 측량한다. 인간 밖으로 폐기된 자들에 대해 법은 무력하다. 태석은 문을 닫고 나오려다 책상 옆에 쌓아둔 서류 박스 가운데 맨 마지막 박스를 열어 서류 하나를 꺼낸다.

한 아이가 비를 맞으며 그를 기다리고 있다. 몇 마디 맥없는 말을 이어갔다. 수사 기밀은 하루가 멀다 하고 새어나갔고 방인곤 원장은 대법관 출신의 변호인단을 구성해 재판에 대응해갔다. 아이에게 그림 한 장을 주었다. 답답할 때마다 조금씩 그리던 것이었다. 검사로서 방 원장의 죄를 축소하는 일만은 할 수 없었다. 도망치듯이 떠나는 길이었다. 태석은 진실이 아닌 그림 한 장을 주고서 미연을 떠났다.

그리고 28년이 지나 미연이 맞은편에 앉아 있다. 창밖으로 빛이 번쩍였다.

— 왜 벌하지 않으셨어요?

— 방 원장 말입니까?

— 은희 언니 살인요.

— 내게 그럴 자격이 없다고 여겨지더군요.

— 검사님은 제 고백을 들으셨어요.

— 당신의 증언을 숨겼죠.

— 어떤 범죄든 대가를 치러야 하지 않나요? 그게 어떤 이유이든.

— 어떤 죄가 벌을 받아야 하는 것인지 그때 처음 확신이 들지 않더군요. 법률가가 아닌, 한 인간으로서요.

— 그때 검사님이 나를 벌했더라면, 어땠을까. 그랬더라면.

창밖으로 벼락이 치면서 무덤들이 모습을 드러냈다. 무덤은 빛에 휩싸이다 이내 어둠에 가려졌다. 찾아오는 이 없는 무덤은 어둠 속에서 그림자를 곁에 두었다.

태석은 미연의 말에 선뜻 대답할 수 없었다. 검사직을 그만두고 미국을 전전하면서도 형제의집 기록을 버리지 못했다. 몇 번 집 밖에 갖다 놓은 적도 있었지만, 쓰레기차가 다녀가기 전에 결국 품에 안고 돌아왔다. 부채 의식이나 책임을 다하지 못했다는 자책감 같은 것은 아니었다. 형제의집 원장이 2년 6개월 동안 투옥되었으니 태석이 검사로서 아무것도 하지 않은 것은 아니었다. 기록은 자석처럼 그를 따라다녔다. 미루던 그림을 다시 그리면서도 어떤 미련이 남았다. 검사직에 대한 미련은 아니었다. 마무리 짓지 못한 일은 살면서 내내 뒤돌아보게 했다.

한국을 떠나 미국에서 작가 활동을 하면서도 태석은 간혹 검사직을 그만둔 그날이 떠올랐다. 그때 그 일이 없었더라면, 꾸역꾸역 가족을 책임지려 제자리를 지켰을지 모른다. 은희의 사망 사건과 미연의 증언은 법률가인 자신에게 물음을 남겼다. 질문은 거대한 벽이 되어 다가왔다. 올라타야만 했던 상승 열차에서 내려와 저버린 것들에게 돌아가게 했다. 미뤄둔 사직서를 냈다.

미연은 노점에 귤이 쌓이는 계절이면 그날이 떠올랐다. 리어카 가득 귤을 싣고 걸어가는 노점상의 등 뒤에서, 1987년의 검찰청 조사실로 불려 들어가는 자신이 보였다.

어두운 조사실에서 검사 태석과 열일곱 살 미연이 노란 조명 아래 마주 앉는다. 입을 꾹 다문 미연 앞으로 검사는 귤을 내민다. 미연이 두 손으로 받아 든 귤은 검은 반점이 올라와 있다. 오래도록 손에 쥐고 있던 것인지 온기가 남아 있다. 형제의집 식탁에는 오르지 않던 과일이다. 그 식탁에는 오래되어서 먹을 수 없는 것들이 올랐다. 썩은 내 나는 정어리 젓갈과 된장, 건더기를 찾을 수 없는 희멀건 국. 거기선 늘 배가 고팠다. 형제의집 숙소에서 내부 교회로 올라

148

가는 비탈길 한쪽에는 고추가 자랐다. 새끼손가락보다 작은 고추를 몰래 따서 호주머니에 넣고는 화장실에서 먹었다. 식탁에 오르는 것들에서는 어떤 맛도 느낄 수 없었지만 입에 고추를 넣으면 매운 맛이 입안에 퍼졌다. 뭔가 살아 있다는 느낌을 주었다. 비밀스럽게 살아 있다는 감정을 먹었다.

미연은 검사가 내민 귤을 손에 쥐고 한참을 만지작거리다 껍질을 까지 않고 입에 넣었다.

"기억할 수 있겠니?"

껍질을 까지 않은 귤은 텁텁한 맛이었다. 태석이 말했다.

"진실을 찾아가보려고 해."

"은희는 죽었어요."

"죽음이 끝은 아니야."

"죽는 게 더 나은 게 뭔지, 아저씨는 겪어봤어요?"

"억울한 죽음, 사인이 뒤바뀐 죽음, 드러나지 않은 죽음이 있어선 안 돼. 그게 어떤 죽음이든."

"바꿀 수 없는 걸 조사하시잖아요. 아저씨가 뭘 할 수 있는데요?"

"은희 사망 하나 가지고 세상을 바꿀 수 없어. 나도 알아."

"난 아저씨 믿지 않아요. 세상 그 누구도."

"나를 믿지 않아도 돼."

"아저씨도 유명해지고 싶어요? 그 원장처럼?"

"은희 사망 하나로 뭔가를 다 밝힐 수 있어서 이러는 거 아냐. 나는 할 수 있는 게 아무것도 없어."

"할 수 없는데 왜 하시는 건데요?"

"한 사람의 죽음이 나머지 죽음을 구할 수도 있는 거잖아."

"뭔가 그럴듯한 말이네요."

"513명이야. 죽은 사람이. 흔적도, 무덤도 없이. 은희 사망 사건이라도 기록으로 남기고 싶어. 그게 내 한계란 거 알아. 언젠가 미래에, 513명의 죽음들도 이유를 찾을 수 있게, 그거라도 해야 할 것 같아. 은희가 다른 사망자들을 구할 수 있을지도 모르잖아."

"아저씨가 생각하는 진실이 뭔데요? 은희가 김무열 소대장한테 맞아 죽은 거요? 그렇게 증언하기를 바라세요? 은희가 맞는 거, 죽어가는 거 다 봤어요. 내가 은희에게 해줄 수 있는 거라곤 안티프라민 연고를 바르는 것뿐이었어요. 김무열한테 맞아 죽는 걸 목격했다고, 다 봤다고, 그렇게 증언하기를 바라는 거예요? 그럼 이 방에서 나갈 수 있는 거예요?"

"내가 바라는 정답 같은 건 없어. 그런 게 있다 해도 네가 본 것, 들은 것, 그것만 말하길 바랄 뿐이야."

"김무열은 이미 죽었어요. 은희도."

미연이 김무열 소대장을 마지막으로 본 것은 방 원장이 구속된 지 나흘 뒤였다. 김무열은 얼굴을 알아보기 어려울 만큼 뭉개진 피투성이 시신으로 발견됐다. 방 원장이 구속되자 그가 구축한 체계와 질서는 쉽게 무너져 내렸다. 억압으로 지배했던 세계는 분노와 광기가 어디로 튈지 알 수 없는 공포의 공간으로 변했다. 한때 무열이 관리했던 수용자들은 화장실로 그를 끌고 가 발길질을 퍼부었다. 화장실에서 달아난 무열이 숙소 건물 꼭대기로 올라갔고, 수용자들이 각목을 들고 뒤쫓았다. 뒷걸음질 치던 무열은 건물 아래로 떨어졌다. 자살, 타살, 사고사, 그 어떤 구분도 애매한, 그 모든 것이 혼재된 죽음이었다.

어두운 조사실 조명 아래서 검사 태석은 종이 한 장을 꺼내 책상에 올려둔다. 미연은 귤을 먹다 말고 빈 종이를 내려다본다.

"여기에 아무것도 쓰여 있지 않아. 이제 너의 이야기로 채우려고."

"아저씨는 그게 뭐든, 괜찮겠어요?"

그들 사이에 빈 종이 한 장이 놓여 있었다.

그리고 28년이 지났다. 태석은 캔버스 사이에서 서류 봉투 한 장을 꺼냈다. 기록은 누렇게 바래 있었다.

— 이것 때문에 날 찾아온 게 아니었나요?

태석은 미연에게 다가와 테이블 위에 서류를 놓았다. 미연이 봉투를 열어보려 하자 태석이 그녀의 손을 잡았다. 봉투를 손에 쥐고 자리에서 일어서려는 미연에게 태석이 물었다.

— 이미 값을 치른 거 아니었소?

미연은 태석을 뒤로하고 그 집을 빠져나왔다. 28년 전 했던 증언이 1987년 1월 5일 밤으로 자신을 끌어들이고 있었다.

13
1987년 1월 5일

검은 달이 뜨고 개들이 울음을 그친 밤이었다. 새벽부터 내린 비로 산에선 붉은 흙이 씻겨 내려가고 빗물이 고여 산등성이마다 웅덩이를 이뤘다. 웅덩이를 밟으며 산길을 달리는 은희의 운동화 속으로 흙탕물이 스며든다. 푸른색 작업복이 물에 젖어 팔다리를 휘감는다. 젖은 운동화는 속도를 내지 못한다. 거친 숨을 몰아쉬며 고개를 돌렸을 때 자신을 추적하는 노란 랜턴 빛이 가까이 다가온다. 이 방향으로 직진해서 내려가면 열 명 안팎의 사람이 사는 작은 민가가 나온다. 민가로 숨지 못하면 죽게 될 것이다. 쫓아오는 노란빛을 향해 얼굴을 돌리다 흙바닥에 솟은 돌부리에 발이 걸린다. 중심을 잃고 진흙 더미에 넘어진 몸이 산비탈 아래로 굴러떨어진다. 가속도가 붙어 점점 빠르게 내려가다가 옆으로 비스듬히 굽은 나무뿌리에 허리가 걸린다. 일어나려 몇 번을 버둥거려봐도 땅바닥에 붙은 벌레처럼 일어나지 못한다. 산비탈을 기어올라보지만 아무리 움직이려 해도 몸이 말을 듣지 않는다. 노란빛이 가까이 다가오면서 눈이 부신다. 흙바닥에 얼굴을 묻고 마지막 순간을 기다린다. 몸이 쪼그라들어 흙 속에 사는 벌레가 되는 꿈, 흙이 되는 꿈을 꾼다.

랜턴 빛이 은희의 얼굴을 정면으로 비추고 위치를 파악한다. 무열이 산비탈 아래로 뛰어내리고 그 뒤로 세 명의 사내가 따라오다 질척거리는 흙에 미끄러진다. 무열은 날짐승처럼 펄쩍 뛰어 은희의 몸에 날아든다. 흙바닥에 엎드린 은희를 돌려 눕히고는 그 위에 올라타 주먹으로 얼굴을 후려친다. 은희는 죽은 사람처럼 버둥거리지 않고 날아오는 주먹을 맞는다. 핏물이 빗물과 섞여 붉은 흙으로 스며들어간다. 각목을 든 세 명의 사내가 무열 뒤로 다가오고 한 명이 각목을 건넨다. 무열은 한 발을 은희의 몸에 올리고 각목을 든 두 손을 높이 들었다.

검은 달이 뜨고 개들이 울음을 그친 밤이었다. 물을 잔뜩 먹은 각목이 반복해서 은희의 허리를 내리치자 몸은 비명과 함께 영혼이 빠져나간 듯 납작해졌다. 피를 본 사내들의 눈동자는 흔들리다 텅 비었고 이내 또렷해졌다. 그들은 한쪽 눈을 감거나 발가락 끝에 온 신경을 집중했다. 피비린내에 얼굴을 돌렸다간 무열에게 찍힐 거고 그들 세계에서 끝장을 보게 될 것이다. 무열이 수차례 각목을 내리치다 바닥에 던져버리자 세 사내 가운데 더벅머리 하나가 은희에게 다가갔다. 몸이 반응하지 않자 더벅머리가 무릎을 꿇고는 은희의 코에 얼굴을 가까이 댔다.

"숨이 붙어 있습니다만 꺼질 것 같습니다."

"아래로 우선 옮겨."

무열이 랜턴을 들고 산 아래로 먼저 내려갔다. 노란 불빛이 산 아래로 한참 멀어지자 더벅머리가 은희를 어깨에 들쳐 멨다. 나머지 두 사내는 더벅머리에게서 몇 걸음 떨어진 채 뒤따라왔다. 비에 흠뻑 젖은 더벅머리 남자는 멍한 얼굴로 중얼거렸다.

"왜 도망갔어?"

장대비 소리에 더벅머리의 말소리가 묻혔다.

"죽고 싶었던 거야?"

더벅머리는 시체와 다름없는 여자에게 고개를 돌리며 소리쳤다.

"너 혼자 바깥에서 살아보려고?"

뒤를 따르던 두 사내는 큰 소리에 흠칫 놀라 걸음을 멈췄다. 입을 벌리면 입김이 나오고 입속으로 장대비가 쏟아져 들어왔다. 물안개처럼 흐렸던 풍경이 와이퍼로 닦은 것처럼 뚜렷해졌다. 그들도 탈출을 시도하다 붙잡히면 개처럼 맞을 것이다. 오늘은 그들의 미래였다. 사내들은 예정된 죽음으로 걸어가지 않을 것이다.

"사람이 되려고."

은희는 끊어질 듯 가느다란 숨을 내쉬면서도 그 말을 한 음절씩 입 밖으로 밀어냈다. 은희의 낮은 목소리가 빗속에서 선명하게 들린다. 사내들은 약속이나 한 듯이 서로의 눈을 본다. 타인의 눈동자에 비친 자신을 확인한다. 그러고는 아무것도 보지 않은 것처럼 산 아래 공사장으로 향한다.

날이 밝아지면서 비가 그쳤다. 도망친 여자를 기다리던 열두 명의 수용자들과 무열이 산 아래서 은희를 둘러싼다. 무열이 은희에게 얼음물을 끼얹는다. 붓고 짓이겨진 얼굴 위로 차가운 물과 얼음이 떨어진다.

"눈 떠, 새꺄."

은희가 눈을 뜨지 않자 무열이 다시 대야에서 얼음물을 한 바가지 퍼서 얼굴에 붓는다. 뺨을 타고 물이 바닥에 떨어진다.

"뜨라고."

분노를 꾹꾹 눌러 담은 명령에도 짓이겨진 얼굴은 반응이 없다. 눈을 뜨지 않으면 다시 각목 타작이다. 고깃덩어리 같은 눈두덩이 사이로 눈동자가 가늘게 보였다.

"너 뭐야?"

"김으……."

무열이 은희의 허리 아래로 발을 집어넣고 세차게 차올리자 눈동자가 돌아가면서 흰자위만 보였다. 울음인지 신음인지 모를 짐승 소리가 새어 나왔다.

"너 뭐냐고?"

"일, 구, 팔, 삼……."

은희가 수용번호를 읊는다.

"이제야 정신이 들어? 여기가 어디야?"

은희가 터진 입술을 움직여보지만 소리가 들리지 않는다.

"도망을 쳐? 도망을?"

무열이 각목에 찬물을 뿌린 뒤 은희의 가슴을 내리친다. 각목이 사람을 내리치는 소리가 날카롭게 고막을 찔렀다.

"죽고 싶어? 뒤질라고 환장했냐고!"

무열은 분을 풀지 못한 채 각목을 부여잡고 은희를 노려본다. 도망치다 잡혀 온 다른 수용자들은 온몸을 지렁이처럼 배배 꼬며 살려달라고 호소했다. 바닥을 기며 무열의 바짓가랑이를 붙잡고 머리를 조아렸다. 그것이 도망간 자들이 맞는 보통의 최후였다. 무열은 살려만 달라는 말을 들을 때만큼은 그들의 신이 된 것 같았다. 자신을 하찮게 여기고 함부로 대하는 세상에서, 살려달라는 말을 들을 때만큼은 무언가가 된 것 같아서 그들이 생을 구걸할 때까지 각목을 휘둘렀다. 죽음이 두렵지 않은 사람은 없었다. 뒤지도록 두들겨 패면 그들은 살아 있기만을 바라는 자들이 되었다. 존엄한 삶은 인간이 요구하는 것이다. 인간으로 살아본 적 없는 자들은 삶이 아닌 살아 있음을 원했다. 삶을 갈망하다 절망한 자들은 스스로 죽음으로 걸어가지만, 매일 죽음의 위협에 노출된 자들은 죽음으로부터 달아났다. 무열은 무엇이 되어서든, 어떻게 살든, 살아내고 싶었다. 원장에게 빌붙어 살아가면서 역겨운 순간이 없는 것은 아니었다. 그러나 시체가 돼서라도 자신의 바짓가랑이를 잡으며 살려만 달라는 수용자들의 애원을 들을 때만큼은 어떤 희열을 느꼈다. 역겹지만 버티는 게 세상을 사는 방법이라고, 다들 그렇게 살아간다고, 그렇게 사는 게 맞다고. 자갈치 시장 깡패 노릇을 하며 사는 것보다 지금 이 삶이 나은 거라고.

한국전쟁으로 가족을 잃고 홀로 부산으로 흘러들어와 조무래기

156

서너 명 데리고 삥을 뜯으며 살다 10여 년 전 형제의집에 붙잡혀 왔다. 깡패, 걸인, 건달, 부랑자, 윤락녀 단속에 정부가 한창 열을 올리던 때였다. 하꼬방에 갑자기 경찰이 들이닥쳤고, 갱생의 길을 찾게 해주겠다며 차에 신고는 어딘가로 향했다. 삼류밖에 안 되는 깡패 놈이었지만 무열은 이곳 오야붕인 원장에게 좀 비벼보자 싶었다. 다시 삥을 뜯고 살아봐야 남들 사는 만큼 살지도 못할 테고, 결국 가게 될 곳은 감방일 테니. 어쩌면 구걸이 자신의 최후일 테니. 쇠창살 밖으로 까치발을 들고 매일 밖을 염원하던 마음을 꾸깃꾸깃 접었다. 사람들이 자신을 가둔 게 아니라 자신이 이곳을 선택한 것이라고 스스로에게 말했다. 마음이란 걸 버려야 살 수 있었다. 이건 체념이 아니라 체득이라고 자신을 설득했다. 쇠창살 밖이 아닌 내부의 권력이 되리라 마음먹었다. 방 원장 눈에 들려고 기를 썼다. 수용자로 있다가 얼마 지나지 않아 조장이 됐고 몇 년 지나지 않아 소대장이 됐다. 폼 나게는 못 살아도 건달은 아니니 적어도 시궁창은 아니라고 생각했다. 갇힌 생활도 익숙해졌다. 원생들은 생활이 제한됐으나 소대장인 무열에게는 어느 정도 자유가 주어졌다. 그는 스스로를 수용소에 가두었다. 빗장을 열고 문 밖으로 나가는 대신 탈주하려는 자들을 사전에 찾아내거나 달아난 자들을 뒤쫓아 죽도록 팼다.

숨이 넘어가는데도 삶을 구걸하지 않는 은희의 축 처진 몸은 불쾌하다 못해 죽이고 싶은 충동을 느끼게 했다. 살려달라고 말하라고. 살려달라고 빌라고. 여자는 죽음으로 걸어 들어가고 있었다. 스스로 죽음을 향해 내딛고 있었고 살려달라는 말을 거부하고 있었다. 형제의집에 붙잡혀 온 일고여덟 살 아이들이 처음 배우는 게 살려달라는 말이었다. 아이들은 내복 차림으로 심부름을 하다가, 공원에서 낮잠을 자다가, 어스름에 집을 나섰다가 납치되어 부모를 잃었다. 고아를 잡아들이다 숫자가 모자라자 고아를 만들어서라도 수용소를 채웠다. 형제의집 원장은 사람 숫자로 정부 지원금을 타냈고, 정부는 사회적 약자들을 위한 복지정책을 시행 중이라고 홍보했으며, 언론은 정부가 불러주는 대로 받아 적었다. 가족에게로 보내달라고 떼를 쓰던 아이들은 사탕을 받는 대신 매타작을 당하고는 울음을 그쳤다. 두 손을 비비며 무릎을 꿇었다. 배가 고파지는 것처럼, 울음이 터지는 것처럼 살려달라는 말은 본능이었다. 각목을 든 소대장에게 몸뚱이를 맡기면 울음처럼 터지는 말이었다.

은희는 존엄한 세계로 가고 싶었다. 고통을 참으려 수십 번을 깨문 입술이 터져 부어오른다. 무열은 어떤 밧줄 하나를 놓았다. 자신을 그나마 인간처럼 지탱해주던 밧줄이었다.

"죽기 직전에는 말이야. 어떻게든 살고 싶어질 거야."

무열은 각목을 바닥에 버리고 모두가 보는 앞에서 은희에게 달려들어 상의를 찢었다. 은희 위에 올라타 추리닝 상의를 벗기고 브래지어를 잡아채 던지자 다 죽어가던 은희가 온몸을 버둥거리며 악악거렸다. 두 팔과 다리를 버둥거려도 무열의 힘에 비할 바는 못 됐다. 도망치려고 사지를 흔들 때마다 바짝 말라버린 가슴과 검은 유두로 흙탕물이 튀어 올랐다. 무열이 왼쪽 다리로 가슴을 누른 채 추리닝 바지를 벗기려 들자 은희는 발악을 해댔고 짐승 같은 소리를 냈다. 울음인지 분노인지 모를 소리에 수용자들이 시선을 거두고는 바닥만 내려다보았다. 무열이 바지를 벗기다 말고 주먹으로 얼굴을 두 차례 내리치자 은희는 악 소리를 내더니 뻗었다. 무열이 바지를 마저 벗겨 던지자 멍 든 다리가 드러났다. 팬티에 손을 대자 은희는 아이처럼 흐느꼈다. 알아들을 수 없는 말을 웅얼대며 흙바닥을 기어가는 꼴을 무열은 가만히 내버려두었다. 팔꿈치로 기어가는데 온 힘을 다해봐야 무열의 몸 아래에서 한 걸음도 가지 못한 채 제자리만 돌 뿐이었다. 입에선 거품이 흘러내렸다. 은희가 살려달라는 말을 끝내 거부하자 무열은 인간이라는 밧줄을 결국 끊어버렸다. 무열이 두 손으로 각목을 잡고는 온 체중을 실어 기어가는 여자의 등을 내리쳤다. 수용자들은 짐승의 시간을 견뎌야 했다. 무열은 각목을 바닥에 던진다.

"아무것도 주지 마. 목재소에 가두고 굶겨."

공사장은 굶주린 개들이 철조망 바깥을 지키고 있었다. 원장이 울산에 운전면허 교습소를 짓겠다고 사놓은 부지였다. 따로 노동자들을 고용할 필요도 없이 형제의집 수용자들을 데려다 일을 시켰다. 공사장에서 5킬로미터쯤 떨어진 곳에 민가가 있었지만 도망가기는 쉽지 않았다. 수용자들은 서로가 서로의 감시자였을 뿐, 목격자는 될 수 없었다. 살인, 폭력, 강간, 그 어떤 죄가 발생해도 이곳에서는 처벌받지 않는다. 그들은 눈을 뜨고도 눈을 감았다. 소대장 무열은 유독 고개를 숙이고 딸꾹질을 해대는 미연 앞으로 걸어갔다.

이년은 오늘 대놓고 은희가 당하는 꼴을 보지 않으려 했다. 얼굴이 허옇게 질려 있다.

"오늘이 며칠이지?"

미연은 대답하지 못하고 손을 벌벌 떨기 시작했다. 무열이 고개를 돌려 수용자들을 둘러보는데 누구도 선뜻 대답하지 않는다. 무열은 오늘이 며칠인지 떠오르지 않았다.

"하긴, 우리에게 날이라는 게 있었나?"

14
미연의 기억

거기는 시간이 흐르지 않았어. 그렇고 그런 날들이 무한히 반복됐지. 어제는 오늘이 되고 오늘은 내일이 됐어. 더 나아질 것도 더 추락할 것도 없는 불구덩이었어. 고통이 영원하다는 걸 알면서 살아야 하는 거. 그게 사람을 미치게 하는 거지. 미치지 않는 사람이 없었어. 미친 사람들은 빨간 약을 먹었어.

은희와 나는 운전면허 교습소 공사장에서 물을 나르고 밥을 지었어. 거기선 화장실을 갈 때도 보고해야 하고, 사소한 일로 잠깐 자리를 뜰 때도 두 사람이 함께 다녀야 해. 우리는 서로의 감시자로 짝지어졌어. 우리에겐 매일이 똑같았는데, 그날 밤도 일을 마치고 각자의 침대에 앉았지. 밤 10시 점호시간이 돼서야 은희가 사라진 걸 알았어. 소대장 무열이 내게 물었어. 탈출 계획을 미리 알지 않았느냐고, 알고도 보고를 안 한 게 아니냐고. 같은 질문이 수차례 이어졌지만 답할 수가 없었어. 그가 다시 윽박질렀어. 그년과 같이 설거지하고 물을 뜨잖아. 고개를 숙이고 부인하는 내게 소대장은 얼굴을 들이밀며 노려보았어. 아닙니다. 모릅니다. 은희 혼자서 도망간 겁니다. 나는 강하게 고개를 저었어.

우리는 천막 식당 앞으로 집합됐고 엎드려뻗쳐 자세로 겨울밤을 지새웠어. 두 발이 아닌 네 발로. 네 발로 땅을 딛고서 어둠 속에서 침묵을 뱉었어. 숨겨온 말들이 흙에 떨어져 언젠가 피어날 거라고, 누군가 우리들의 말을 발견할 거라고. 우린 미래로 갈 수 없었어. 모독의 시간을 허우적거리는 수밖에.

그날은 점심 준비를 하면서 은희가 혼잣말을 했다는 거 외에는 특별할 게 없었어. 세면장에서 감자를 깎던 은희는 칼을 놓고 중얼거렸어. 잠시 그런 거야, 잠시. 내가 기억하는 말은 그것뿐이야. 더는 듣지 않는 척 얼굴을 돌렸고 감자를 마저 깎았어. 말들은 쉽게 밀고됐고 불안은 우리를 멀찍이 떨어뜨렸어. 우리는 얼굴을 보지 않은 채 필요한 단어를 밀어내고 받았어. 그것이 우리가 이야기하는 방식이었어.

은희는 얼굴이 길고 또래보다 키가 커서 늘 어깨를 구부리고 다녔어. 그날도 어깨를 구부리고서 감자를 마저 깎았지. 얼굴이 희고 계집애처럼 눈이 동그란 남동생 은수와는 닮은 구석이 없었어. 은희는 칼에 손가락을 베였는지 감자를 내려놓고 입으로 손가락을 빨았어. 대수롭지 않은 일이라 신경 쓰지 않았어. 그날 점심시간이 지나고 둘이서 설거지를 하고 있는데 은희가 내 주머니에 눈깔사탕을 넣어주었어. 어디서 구한 건지는 알 수 없었어. 운전면허 교습소

162

부지는 부산 형제의집까지 자동차로 두어 시간이나 떨어진 거리였어. 형제의집에 외부 손님이 가끔 오는 날 사탕이 한 개씩 배당되긴 했지만 우리가 갇힌 공사장엔 외부인이 오지 않았거든. 말없이 앉아 식판을 마저 씻었어. 우물가에서 취사장까지 1킬로미터쯤 떨어진 거리를 네 차례 왕복해서 물을 퍼 날랐어. 허벅지 높이까지 오는 양동이를 들고서 은희와 내가 번갈아가며 날랐어. 마지막 양동이를 들고 오는데 은희가 혼자 양동이를 들겠다고 했어. 열 걸음을 걷고는 양동이를 내려놓고 저린 팔을 털고, 또다시 들고 가다가 털썩 놓으며 위태롭게 갔어. 은희에게 굳이 다가가지 않았어. 마지막 양동이를 취사장에 갖다 놓았을 때 물은 절반밖에 남지 않았어. 조장은 양동이를 보고선 은희의 머리를 두어 대 때렸어. 은희는 변명하지 않았어.

은희는 가끔 동생 은수 이야기를 꺼냈어. 부산 형제의집에서 은수와 내가 소년소녀 성가대에 속해 있었던 사실을 은희는 알고 있었어. 은수가 성가대에서 어떻게 지냈느냐고 물었어. 형제간이라도 그곳에서는 서로를 만나기 힘들었어. 소대마다 다른 시간표대로 움직였으니까. 가끔 외부 손님이 왔고 얼굴이 반반한 아이들을 선발해 만든 성가대가 외부인들의 주머니를 털었어. 그들은 노랫소리에 눈물을 훔치며 헌금 봉투에 돈을 집어넣었어. 은수는 점점 알아들을 수 없는 이상한 말을 해댔고 빨간 약을 한 움큼씩 먹기 시작하면서 성가대를 그만뒀어. 형제의집을 떠나 운전면허 교습소 건설 현장으로 가기 한 달 전쯤이었을 거야. 처음 은수의 발작을 본 게. 피

163

아노 반주가 시작되고 우리가 첫 소절을 부르는데 은수가 악보를 떨어뜨리더니 성가대 가운을 벗었어. 노래는 중단되고 성가대석은 아수라장이 됐지. 남자애 둘이 은수의 손을 뒤에서 묶었어. 은수는 재빨리 팔을 빼서 추리닝 바지를 내렸고 무릎에 걸린 바지를 마저 벗으려 하자 목사가 설교단에서 내려왔어. 예배실에 있던 수천 명의 눈동자가 은수의 바지만 바라보았어. 예배실 중간에 앉아 있던 은수의 담당 소대장이 성가대석으로 달려왔어. 성가대석 앞자리에서 바지를 내리고 엉거주춤하게 서 있는 은수의 머리를 붙잡고 뒤로 젖혔어. 소대장은 주머니에서 빨간 약을 한 줌 꺼냈어. 시간 또라이 약이라고 부르는 것이었어. 빨간 약을 먹으면 시간을 잊은 자들이 되지. 빨간 약을 먹으면 우린 같은 공간에서 다른 시간을 사는 사람들이 되었어. 은수는 머리채를 잡힌 채로 약을 먹지 않으려고 눈을 희번덕거렸어. 소대장이 억지로 입을 벌려 빨간 약을 한 움큼 집어넣자 뱉어내려 입을 벌렸어. 소대장은 은수의 턱을 닫은 채 열어주지 않았어. 숨이 막혀 캑캑대는 은수의 얼굴이 시뻘겋게 달아올랐고 몇 번을 버둥거리다가 힘이 빠져 약을 삼켰어. 몇 분 뒤 힘이 풀렸는지 옆으로 쓰러졌고 소대장은 은수를 끌고 교회 바깥으로 나갔어. 그날의 일을, 은희에게 말할 수 없었어. 나보다 먼저 운전면허 교습소 공사장으로 발령을 받아 떠난 은희는 모르는 일이었어. 그 이후에도 은수가 운동장에서 바지를 벗어 하늘로 던지는 걸, 남자애들이 성가대 뒷자리에서 은수의 바지를 벗기고 항문에 성기를 쑤셔 넣는 걸, 보지 않은 거라고 그렇게 믿고 싶었어. 은희가 은수에

164

대해 물을 때마다 거짓말을 했어. 노래를 곧잘 불렀다고, 별다른 말을 나누지 않았다고, 친하지 않았다고, 착해 보였다고. 그럴 때마다 은희는 고개를 숙이고서 응, 응, 대답을 했어.

은희가 사라진 밤, 우리는 빗속에서 기합을 받으며 그 애가 잡혀 돌아오기만을 기다렸어. 우린 잠을 자야 하니까. 은희가 돌아와야 기합이 끝나니까. 날이 밝지 않은 새벽에 노란 감시등을 든 사람들이 산으로 올라갔어. 새벽이 오도록 땅을 딛고 선 팔들은 후들거렸고 다들 은희를 죽이고 싶은 기분에 휩싸였어. 그년 때문이야. 그년 때문에 밤새워 엎드려뻗쳐를 해야 한다고. 팔에 힘이 풀려 넘어질 때마다 조장은 각목으로 등과 엉덩이를 내리쳤어. 두 팔을 바닥에 박고서 욕을 해댔어. 쌍년, 조용히 살 것이지. 동생도 미쳤다더니 그년도 정신이 나가 산으로 가버린 거야. 갈보 같은 년, 그년이 벌려준 놈들도 한둘이 아니라더군. 우리를 감시하던 조장이 화장실에 간 사이 천막 식당 앞에선 욕이 터져 나왔어. 온몸이 비에 젖어서 덜덜 떨렸어. 그때였어. 산으로 추격하러 갔던 남자 수용자들이 은희를 들쳐 메고 내려와 바닥에 뉘었어. 소대장은 각목을 힘껏 내려쳤어. 거짓말처럼 하늘이 갈라지면서 빛이 번쩍하더니 번개가 쳤어. 각목을 내려칠 때마다 흙바닥엔 진득한 피가 빗물에 씻겨 흘러내렸어. 핏물이 진흙으로 스며들어서 자꾸 내 발 쪽으로 흘러왔어. 검붉은 핏물이 내 발바닥 밑으로 흘러드는데, 운동화에 그 붉은 피가 묻는 게 싫어서 발을 이리저리 돌려봐도 도망칠 수 없었어. 은희가 내 발 아래로 스며드는 것 같았어. 하늘에서는 검은 비가 그치지 않았어. 은희는 각목으로 두들겨 맞으면서도 살려달라는 말을 하지 않았어. 두들겨 맞고 두들겨 패는 걸 아무렇지 않은 척 지켜봐야 하는데 참을 수가 없어서 자꾸만 눈을 감았어. 아무리 듣지 않으려 해도 소리가 들려와. 그 순간이 매일 나를 덮쳐. 그날의 소리, 천둥소리, 은희 입에서 새어 나오는 신음, 비명, 사람 몸을 내리치는 각목 소리, 뼈가 바스라지는 소리, 흙탕물을 먹으며 기어가는 첨벙대는 소리. 길을 가는데, 환한 대낮에 구두를 신고 가는데, 대로에서 차들이 쌩쌩 달리는데, 나한테는 그 소리들이 들려. 짐승 소린지 사람 소린지 알 수 없던 그 소리. 내 발밑으로 스며들던 은희의 피. 그 핏물을 피해서 달리는 차들 사이로 도망을 치다 집으로 돌아와. 문이란 문은 다 걸어 잠그고 담요 밑에 들어가 말을 해. 그때 아무 말도 못 했던 거. 아무렇지 않은 척했던 거. 잘못했다고, 살려달라고.

죽은 사람처럼 완전히 뻗어버린 은희를 소대장이 발로 툭툭 건드리더니 사람들에게 말했어.

"치우라고."

수용자들이 은희의 겨드랑이에 손을 넣어 들어 올렸어. 은희의 목과 팔이 축 늘어졌어. 소대장이 혼이 빠진 우리들 앞에서 말했어. 김은희는 신부전증으로 죽은 거다. 침묵이 흘렀어. 우린 다 봤는데, 다 들었는데, 아무것도 듣지 않고 보지 못한 사람들이 됐어. 비를 맞아서 온몸이 젖은 채로 소대로 돌아갔어. 몇 시간 전만 해도 빗속에서 기합을 받으며 은희에게 미친년이라고 저주를 퍼붓던 사람들은 갑자기 입을 다물었지. 그 누구도 은희를 입에 올리지 않았어. 이불

166

로 기어들어가 눈을 감았는데 잠깐 잠이 들었어. 깼을 땐 적막이었어. 다들 잠이 든 건지 눈을 감고 있었고 아침이 왔는데도 다들 꼬박 밤을 새운 탓에 누구도 우리를 깨우지 않았어. 침대에서 일어나 혹시나 싶어 소대 문을 열었는데 잠겨 있지 않았어. 원래 소대장이 잠가놓는데 은희 일로 잊어버렸던 것 같아. 문 옆에서는 조장이 자고 있었어. 조장의 얼굴에 손을 갖다 댔지만 움직이지 않았어. 숨을 쉬지 못하게, 다시는 눈을 뜨지 못하게 베개로 얼굴을 짓누르는 상상. 그런 상상을 자주 했어. 발꿈치를 들고 열린 문 사이로 빠져나가 은희를 옮겨둔 목재소 앞으로 걸어갔어. 눈이라도 두 손으로 감겨주고 싶었어. 보고 싶지 않은 거 보지 말고 두 눈 감고 떠나라고. 아무도 기억하지 않을 개죽음, 아무렇게나 흙구덩이에 들어가 묻히겠지만 눈을 뜬 채로 떠나게 하고 싶지 않았어. 까치발을 들고서 조그만 창문으로 들여다보는데 어두운 그림자가 느리게 움직이는 게 보였어. 어쩌면 은희가 죽지 않았는지도 모른다는 생각에 목재소 바깥에 흩어져 있는 벽돌을 쌓아 계단을 만들었어. 계단 위로 올라가 창문을 열고는 어깨를 움츠려 비집고 들어갔어. 바닥으로 쿵 소리를 내며 떨어졌어. 목재소 구석에 누운 은희 곁으로 기어갔어. 바닥에 무릎을 꿇고서 손을 잡았을 때 손가락 끝이 미세하게 떨리는 걸 느낄 수 있었어. 심장에 귀를 갖다 댔어. 꺼질 것처럼 가늘게 심장이 뛰었어. 내 말 들려? 은희는 손가락 끝으로 신호를 주었어. 살아 있다고. 심장 소리가 언제 끊어질지 모를 가는 실 같았어. 얼굴이랑 온몸이 퉁퉁 부어서 멍이 들었는데 해줄 수 있는 게 없었어. 주머니에서 안티프라민을 꺼내 은희 가슴에 발랐어. 그것밖에 내가 해줄 수 있는 게 없었어. 형제의집 본원에 있을 때 의무 소대 서랍에서 훔쳐 온 약이었어. 창문 밖으로 비가 다시 내리는데 목재소 밖에서 발소리가 들렸어. 소대장 무열이란 걸 직감적으로 알았어. 은희와 도망갈 곳도, 숨을 곳도 없었어. 몰래 여기로 들어온 걸 들키면 나도 각목으로 두들겨 맞을 텐데 심장이 떨려 진정이 되지 않았어. 문이 서서히 열리는데 두려움에 눈을 질끈 감고 무릎을 꿇고 앉아 있었던 것 같아. 눈을 떴을 때 소대장과 조장이 내 앞에 서 있었어.

"넌 왜 여기에 있지?"

소대장은 목재소 내부를 둘러보았어. 왼쪽 세 번째 창문이 반쯤 열려 있는 걸 보더니 다시 물었어.

"대답을 해야지?"

"문이 열려 있어서 들어왔습니다."

"신부전증으로 사망했다고 아까 말했잖아. 못 들은 거야? 못 들은 척하는 거야?"

대답할 수 없었어. 무릎을 꿇은 채 머리를 숙이고 빌었어. 입이 덜덜 떨리면서 말이 나오지 않는데 소대장이 손바닥으로 얼굴을 내리쳤어.

"명령하는 대로 믿는 걸 아직 배우지 못한 거야? 아직도?"

소대장이 은희 가슴에 손을 갖다 대고는 조장을 데리고 바깥으로 나갔어. 은희가 살아 있는 걸 확인한 거야. 둘이 목재소를 나가서는 열쇠로 문을 잠갔는데 밖에서 대화하는 소리가 들렸어.

168

"죽지 않았어. 쉽게 죽지 않을 것 같아."

"골치 아프게 생겼습니다. 며칠 내버려두면 사망하지 않을까요?"

"죽으면 차라리 문제는 간단하지. 지가 스스로 아파 죽었다고 말하면 원장이 뭐라겠어? 근데 여기서 며칠 골골대면 전체 분위기만 흐려질 거고. 그렇다고 가뜩이나 탈주자 이야기 하면 짜증만 내는 원장한테 도망가는 년 붙잡아서 족치다가 이 난리가 났다고 어떻게 보고를 해?"

"병원으로 보내버릴까요?"

"병원?"

"형제의집 정신의료원요. 미쳐서 보냈다고 하면 그것까지 원장이 일일이 확인하겠습니까? 거기서 죽게 하는 거죠."

"그게 낫겠군. 저기 한 년 더 있잖아."

"쟤도 같이 보내야죠. 입단속이 안 될 것 같은 애는 보내는 게 낫지 않겠어요?"

문 쪽으로 귀를 바짝 갖다 댔는데 말소리가 가까워졌다 멀어지기를 반복했어. 그러다가 발소리가 점점 멀어져 들리지 않았어. 형제의집 부설 정신의료원은 수용자들 가운데 빨간 약으로도 통제가 안 되는 사람들을 가둔 곳이었어. 우주복 같은 걸 입혀서 사지를 침대 귀퉁이에 묶어놓고는 매일 주사를 놓았어. 침대에 묶인 사람들은 쇠창살 사이로 비치는 태양을 쬐는 식물이 됐어. 목재소 한가운데서 가쁜 숨을 몰아쉬는 은희 옆에 비스듬히 누웠어. 입술을 움직이는데 소리가 들리지 않아서 얼굴을 가까이 댔어.

"미연아, 고마워."

끊어질 듯이 가느다란 소리가 들렸어. 은희가 자꾸 조그만 입술을 움직이는데 알아들을 수가 없었어. 살아야 해. 그렇게 들렸던 것 같다고 기억할 뿐이야. 우리는 소대장이 돌아와 어떤 처분을 내릴지 기다리며 그날 종일 목재소에 있었어. 저녁이 되도록 그들은 문을 열어주지 않았어. 형제의집 정신의료원에 강제로 입원되면 시간을 잊고, 계절을 잊고, 어느새 나 자신도 잊겠지. 무엇이 남을까? 이곳에 우리가 왜 오게 되었는지조차 잊겠지. 아픔은, 슬픔은, 고통은, 통증은, 감각은 있을까? 그것마저 사라질까? 차라리 그곳이 여기보다 나을까? 나를 잊으면? 나 자신을 버리면? 머릿속이 터져버릴 것 같았어. 저녁이 지나 밤이 오는데 나는 아무것도 할 수 없었어. 은희의 겨드랑이 사이로 얼굴을 들이밀고서 눈을 감았어. 이상하게도 은희의 체온이 아까보다 따뜻해지고 심장 소리가 살아나는 것만 같았어. 미래를 끊어낼 수 있다면, 이대로 시간이 멈춰버린다면. 눈을 감았어. 시간이 얼마나 지났는지 모르겠어. 눈을 떴을 때는 사방이 캄캄했는데 은희가 보이지 않았어. 목재소 구석에 연장을 쌓아둔 곳으로 걸어갔어. 무릎까지 내려오는 휘장을 걷어냈는데 순간 심장이 바닥으로 떨어졌어. 벽돌 몇 개를 쌓고는 은희가 그 위로 올라가 철삿줄에 목을 매고 있었어. 발밑에 놓인 벽돌을 발로 차려고 버둥거리고 있었어. 벽돌을 발로 밀어버리면 두 발이 공중에 떠서 목이 졸리게 되겠지. 은희가 떨어질까 봐 다리를 부여잡고 있는데 가느다란 목소리로 은희가 말했어.

"그러지 마."

"죽지 마, 제발."

"나는 사람이 되고 싶어."

"살아야 해. 같이 살아남아야 해."

"여기서 사람으로 살 수 있어?"

머리를 망치로 맞은 것 같았어. 주는 밥 먹고, 정해진 시간에 그들이 원하는 일을 하고, 그들이 원하는 것을 채우며 살았어. 언제 떨어질지 모를 매타작을 피하며 사는 노예로. 눈앞에서 사람이 죽어가는데 아무렇지 않은 얼굴로 가만히 있어야 하는 짐승으로. 내가 누구인지조차 잊어가는 식물로. 사람으로 살아갈 수 있을까? 여기에서?

어느 때부터 다 놓아버리고 살고 있었어. 화가 나지 않는데도 다른 사람을 때릴 수 있게 됐어. 조장이 아이들을 시켜 투견처럼 싸우라고 했을 때 머뭇거리는 은희의 얼굴을 먼저 후려갈긴 게 나였어. 나는 그들이 만든 링에 올라가 담담한 얼굴로 상대의 머리를 후려쳤고 그때마다 조장은 신나게 손뼉을 치곤 했어. 처음에만 힘들지, 자꾸 하다 보면 그것도 익숙해졌고 나중에는 맞은 아이에게 미안하지도 않았어. 시켜서 한 거니까. 여기선 그래야 살아남을 수 있으니까. 내가 나쁜 게 아니라 시킨 것들이 거지 같은 놈들이니까. 이미 나는 죽었는지도 몰라, 거기에서.

은희는 벽돌을 발로 차려고 했지만 자꾸만 헛발질을 했어. 목을 감은 철삿줄은 짧고 쌓아놓은 벽돌은 낮아서 아무리 버둥거려도 발이 닿지 않았어. 공구함에 있는 펜치를 꺼내 은희 목에 감긴 철삿줄을 끊어버렸어. 바닥에 떨어진 은희는 다시 목에 철삿줄을 감으려 했어. 나는 은희를 바닥에 눕히고는 두 손을 꽉 붙잡았어.

"다시 생각해봐."

"내가 누군지도 잊은 채 그렇게 살고 싶지 않아. 사람으로 끝내고 싶어. 내가 누구란 걸 잊고 싶지 않아."

눈두덩이가 부어올라서 제대로 눈도 뜨지 못했는데, 엉망진창인 얼굴의 은희는 사람이 되고 싶다고 말했어. 붙잡고 있던 두 손을 놓았어. 스스로 목숨을 끊을 힘도 없는 애였어. 목재소 한쪽 구석에 쌓여 있는 모포를 가져와 그 애 머리를 감쌌어. 은희는 관 속에 누운 것처럼 두 손을 가슴 위로 올렸어. 마지막 대화는 없었어. 은희 손을 잡았는데 그 애가 내 손을 몇 번 쓰다듬더니 마침내 손을 놓았어. 눈을 감고 있는 힘을 다해 모포로 얼굴을 눌렀어. 나는 은희를 죽였고, 우리는 그렇게 함께 장례를 치렀어. 내 손으로 죽여 치른 장례였어.

15
무열의 기억

젓가락을 내려놓았다. 구운 고등어 아가미를 뒤집다 눈알을 보고는 은희의 눈동자를 떠올린다. 죽은 은희가 나를 올려다본다. 그 옆에서 미연이 혼이 나간 얼굴로 혼잣말을 하며 바닥을 기어 다녔다. 뜬 눈으로 죽은 은희가 마지막 순간을 이야기했다. 이것은 당신이 가한 죽음이 아닌, 나의 선택이라고. 시신 옆에는 목을 맸던 철삿줄이 떨어져 있었다.

어젯밤 탈출했다 붙잡힌 은희를 거의 죽여놓았다. 며칠만 굶으면 사망할 운명의 여자애는 마지막 순간을 스스로 꺼뜨렸다. 자살을 선택했다는 사실이 불쾌하기 짝이 없다. 나는 개처럼 바닥을 기는 미연을 붙잡아 목재소 건물 밖으로 끌어냈다. 목을 쥐고서 목재소 외벽에 바짝 밀어붙이고는 노려보았다.

"넌 그때 뭘 했어?"

목이 졸려서 얼굴이 벌겋게 달아오른 미연이 컥컥대며 발을 버둥거렸다. 손을 놓자 바닥으로 쓰러지며 숨을 몰아쉰다.

"넌 그때 뭘 했냐고."

쓰러져 있는 미연을 쉴 새 없이 걷어찬다. 살려달라고, 잘못했다고 말하지 않는다. 맞을 때마다 신음 소리를 뱉을 뿐이다.

"애가 자살을 할 동안 넌 뭘 했냐고. 사람이라면 말렸어야지."

다시 한번 묻자 미연이 고개를 들지 않고 가느다란 목소리로 답했다.

"저도 잘 모르겠습니다."

형제의집에서 10년간 지내며 수많은 죽음을 봤다. 내가 때려 죽인 사람들과 다른 소대장이 죽인 사람들, 스스로 미치거나 병들어 죽은 사람들이었다. 그들을 형제의집 뒷산에 묻었다. 장례는 없었다. 한 자루 삽으로 땅을 파고 마대로 묶인 시신을 집어넣으면 끝이었다. 그들의 죽음을 애도하는 자도, 그들을 찾으러 산을 오르는 자도 없었다. 그들은 원래 없었던 존재들처럼 사라졌다. 죽음의 이유는 종이 한 장이었다. 의사는 죽음을 들여다보지도 않고 검안서를 썼다. 죽음의 기록은 1년에 몇 차례 구청에 넘겨졌고 시청으로 이관됐다. 아무렇게나 작성된 죽음의 기록을 다시 들추는 일은 그 어디에서도 일어나지 않았다. 원장의 사유재산인 수용자가 줄어든 대가를 누군가는 치러야 했지만, 바깥에서 새 수용자를 잡아들여 적정 숫자를 맞춰놓으면 그만이었다.

숫자를 또 채워 넣을 생각을 하니 고등어를 뒤집다 말고 입맛이 사라지는 것 같았다. 전화기를 들어 형제의집 사무실 번호를 돌린다. "1983-2858번이 사망했습니다. 곧 출발하겠습니다."

형제의집은 내가 그나마 안락하게 지낸 감옥이었다. 바깥세상으로 나가는 방 원장의 비밀통로를 알게 된 뒤에도 호기심이 일지 않았다. 내게는 소대장이라는 완장이 주어졌고 관리 대상으로 수용자들이 배당됐다. 일반 수용자들 것보다 나은 양질의 식사가 제공되고 원장이 없을 때는 내가 대신 신이 되는 세상에서 굳이 나갈 이유가 없었다. 바깥에 나가봤자 껌팔이 몇을 데리고 다니는 조무래기나 될 테니까.

밥을 먹다 말고 은희의 시신이 있는 목재소에 가봤다. 미연에게는 자살을 입 밖에 내지 말라고 입단속을 시켰다. 누구도 은희의 자살을 알아선 안 된다. 수용소에 자살이 전염병처럼 번지면 위험하다. 방 원장의 재산이 스스로 소멸해서는 안 된다. 그 또한 나의 책임이다. 이곳에서 발생한 첫 자살이었다. 자살이 여기서 가장 위험한 전염병이 될지도 모른다는 불안감이 들었다. 수용자들은 살아남기만을 바라는 자들이어야 한다. 어쩌면 방 원장은 내가 몇 차례 애들을 때려 죽였을 때보다 더 큰 문책을 내릴지 모른다. 목재소 문을 열자 실오라기 같은 먼지들이 떠다녔다. 은희의 시신 앞에서 사인을 바꿔 보고할 생각을 하지 않은 것은 아니다. 차라리 내가 때려 죽였다고 하는 게 더 나을지도 모른다. 그러나 세상에 비밀은 없고, 아무리 3초짜리 검안이라 해도 검안하는 의사 입까지 틀어막을 재간이 내게는 없다. 부산 형제의집에서 이곳 울주군으로 인원 점검을 나오므로 사망 사건을 원천적으로 숨길 수도 없다. 방 원장은 거짓

말이라면 귀신같이 잡아냈다.

목재소 문을 열었을 때 미연은 여전히 바닥을 기어 다니고 있었다. 흐느끼는 건지 웃는 건지, 실성을 한 건지. 눈물인지 침인지 뒤범벅인 상태로 신음 소리를 내면서 끅끅거린다. 매타작을 하려다 얘마저 자살할까 싶어 내버려뒀다. 죽은 은희에게 다가갔다. 목을 맨 자국이 선명하다. 옆에 놓여 있는 철삿줄을 슬슬 발로 밀었다. 굳이 만지고 싶지는 않았다.

"은희는 어젯밤 내가 죽인 거야. 넌 아무것도 못 본 거고. 내 말 무슨 얘긴지 알지?"

목재소 구석에서 짐승처럼 네 발로 기어 다니며 헛소리를 하는 년에게 말했지만, 들은 건지 못 들은 건지 흐느끼기만 했다.

수용자들이 운전면허 교습소 터 닦기 작업을 하는 동안 은희를 트럭에 싣고 차를 몰았다. 외부인들 눈을 피하려 조수석 바닥에 시신을 쑤셔 넣은 것이 후회스러웠다. 운전을 하는 내내 옆자리에서 죽은 애가 쳐다보는 것만 같았다.

이미 한 차례 여자 문제로 원장에게 징계를 받은 데다 자살자까지 나왔으니, 이 세계에선 갈 때까지 간 것이다. 복자와의 만남을 들키기 전까지만 해도 서른세 명의 소대장 가운데 가장 신임받던 내가 어쩌다 이 꼴이 된 건지.

복자와 처음 만난 건 지난해 한여름이었다. 가만히 앉아 있어도 몸에서 땀이 비 오듯 떨어지는 밤이었다. 잠이 오지 않고 무료한 밤이었다. 애들이 자는 소대 문을 바깥에서 걸어 잠그고 드넓은 수용소 부지를 걸어 다녔다. 원장과 아내, 아이들은 여름휴가를 떠났고, 애들을 지키는 긴장감이 없는 날이었다. 산을 깎아 만든 수용소 부지는 평지와 오르막길이 이어졌다. 서른 개의 수용소와 식당이 자리한 평지에서 오르막길로 올라가면 각종 공장들, 정신의료원이 있었다. 다시 거기서 오르막길을 오르면 피복 창고, 목재 창고, 새마음 교회에 닿았다. 교회는 수용자들의 교화소였고, 그들의 잘못들이 열거되고 심판받는 법정이기도 했다.

한여름 밤에 땀을 흘리며 교회 첨탑에 걸린 붉은 십자가를 향해 걸었다. 불 꺼진 정신의료원을 지나 오르막길을 가는데 피복 창고 창문으로 희미한 빛이 새어 나왔다. 불투명한 유리 너머로 누군가 앉아 있는 실루엣이 보였다. 피복 창고에 들어가자 여자가 급하게 캐비닛 사이로 몸을 숨겼다. 나는 바닥에 드리워진 알몸의 그림자를 밟으며 따라갔다.

피복 창고 관리자인 복자는 다른 수용자들과 달리 근무가 자유로웠다. 일반 수용자들은 오후 7시가 넘으면 소속 소대로 돌아가 밖으로 나올 수 없었지만, 복자는 밤늦게까지 피복 창고에서 헌 옷을 수선하는 일을 맡았기 때문에 그곳에서 잠을 잤다. 이곳을 빠져나가 바깥 사회에서 적응하며 살 만한 애도 아니었고, 멍해 보이면서도 원장이나 소대장들한테 사근사근하게 구는 게 영악스러워 보이는 구석도 있는 애였다.

피복 창고는 캐비닛과 수납장, 대형 옷장들이 도서관처럼 열을 지어 구획된 곳이었다. 주머니에서 손전등을 꺼내 수납장과 옷장 사이를 비추었다. 다섯 번째 수납장 옆에서 벌거벗은 여자가 웅크리고 있었다. 손전등을 바닥에 내려놓고 여자의 어깨를 잡아 일으켰다. 여자가 고개를 들지 않는다. 어깨를 감싼 내 손은 살결을 따라 복자의 가슴으로 내려왔다. 부드럽게 가슴을 쥐었다 놓기를 반복했다. 가슴에서 배꼽으로, 그 아래로 살결을 어루만지자 복자가 얕은 숨소리를 냈다. 여자의 떨림이 손으로 전해졌다. 그날 새벽이 오도록 여자에게 들어갔다. 그날 이후 피복 창고에서 한 달에 몇 번씩 복자를 만났다. 서로를 탐하며 낮과 밤을 오갔다.

석 달 전 형제의집에서 두 시간 이상 떨어진 운전 교습소 공사장으로 발령을 받으면서 복자와의 만남도 제한됐다. 원장은 한 달에 한두 번 나를 부산으로 불렀다. 원장이 허락하지 않으면 근무지인 운전 교습소 공사장을 이탈할 수 없다. 수용자들이 잠을 자는 밤이면 머릿속에서 복자의 몸속으로 들어갔다 나오기를 반복했다. 지난달 토요일 밤, 견딜 수 없어서 원장에게 걸리면 죽는다는 걸 알면서도 트럭을 몰아 형제의집으로 향했다. 새벽 3시가 넘어서 형제의집에 도착했다. 원장이 다니는 비밀통로를 지나 형제의집으로 진입했다. 오르막길을 뛰어올라갔다. 피복 창고를 열었을 때 복자는 미싱대 옆에 누워 자고 있었다. 복자의 옷을 거칠게 벗기고는 몸속으로 깊이 들어갔다. 복자는 나의 문이었다. 방 원장의 세상에서 한 번도 바깥으로 나갈 수 없었던 문을 여는 밤이었다. 복자의 몸으로 밀고 들어갈 때면 이 세계를 벗어나는 것만 같았다.

178

몸으로 밀고 들어가는 순간에 소리를 내서는 안 된다. 저 아래 소대와는 꽤 떨어진 곳이었지만 발각되면 개죽음이다. 우리는 서로의 몸을 느끼면서도 입술을 꼭 다물고 터져 나오는 신음을 참았고, 소리 없는 희열은 서로의 몸을 타오르게 했다. 상대의 몸으로 거세게 나를 내던졌다. 그날 밤에는 복자가 터져 나오는 감각을 입 밖으로 내었고 나는 그것을 주먹으로 틀어막았지만 완전히 막지는 못했다. 아니, 막지 않았다. 서로의 신음 소리를 듣는 일이 우리의 기쁨을 더 높여준다는 것을 그날 처음 알았다. 그때 멀리서 희미한 소리가 들렸다. 순간 귀를 기울였는데 아무 소리도 들리지 않는 것 같았다. 들고양이나 산짐승이 지나가는 소리일지도 모른다고 생각했다. 다시 복자의 얼굴을 부여잡고서 그 안으로 들어갔다. 복자가 울음을 터뜨렸다. 희열인지 슬픔인지 알 수 없는 울음이었다. 그 밤은, 아무것도 걸치지 않은 우리는, 완장을 벗어던진 나는, 둘만 있는 그곳은, 비밀의 낙원이었다.

복자의 눈물을 핥는데 바닥에 검은 그림자가 드리워졌다. 뒤를 돌아봤을 때 방 원장은 아무렇지 않은 얼굴로 우리를 내려다보고 있었다. 복자를 일으켜 옷장 모서리에 세우고는 내 몸으로 여자의 몸을 가렸다. 원장이 축축해진 성기를 발로 찼다. 그 밤 몇 번이나 원장의 발길질에 바닥을 나뒹굴다가 다시 복자에게 기어갔다. 복자의 몸을 가렸다.

그날 이후 복자를 볼 수 없었다. 피복 창고에서 쫓겨나 근무가 가장 엄격한 정신의료원으로 옮겼다는 소문만 전해 들었다. 그 후로 원장은 나를 부산으로 부르지 않았다. 내 자리는 개눈깔 소대장이 차지했다는 소식이 들려왔다. 은희가 죽었다는 보고를 했을 때 부산으로 시신을 옮기라는 명령이 떨어졌다. 한 달 만의 부산행이었다. 은희의 시신을 옆에 둔 채 덜컹거리는 트럭 안에서 복자와의 여러 날들을 떠올렸다. 죽음보다 강렬한 기억이었다. 이제 죽음은 내게 어떤 감각으로 다가오지 않았다. 많이들 죽어나갔고, 여러 번 죽여보았다. 매년 여름 태풍이 오는 것처럼 죽음들이 스쳐 지나갔다. 복자와의 밤만이 무력하고 무기력한 나를 깨웠다.

두 시간을 운전한 끝에 형제의집에 도착한다. 사무동 앞에 차를 세우고 긴 복도를 따라 안으로 들어간다. 복도 끝에 자리한 면회실 문을 연다. 면회실 중앙에 소파가 있지만 앉지 않고서 방 원장이 부르기를 기다린다. 면회실 옆으로 방 원장의 개인공간이 있다. 함부로 들어가선 안 된다. 곧 그가 나를 부를 것이다.

방 원장에게 뭐라고 대답해야 할까. 그날 밤 복자와의 일을 용서해달라는 것이 먼저일까. 은희가 죽었으니 적정 숫자를 다시 채워놓겠다는 보고가 먼저일까.

16
방인곤의 기억

"원장님, 다 좋은데 탈영 기록이……. 대통령 훈장 추천에 다른 결격 사유는 없습니다. 좋은 일 하시는데 저희 쪽에서도 좀……."

얼굴이 순간 일그러진다. 부랑자 박멸에 앞장서온 나에게 한다는 헛소리가 아직도 탈영 기록이다. 부산시장이 누구 덕에 안전한 도시, 깨끗한 거리를 홍보하고 있단 말인가. 부랑인 없는 국가, 복지사회 건설을 치적으로 내세운 대통령도 형제의집 덕분인 것을 알아야 한다. 고마워해도 시원찮을 판에 직업군인 시절 탈영 기록 하나를 가지고 훈장을 주겠다느니 못 주겠다느니 나불대는 보건사회부 과장 앞에서 물러설 내가 아니다.

"보건사회부에서 지금 부랑인 없는 복지사회라고 홍보하고 있지요, 아마? 저희 형제의집에서 3000여 명을 수용하고 있습니다. 정부에서 주는 1년 예산이 얼마인지 아십니까? 3000명이 넘는 시설에 그 돈이 말이 됩니까? 저야 잘 먹이고 입히고 싶지만 예산 부족 때문에 제 주머니 돈을 털어 운영하고 있단 말입니다. 아시다시피 3000여 명은 이미 수용 인원 초과예요. 이 사람들 사회로 나가면 다 범죄자예요. 범죄 소탕이 대통령의 제일 관심사 아닙니까? 저희가 좀 힘이 듭니다. 힘이 들어요. 올해는 아무래도 안 되겠어요. 적정 인원까지만 받을까 합니다."

보건사회부 과장은 소파에서 엉덩이를 떼고는 내게 바짝 다가온다. 고개를 좌우로 흔들어대는 꼴이 동네 어귀를 지키는 강아지처럼 보였다.

"원장님, 그런 뜻으로 말씀드린 게 아닙니다. 과정상의 절차라는 게 또 있지 않습니까. 그런 것이지……."

"국가에서 이런 수용시설을 만든다고 칩시다. 우리한테 지원하는 금액으로 운영이 될 거라 생각해요? 다 저만의 운영의 묘가 있는 겁니다. 지금 국가 예산을 아껴드리고 있어요. 보건사회부가 직접 운영하는 시설로 만들면 오히려 피곤해져요. 국정감사 때마다 드나들겠다고 요구하는 기자들이며 야당 의원들이며, 어떻게 감당하시려고요?"

"네, 네, 그렇지요. 원장님께서 하시는 말씀이 다 맞습니다. 훈장 추천 과정에서 절차상의 결격 사유라는 지적이 일부 의견으로 들어온 것이지 완전히 결정된 것은 아닙니다. 내용이 중요하지 형식이 뭐가 중요하겠습니까? 서울 올라가서 잘 이야기해보겠습니다."

보건사회부 과장이 서류 가방을 들고 방을 나갔다. 대통령 훈장 하나 받는 데 과거 경력까지 들먹거리다니, 부아가 치밀어 오른다.

창가에 서서 형제의집 부지를 내려다본다. 이 넓은 산을 깎은 것도, 수용자들이 흙을 퍼서 부지를 조성한 것도 모두 나의 지휘하에 이뤄진 일이었다. 부랑인들을 인간으로 만들겠다는 목표는 애초부터 없었다. 인간이 아닌 것들은 인간이 아니라는 인식을 심어주어야 한다. 그래야 3000명이 넘는 수용시설이 잡음 없이 굴러간다. 복지한다는 놈들치고 그런 기본적인 원리 하나 아는 인간이 없고, 공무원들은 더 한심하기 그지없다. 순진하다고 해야 하나. 하긴, 보건사회부에서 서류나 들여다보고 있는 저런 샌님들이 뭘 알 리가 없다. 개들은 철저히 개로 키워야 한다. 인간 이하인 그들이 자신을 인간으로 착각하지 않게 만들어야 한다. 공무원들은 죽었다 깨어도 절대 모를 일이다. 비록 군대 불명예제대라 한들 뭐가 어떻단 말인가.

군대 생활은 수용시설 관리에 꽤나 도움이 됐다. 지독한 상관 하나 만나서 매일 조리돌림을 당하던 때를 생각하면 총으로 쏴 죽여도 시원치 않지만, 그놈이 하던 짓을 여기서 그대로 하고 있으니. 그때 불명예제대만 하지 않았더라도 그깟 보건사회부 과장한테 수모는 당하지 않았을 테다. 전국에 형제의집만큼 넓은 규모와 최대 수용 인원을 자랑하는 시설은 없다. 나만큼 나라에 애국하는 군인 출신이 누가 있는가. 대통령 훈장을 받기에 부족한 이유가 뭐가 있단 말인가. 정부를 비판하면서 거리에서 화염병이나 던지는 새끼들도 지랄이지만, 가끔 보면 정부도 고마워할 줄 모르고 희생만을 강요하는 것 같아 씁쓸한 감정이 밀려온다. 노력한 만큼 정당한 대접과 평가를 받지 못한다는 생각이 들다가도 이것이야말로 애국이고 희

생이라고 스스로를 위로한다. 내가 안 하면 나라는 또 어떻게 돌아
가겠는가. 대통령 훈장 하나 받는 데 치욕과 모욕을 당하면서도 인
간쓰레기 3000여 명을 관리하고 있는 나야말로 애국자다.

"원장님, MBC 작가분이 방문하셨습니다."

"들어오라고 그래."

보건사회부 과장이 나가고 중대장이 원장실에 들어와 보고한다.
지난번에 오겠다고 해서 거절했는데 작가가 기어이 찾아왔다. 직접
만날 필요까지 있겠나 싶었는데, 기어이 서울에서 왔으니 만나줘야
지. 예산 집행하고 중대장, 소대장들 관리하고 수용시설 밖으로 정
치인, 공무원, 지역 유지들 만나는 데만 해도 시간이 모자란다. 전화
로 이야기를 듣고 대본 써도 될 것을 멀리까지 와서 직접 수용시설
을 들여다보겠다는 게 마땅찮긴 하지만, 한번 만난 사람은 내 편으
로 끌어들여야 시간이 아깝지 않다. 중대장이 작가라는 사람을 데
리고 들어오자 자리에서 일어나 고개를 숙였다. 그에게는 영웅, 그
것도 겸손한 복지계 영웅이 필요하지 않을까 싶어서.

"아이고, 작가님. 누추한 곳까지. 여기 앉으시지요."

작가가 소파에 앉자 그제야 나도 의자에 앉았다.

"원장님에 대한 기사, 무척 감동적이었습니다. 사재를 털어 지으
셨다고요."

사람들은 보고 싶은 것을 보고, 듣고 싶은 것만을 듣는다. 치워져
야 하는 인간 이하의 부랑인들을 개조하는 곳이 있다니, 얼마나 듣
기 좋은 소식인가. 치워져야 할 인간들이 소각되는 게 아니라 개조

된다고 하니, 사람들은 그들을 폐기하는 게 아니라 복원하는 거라고 말하겠지. 누구도 양심의 가책을 느끼지 않고 그들을 치워버릴 수 있는 곳이 있으니 그곳은 낙원이 되어야 한다. 낙원 관리자인 나는 선한 사마리아인이 되어야 한다. 그들의 욕망에 부응해야 한다. 부랑인이 청소돼 선진국 시민이 되는 것. 외국처럼 풍요롭고 질서 있는 세상에서 살고 있다는 착각. 부랑인 청소를 복지라는 이름으로 산뜻하게 포장해줄 누군가가 필요하다.

"어쩌다 보니 알려졌는데, 조용히 지내고 싶어서 몇 차례 찾아오신다는 걸 거절했습니다."

"불쑥 찾아왔습니다. 양해 부탁드립니다."

"이런 일은 아무도 모르게 해야 하는 게 아니겠습니까. 뭔가 드러내놓고 하는 것만 같아 부끄럽습니다. 지금 여기에서 쉬시고 있는 분들에게 제가 해드려야 할 일도 있고요. 멀리서 오셨는데 정말 미안하게 됐습니다."

자리에서 일어나 떠나려는 것처럼 정중히 고개를 숙이고 돌아섰다. 미끼에 걸린 고기는 밀고 당기는 걸 반복해야 제맛이다. 작가는 자리에서 황급히 일어나 떠나려는 나를 붙잡고는 자리에 앉혔다.

"원장님 뜻은 알겠습니다만, 이 사업이 원장님만을 위한 것은 아니지 않습니까? 부랑인을 위한 국가 예산도 확대돼야 하잖습니까? 그들을 위해 마음을 좀 바꿔주실 순 없겠습니까? 비밀스럽게 진행하시고 싶은 뜻은 알겠습니다. 사회적 약자들을 위해서 드리는 부탁입니다."

185

부담스럽다는 얼굴로 눈을 감고서 고심하는 표정을 짓는다. 미끼에 걸려든 작가는 어떻게든 나를 설득하려 한다. 마지못한 척 책상에서 서류철 한 개를 꺼내 든다.

"좋습니다. 작가님, 한 가지 부탁을 하지요. 절대 저를 주인공으로 쓰지 말아주셨으면 합니다. 오갈 곳 없는 이분들이 드라마의 주인공이 되어야 하지 않겠습니까? 가끔씩 제 방에서 쓰던 일기입니다. 몇 년간의 기록이 여기 있습니다. 부디 드라마가 사회적 인식을 환기하는 계기가 되길 바랍니다."

작가는 기밀 자료를 얻게 됐다는 생각에 미소를 띤다. 드라마 대본 구성도 수월하게 진행될 것이다.

"원장님, 시대정신이란 게 있지 않습니까. 시대정신을 담는 작품이야말로 고전이 된다고 생각합니다. 우리 사회가 1970년대까지만 해도 먹고사는 것만 중시되지 않았습니까? 경제발전이야말로 지상과제인 것처럼 떠들어댔지요. 결과적으로 빈부격차는 심해지고 여전히 길거리에는 극빈자들이 넘쳐납니다. 이제는 고성장만 부르짖을 게 아니라, 서양처럼 복지사회가 돼야 한단 말입니다. 이미 지식인들은 그렇게 이야기하고 있지요. 원장님, 어려운 결심 하셨습니다."

작가는 내 일기를 받을 수 있다는 기대감에 지루한 일장 연설을 늘어놓는다. 차분히 듣는 자세를 취하지만, 솔직히 좀 우습기도 하다. 나보다 더 배운 사람이니 저런 말들을 언젠가 써먹을 일도 있겠지. 복지사회, 사회적 약자, 시대정신……. 그럴싸한 이야기다.

한 달 뒤 드라마 제작 기사가 석간신문 문화면에 커다랗게 났다. 작가는 며칠간 부산에 머물며 이곳 소대장들을 면담하고 그들의 이야기를 기록했다. 물론, 모두 내가 섭외해놓은 수용자들이었으니 내가 그리는 방향대로 잘 대답해주었다. 신문을 읽는데 웃음이 멈추지 않는다. 원장실 소파에 드러누워 큰 소리로 웃는다. 아무리 웃어 젖혀도 웃음이 멈추지 않는다.

"MBC TV가 의욕적으로 기획한 수요 드라마 제2화 〈탄생〉이 제작에 돌입했다. 두 시간짜리 대형 드라마 〈탄생〉은 부산시 북구 주례동에 있는 형제의집 부랑아 임시 보호소를 무대로 한 작품이다. 탈출을 끊임없이 시도하며 인간애를 거부하는 비뚤어진 밑바닥 인생의 실상을 작가 심영식 씨와 연출의 이병훈 씨가 현지 취재를 통해 실감 있게 구성한 이 작품은 등장인물도 대부분 그들의 실명을 사용했다. 연출자 이 씨와 총무 역을 맡은 임문수 씨는 리얼리티를 살리기 위해 그곳 원생들과 이틀 밤을 함께 생활하기도 했다. 전운, 김무생, 길용우, 김윤경, 엄유신, 박은수, 이계인 등이 출연한다."

배가 아프도록 웃음을 터뜨리다가 눈물이 나서 갑 티슈에서 휴지 한 장을 뽑는다. 중대장 한 놈이 갑자기 문을 열어젖히더니 바닥을 구르며 눈물을 닦는 나를 보고는 다시 문을 닫는다. 잠시 뒤 노크를 한다. 소파에 바로 앉아 들어오라고 하자 보고를 한다.

"대통령 훈장 결정이 났다고 합니다. 보건사회부에서 연락이 와서 바로 보고드리려다 노크를 하지 못했습니다. 죄송합니다."

여론의 도움이다. 텔레비전 드라마의 덕이다. 1987년 1월, 모든 일이 순조롭게 진행되고 있었다. 형제의집은 순항하고 있었다. 현명한 아내, 가업을 이어나갈 나의 아이들, 차고 넘치는 형제의집 수용자들, 나랏일을 한다는 소명과 자부심, 정부예산을 빼돌려 챙긴 두둑한 뒷돈까지. 아니, 재산이라고 해두자. 어느 것도 빠질 게 없어 만족스러운 날이었다. 눈물이 나도록 웃음이 나는 날이었다.

그날 밤늦게 집무실을 나서는데 전화 한 통이 걸려 온다. 기쁜 마음에 전화기를 든다.

"수용자가 하나 죽었다고 합니다. 소대장 김무열이 직접 보고를 하러 울주군에서 부산으로 온다는데 허락을 할까요?"

17

    미연은 주태석 검사를 만나러 가서 한참을 내려오지 않는다. 한국에 있는 며칠 동안 준이 엄마에 대해 알아낸 것은 몇 가지 없었다. 엄마는 어떤 사람이었냐고, 미연에게 물어보고 싶었지만 굳이 그렇게 하지 않았다. 미연 또한 운전면허 교습소 공사장에서 반년간 같이 생활한 것 외에는 엄마에 대해 아는 게 없는 눈치였다. 미연에게는 시간이 필요했다. 그녀에게도 미뤄둔 자신의 삶을 정리할 시간을 줘야 한다. 엄마를 찾아 나선 여행이 길어질수록 준은 엄마가 안쓰러웠다. 열여덟 살에 삶이 끝나버린 여자였다. 조작된 죽음을 돌려놓으면 그 어린 여자가 조금은 괜찮아지는 걸까. 준은 자신도 모르게 얕은 한숨을 내뱉었다. 창문 밖 하늘에 한 줄기 빛이 비쳤고 몇 초 뒤 굉음이 났다. 세차게 비가 쏟아질 것 같다. 미연에게 가려고 트렁크에서 우산을 꺼내 길을 나섰다. 아직도 주태석 검사와 이야기가 끝나지 않은 건지 연락이 오지 않았다.

차를 세워둔 곳에서 오르막길로 10여 분을 올라가 태석의 집 앞에 다다랐다. 창문으로 불빛이 비친다. 미연이 나올 때까지 우산을 들고 기다릴 참이었다. 미연은 며칠을 함께 다니면서도 자신의 어린 시절에 대해 얘기한 적이 없었다. 현재에 대해서도. 한 가지 짐작할 수 있었던 건 미연이 아이를 낳았고, 그 아이가 죽었다는 사실이었다. 며칠간 집을 비우는 동안 직장 외에는 전화가 울리지 않았으니 가족과도 친밀하지 않은 채 혼자 살고 있다고 짐작할 뿐이었다. 미연의 곁에서, 준은 죽은 엄마를 떠올린다. 엄마가 살아 있다면 이런 얼굴일까. 죽은 엄마 곁에 있는 것 같아서, 질문이 아닌 침묵으로 미연의 곁에 머물게 됐다. 미연이 태석의 집 밖으로 걸어 나온다. 우산을 들고 그녀에게 다가갔다.

— 기다린 거야? 여기서?

— 비가 많이 올 것 같아서요. 괜찮았어요?

— 뭐가?

— 검사님 만났잖아요.

— 그게 질문이야?

— 네?

— 무슨 얘기를 했는지, 네 엄마가 어쩌다 돌아가셨는지 묻지 않잖아. 알고 싶어도 참는 것처럼.

— 천천히, 천천히요.

— 너에게는 시간이 없잖아. 폴란드로 돌아갈 비행기도 예약돼 있고.

― 날씨가 추워요. 우산 들어요.

미연에게 우산을 쥐여주고 준은 앞장서 걷는다. 준의 뒤로 엄마의 친구라고 말하기에는 애매한 여자, 엄마의 마지막을 지켜준 여자가 걷는다. 빗줄기가 굵어지면서 발걸음이 느려졌고, 물웅덩이를 지날 때면 신발 속으로 물이 차올랐다. 앞장서 걷던 준이 미연에게 말했다.

― 아까 병호에게서 전화가 왔어요. 사인을 조작한 의사를 찾아냈다고, 어디 사는지 안다고. 먼저 서울로 올라가셨으면 해요. 근처 시외버스터미널에 세워주시면 혼자 거기 찾아가보려고요.

두 사람은 차 안에서 휴지로 젖은 머리와 팔을 닦는다. 미연은 내비게이션을 켜고 터미널 주소를 검색하려다 말고 뜸을 들였다. 의사를 찾아가면, 준이 모든 것을 알게 될까. 자신이 살인자라는 걸 알게 될까. 먼저 자백해야 할까. 준을 혼자 보내면 의사에게서 어떤 사실을 듣게 될까. 소대장 무열이 은희의 죽음을 자살로 착각했던 것처럼 의사도 그렇게 알고 있을까. 아니면, 은희의 죽음 따위는 기억 밖으로 사라진 지 오래일까. 이 아이를 홀로 버려두기엔 감당해야 할 일들이 벅찰 것만 같았다.

― 같이 갈래. 같이 가자. 주소 불러봐. 내비게이션 찍게.

― 나흘째예요. 집에 안 들어간 게.

― 너도 그렇잖아. 네 꼴 봐. 며칠째 같은 옷에.

― 저만 그런 거 아닌 것 같은데……. 오늘 머리 감은 거 맞아요? 전 오늘 감았는데.

갑작스러운 농담에 미연은 쿡 웃음을 터뜨렸고 사레가 들린 것처럼 웃었다. 그녀가 처음 웃는다. 참기 어려운 간지러움이 터진 것처럼. 그런 과거를 보낸 적 없는 사람처럼. 미연의 얼굴을 보며 준은 농담을 선물한 것만 같았다. 준은 내비게이션에 병호가 문자메시지로 보내준 조병국의 병원 주소를 찍는다. 두 사람은 다시 길을 떠났다. 지나온 길들이 멀어진다. 고속도로는 정체였다. 그들은 여전히 길 위에 있다. 어딘가로, 어느 곳으로.

— 너 혼자 만나, 그 의사. 밖에서 기다릴게.

— 잊지 못할 것 같아요.

— 뭐가?

— 뭐든. 살면서 자꾸 떠올리게 되는 어떤 순간 말이에요. 저한테는 지금이 그 순간일 것 같아요.

18

문을 열어젖히는데 재즈 음악이 크게 울렸다. 병원 꼭대기 층에 그가 살았다. 조병국이 사는 펜트하우스에는 아무나 들어갈 수 없었다. 아래층 병원 사무동에서 병원장의 집 내부로 올라오는 엘리베이터는 병국만 이용했다. 직원들은 이용하지 않는 엘리베이터였다. 직원 회의를 마친 병국이 지친 몸을 이끌고 펜트하우스로 올라왔다. 산부인과 전문의 자격증이 있어봐야 애들도 태어나지 않는 지방에서는 돈이 되지 않는다. 의사로서의 일은 접은 지 오래였다.

28년 전 형제의집 수용자의 검안서 하나 가짜로 썼다가 검찰 수사로 구속될 뻔했다. 인생이 망가질 위기에 처했으나, 정치권에 있던 사촌형의 도움으로 풀려났다. 경북으로 거처를 옮기고는 이름을 바꾸었다. 그때쯤 아버지가 돌아가시면서 받은 유산으로 빚더미에 앉은 소규모 의료원을 헐값에 인수했다. 인생 역전의 시작이었다. 병원 수지를 맞추는 운영에만 집중하고 진료에서는 손을 뗐다. 엉망진창이 되었다고 생각했을 때 병원이 되살아났고 경북에 동명의 의료원을 프랜차이즈처럼 여러 개 내기 시작했다. 돈이 돈을 벌어다 주었다.

이제는 분점을 내고 싶어도 기력이 쇠했다. 병원 운영 회의만 갔다 오면 진이 빠졌다. 지금은 집에서 낮잠을 잘 시간이다. 병국이 재즈 음악을 틀어놓고 양주 한잔을 마시려고 침실에서 거실로 나오는데 집 내부 엘리베이터 앞에 낯선 청년이 서 있다. 조병국은 순간 헛것을 본 것인가 싶어 눈을 비볐다. 신규 직원인가? 신규 직원이라 해도 병원장 개인 엘리베이터를 타고 펜트하우스로 들어올 만큼 간 큰 놈이 있을 리 없다. 병국은 거실 벽에 붙은 비상벨을 눌렀다. 병원 사무동과 연결된 비상벨을 듣고 곧 경호원들이 올라올 것이다.

청년은 당황해하는 병국에게 다가와 종이 한 장을 내민다. 검안서다. 병원에서 대형 의료사고가 난 적은 없지만, 간혹 보호자들이 환자 상태에 대해 컴플레인을 거는 일이 종종 있었다. 어쩌면 자신에게 보고되지 않은 의료사고일지도 모른다는 생각이 스쳐 지나갔다. 병국은 낯선 남자가 내민 낡고 오래된 검안서를 받아 들었다. 형제의집 월급 의사로 일할 때 자신이 작성한 검안서였다. 사망자와 맞은편에 굳은 얼굴로 서 있는 남자가 어떤 관련이 있는지는 알 수 없지만, 가족관계일 거라는 짐작이 들었다.

— 당신이 사인을 조작한 김은희 씨의 아들입니다.

검안서를 든 병국의 손이 떨린다. 준의 영어를 다 이해할 수는 없지만 그가 무슨 말을 하는지 짐작할 수 있었다. 이미 알고 자신을 찾아온 것이다. 병국은 사인에 대해 설명하고 싶지 않았다. 무슨 말을 하겠는가. 낯선 청년이 자신을 해칠 것인지, 흉기를 지닌 것은 아닌지 궁금할 따름이었다. 그가 자신을 해치기 전에 직원들이 와서 구해줄까. 아까 누른 비상벨에도 직원들은 여전히 연락이 없다. 곁눈질로 엘리베이터를 주시한다. 하나, 둘, 셋. 엘리베이터 문이 열리는데 기다리던 경호원이 아니다. 아들이다. 아들이 이토록 반가운 것은 처음이었다.

한두 달에 한번씩 나타나 사업한다고 돈이나 타 가는 한심한 아들 녀석이었다. 지독하게도 능력이 없어 끊임없이 뒷돈을 줘야만 했던 아들놈이 오늘만큼은 구세주가 되어 나타났다. 병국은 긴장이 풀리면서 순간 바닥에 주저앉았다. 병국이 손에 든 검안서를 보고 낯선 남자가 형제의집 관련자라는 걸 알게 된 아들은 다짜고짜 준의 멱살을 움켜쥐었다. 어릴 적 아버지가 수갑을 차고 끌려가는 것을 본 적이 있었다. 잊을 수 없는 치욕의 날이었다. 못난 자신에게 의사 아버지라는 존재는 유일한 자랑이었다. 28년 전 자신의 유일한 영웅이 수갑을 차고 집을 떠나갔었다. 아버지가 풀려나 집으로 돌아온 날, 야반도주하듯이 부산을 떠났다.

— 어디서 허락도 없이 무단침입이고? 넘의 집에 함부로 들어오면 어떻게 되는지 한번 보고 싶나? 외국에서 온 놈 같은데 인권을 모르나? 우리 아버지는 인권이 없나? 우리 아버지한테는 인권이란 게 없나?

그는 아버지가 어떤 설명도 하지 못한 채 수갑을 차고 떠났던 그날에 대한 분풀이라도 하듯이 악다구니를 했다. 이제는 잘나가는 병원장인 아버지의 집에 함부로 들어온 행위는 자신에 대한 모독이었다. 준의 얼굴에 주먹을 날리려는 아들을 병국이 말린다. 잘못 걸렸다가는 일이 커질 테다. 폭행을 빌미로 더 큰 보상을 요구할지도 모른다. 병국은 등 뒤에서 매달리듯이 아들을 붙잡았다. 시시하게만 보이던 아들이지만, 일이 커져 아들 인생에 빨간 줄이 그어져서는 안 된다. 자신의 과거가 아들의 인생을 발목 잡아서는 안 된다. 때마침 병원 경호원들이 뒤늦게 엘리베이터를 타고 펜트하우스로 들어온다. 경호원들이 병원장 아들과 준을 떼어놓는다. 준은 경호원들에게 어깨를 붙잡힌 채 발버둥을 친다. 병국이 은희의 검안서를 들고 부엌으로 향한다. 가스레인지를 켜고 원본인지 사본인지 알 수 없는 검안서를 태운다. 다시는 누구도 검안서를 자신에게 내밀지 않게. 머릿속을 움켜쥐고 뒤흔들던 그 일을 태워야 한다. 불면의 밤마다 방 원장의 지시대로 사인을 조작하던 날들이 머릿속을 잠식했다. 누구나 실수할 수 있으니 원장에게 속아 넘어간 것뿐이라고, 그렇게 자신을 위로하던 수많은 밤들을 태워버려야 한다. 의사 면허가 정지될 뻔한 상황에서, 그의 손을 잡는 것 외에는 방법이 없었다. 살아남기 위해 사인을 조작할 수밖에 없었던 미련했던 과거의 자신이 한없이 딱하기만 했다. 과거를 잊으려 이름을 바꾸고, 기억을 지웠다.

경호원들에게 붙잡힌 준은 검안서에 불을 붙이는 병국을 보며 버둥댄다. 준의 절규를 들으며 병국은 검안서를 태우는 불꽃을 바라본다. 검안서는 검은 재가 되어 싱크대에 가볍게 떨어진다. 병국은 은희의 죽음을 버렸다.

　1987년 1월 6일 새벽 2시 5분, 인적 없는 도로를 달린다. 잠이 덜 깬 얼굴로 속도를 내보지만 오래된 차는 뜻대로 굴러가지 않는다. 병국은 15분 전 한 통의 전화를 받고 집을 나섰다.

　형제의집으로 오라는 말을 남기고 원장은 전화를 끊었다. 운동복 차림에 점퍼만 걸치고 집을 나섰다. 차 문을 열고서 운전대를 잡는다. 원장이 새벽에 자신을 부른 적은 없다. 급하게 부를 만한 이유를 추측한다. 방인곤이 아프다? 원장 주치의는 대학병원 내과 과장이다. 고혈압 외에 따로 관리하는 질병은 없다. 산부의과 의사인 자신을 부를 이유는 더욱이 없다. 형제의집에서 아이를 받기 위해 자신을 부를 이유도 없다. 사흘 전 열여덟 살 여자애를 묶어놓고 임신 중절수술을 했다. 아비는 소대장 놈들 가운데 하나였을 것이다. 형제의집에서 일어난 임신은 죄다 떼고 있는 마당에 갑작스럽게 아이를 떼야 하거나 받아야 할 일은 없다. 수용자가 아프다? 수용자 3000여 명 가운데 누구 하나가 아픈 걸로 이 새벽에 의사를 부를 리도 없다. 그들은 원장의 재산이다. 숨이 넘어가는 환자도 원장 허락 없이는 형제의집 밖으로 나갈 수 없다. 다시 길에서 주워 오면 되는데 굳이 의사를 부를 이유가 없다. 부산역 주위를 어슬렁거리는 걸인과 양아치들 중 아무나 데려와 푸른색 수용복을 입히면 방 원장의 재산이 됐다. 인간 개조 명목으로 형제의집 내부에 공장을 지어

일을 시키고, 월급은 주지 않아도 된다. 의료사고 한번 나면 골치 아픈 자신보다 쉽게 돈과 명예를 얻는 원장 인생이 훨씬 나아 보였다. 병국은 돈 버는 게 저리도 쉬운데 허구한 날 병원에서 애새끼들이나 받으며 전전긍긍하는 자신이 좀스러워 보였다. 방귀깨나 뀐다는, 나랏일 하는 놈들과 친한 원장한테 잘 보여서 거지 수용소 허가라도 받았으면 좋겠다. 졸음이 쏟아져 하품이 나온다. 물려줄 재산은 꽤 되는데, 죽기 전에는 일절 물려주지 않겠다는 노친네 고집을 꺾을 수가 없어서 억지로 의사 노릇을 이어가는 자신이 더없이 가여웠다.

병국의 산부인과 병원에는 몇 달째 환자 한 명 없다. 작년에 태아 하나 받다가 사고가 나서 임산부와 아이가 동시에 죽었다. 월급 줄 상황이 못 돼 간호사 한 명을 내보낸 뒤로 병원은 개점휴업 상태다. 아내와는 의료사고 직전에 이혼했고, 병원은 적자만 쌓였다. 의료사고가 소문나면서 다른 병원에 월급쟁이 의사로 취직하기도 글렀다. 임대료에 관리비에 빚만 쌓여가고 있을 때 아는 사람을 통해 연락을 준 게 방 원장이었다. 방 원장과는 부산 의료인 연합회 자리에서 인사 한번 나눈 게 전부였다. 자신의 사정을 어디서 어떻게 들었는지는 의문이었지만, 그가 전국구로 유명한 사회사업가라는 사실은 알고 있었다. 그의 부름에 한걸음에 달려갔을 때 방 원장은 형제의집 담당 의사를 해보지 않겠느냐고 제안했다. 일주일에 세 번, 오전에만 출근하면 월급을 지급하겠다고, 나머지 날들은 개인병원에서 일을 봐도 좋다고 했다. 그렇게 방 원장과 인연을 맺었다. 형제의집 수용자들은 3000여 명이지만 어떤 생명에도 의사의 책임이 따라붙지 않았다. 누구 하나 죽어도 의사가 책임질 일이 없으니 월급만 따박따박 받으면 됐다. 원장 입장에서도 의료진을 갖추었다고 하면 시설 평판이 높아지니 서로 밑질 게 없는 장사다. 어떤 병에 걸리든, 어떤 미치광이든 약은 서너 개로 충분했다. 아스피린이나 빨간 약, 아니면 안티프라민이었다.

개인병원에서 애새끼를 받아내는 일에는 위험이 따라붙는다. 환자 한 명 죽으면 재난이다. 생떼 쓰는 유족에 경찰조사에 의료과실에 법적 분쟁에 까딱하면 의사 면허 정지까지. 두 달 전까지 경찰서로 검찰청으로 불려 다니며 조사받던 일을 생각하면 머리를 유리창에 박고 싶은 심정이었다. 허름하게 입고 있던 산모가 청와대 고위 공무원 딸이었다는 사실은 모녀가 죽고 나서야 알았다. 집에서 반대한 남자 친구와 부산으로 도망쳐 아이를 낳은 곳이 하필 병국의 병원이었다. 방 원장이 보건사회부에, 검찰청에 손을 쓰지 않았다면 의사 면허는 살아남지 못했을 거다. 병국도 인정한 바였다.

덜덜거리는 고물 차가 형제의집 정문에 도착한다. '일하기 싫은 자, 먹지 말라.' 회색빛 정문에 걸린 거대한 간판이다. 대학 시절 문학 동아리에서 활동했던 병국은 아무리 훈시라지만 저 잿빛 간판을 볼 때마다 우스꽝스럽다는 생각을 떨칠 수 없다. 고등학교 졸업장이나 제대로 땄을지 알 수 없는 방 원장의 학력을 감안할 때 저 정도 수준의 문구가 딱 맞을 거라는 우월감이 들지만, 나랏일 하는 놈들과 어깨를 견주며 종 부리듯 이 새벽에 불러대니 분노가 치밀어

오른다. 비릿한 감정을 느끼며 형제의집 정문에 차를 세우고 밖으로 걸어 나왔다. 불 꺼진 경비 초소에서 문 씨가 미적거리며 나온다. 3년 전 잡혀 온 문 씨는 딱히 갈 곳도 없고 탈출할 의지도 없어서 여기에 눌러앉았다. 다른 수용자의 탈출 계획을 엿듣고는 밀고한 게 취업의 계기였다. 대학을 졸업하고 알코올중독에 빠진 문 씨는 집 안에서도 버려지다시피 한 존재였다. 방 원장은 고학력에 세상 쓸데없는 문 씨를 발탁해 정문 초소 경비로 앉혔다. 문 씨는 병국에게 성의 없는 경례를 올려붙이고는 정문을 연다. 원장이 아닌 놈들에게는 대충대충이다. 적당히 하루하루 연명하면 되니까.

병국은 사무동 앞에 차를 세우고는 복도를 따라 걸어간다. 새벽임에도 불이 환하게 켜져 있다. 원장 사무실을 노크한다. 인기척이 없다. 방문을 열고 들어간다. 책상 옆에 다이얼을 돌려야 열리는 금고가 보인다. 이곳을 드나든 지 반년도 되지 않았지만 저 금고에 중요 문건이나 법인 인감, 달러 뭉치가 보관돼 있다는 것쯤은 안다. 비밀번호만 안다면 저 문을 열어 인생 역전을 할 수 있을 텐데. 금고에서 눈을 뗄 수가 없다.

"와 있었는가?"

병국이 뒤돌아본다. 방 원장이 언제부터 자신의 뒤에 서 있었는지 알 수 없다. 금고 따위는 보고 있지 않았다는 듯이 황급히 소파로 손을 뻗는다.

"앉아도 되겠습니까?"

"앉지."

200

방 원장이 먼저 자리에 앉자 병국이 맞은편 소파로 향한다.

방 원장이 잠시 침묵을 지키다 턱수염에 손을 댄다. 하루라도 면도를 하지 않으면 이놈의 턱수염은 눈에 띄게 자란다. 턱에서 손을 떼고는 입을 연다.

"아직 의사 면허 있지?"

방 원장은 '아직'이라는 단어를 힘주어 발음한다.

"네, 그러니 형제의집 담당 의사로……."

"작년에 산모 하나 죽었잖아. 자네 병원에서. 아이를 낳다 자네 과실로 죽었지, 아마?"

"사망한 사실은 있지만 그걸 제 과실이라고 하기에는……."

"책임 소재를 지금 따지자는 게 아니야. 내가 보건사회부 장관, 검찰이랑 통화해서 면허정지를 막은 것도, 자네가 고맙다고 건넨 봉투를 받지 않고 돌려준 것도 기억하고 있을 걸세."

병국은 속이 뒤틀리는 것 같다. 자고 있는데 깨워서 달려오게 하더니, 재수 없는 이야기를 새벽부터 들어야 하는가. 원장 덕분에 죽지 않고 살아난 의사 면허가 유지되는 내내 원장의 종으로 살아야 한다는 불안감이 엄습했다. 병국은 테이블 위의 물컵을 든다.

"사람 하나가 죽었어. 처리 좀 해줘야겠네."

"네?"

병국은 마시던 물컵을 내려놓고 방 원장을 바라본다. 여기서 사람 하나 죽는다 한들 야산에 버리든가 병원에 해부용 시체로 팔아버리면 될 것을 굳이 자신을 부른 이유가 이해되지 않았다.

"걱정할 건 없네. 죽은 애는 여기 수용자야. 사회 사람이 아니란 얘기지."

"아, 네."

수용자 사인을 바꾸는 정도야 종종 하는 일이지만 앞으로 원장이 얼마나 더 요구할지 헤아리기 어려웠다.

"자네 이전에 근무하던 의사들도 다 해온 일이야. 울주 작업장에서 애가 하나 죽었어. 애초부터 이곳에 없던 애로 만들자니 좀 어렵게 됐네. 부산이야 수용자가 3000명이니 국가에서 어떻게 애들을 일일이 관리하나? 그런데 울주군에 파견된 수용자는 고작 17명이야. 거긴 울주군 공무원들 소관인데 새로 바뀐 사회복지 관리자 놈이 좀 빡빡해. 아직 젊어서 그런 건지. 자네가 알아서, 검안서를 잘 쓰게. 알아들었는가?"

"뭐 어렵지 않습니다만……."

병국은 이참에 뭐라도 얻어내야겠다고 생각했다. 영락없는 원장의 개가 되고 싶진 않았다. 개는 여기 수용자들이지, 자신이 아니다. 병국이 입을 여는데 원장이 말을 막았다.

"사례는 천천히 갚지. 자네가 내게 갚아야 할 게 더 많아 보이긴 하지만."

방 원장은 손으로 턱을 몇 차례 쓰다듬더니 자비로운 웃음을 짓는다. 병국은 저 표정을 몇 차례 본 적이 있다. 지난해 보건사회부 장관상을 받을 당시 신문에서 본 얼굴이 그랬다. 몇 번 출연한 방송에서도 그랬다. 병국은 원장한테 매인 자신의 꼴도 마뜩잖았지만 새벽부터 사인 얘기를 하며 인자한 표정을 짓는 원장을 보는 게 더 거북스러웠다.

원장은 전화기를 들고 사람을 불렀다. 원장실 문이 열리고 키가 작고 깡마른 사내가 들어온다. 한두 달 전까지 원장이 가장 믿음직스러워하던 소대장 무열이었다. 병국은 일주일에 몇 번 형제의집에 들어와 진료라는 이름으로 시간을 때우곤 했지만 이 시설이 운영되는 방식이 다 이해되진 않았다. 3000여 명을 감금한 시설이 문제없이 굴러간다는 점이 그랬다. 걸인이 아닌 놈들도 잡혀 들어왔는데 별 탈 없이 굴러갔다. 몇 달이 지나고 1년이 지나면 사람들은 그렇게 저렇게 키를 맞춰갔다. 방 원장을 무너뜨리려는 대항은 일어나지 않았다. 일부는 자신을 가둔 사람을 향해 충성 경쟁을 벌였다. 무열은 경쟁의 정점에 서 있던 자였다. 정문 경비원 문 씨부터 원생들을 관리, 감독하는 서른세 명의 소대장, 그 아래서 원생들을 밀착 감시하는 조장까지. 형제의집에서 외부인이라고 해봤자 자신과 영양사, 내부 교회를 관리하는 목사뿐이다.

무열은 들어오자마자 두 손을 가지런히 모으고 무릎을 꿇는다. 원장은 무열을 향해 고개를 돌리지 않았다.

"죄송합니다."

원장은 물 한잔을 들이켜더니 일어난다.

"공복에 물을 마시면 몸에 좋다지. 한국 사람들은 말이야. 건강 관리법을 잘 몰라. 일본인들만 해도 건강이며 위생이며 철저하지."

원장은 건강 관리법에 대해 말하기를 즐겼다. 병국 앞에서도 의학적으로 검증되지 않은 잡설을 늘어놓았다. 그의 가장 큰 관심사는 건강하게, 오래 사는 것이었다. 원장이 책상 서랍을 열어 검은 장갑과 서류를 꺼냈다. 장갑을 끼고는 소파 테이블 위에 놓인 유리잔을 들었다. 무열이 눈을 질끈 감는다.

"칠칠치 못하군."

방 원장은 유리잔으로 무열의 머리를 후려쳤다. 무열의 머리에서 물과 피가 흘러내려 셔츠가 젖는다.

"도망자가 나온 죄, 수용자를 교화하지 못한 죄, 뒤처리를 제대로 못 한 죄, 새벽부터 나를 신경 쓰게 한 죄. 다 열거할 수가 없군."

방 원장은 무열을 일으켜 세우고는 철제 캐비닛으로 끌고 간다. 오른손으로 무열의 머리통을 잡더니 철제 캐비닛 모서리에 갖다 박았다. 무열이 머리통을 부여잡고 고꾸라진다. 원장은 쓰러진 무열 앞에서 서류를 넘기더니 한 장을 찢는다. 지켜보던 병국은 마른침을 삼켰다. 피투성이가 된 무열 앞에서 방 원장은 수용자 카드를 읽는다.

"1983-2858번. 김은희. 83년 4월 22일 입소. 1970년 10월 4일생. 동생 김은수 동반 입소. 대통령님께서 내게 맡긴 생명이 날아갔어."

원장은 종이를 책상에 던지고는 두 손으로 무열의 머리를 붙잡아 있는 힘을 다해 철제 캐비닛에 던졌다. 쾅 소리가 나면서 무열이 바닥에 쓰러진다. 원장이 장갑을 벗더니 가지런히 접어 책상 서랍에 집어넣는다. 소파에 앉아 있는 병국에게 다가와 침착한 말투로 명령한다.

"조병국 선생이 마무리해요."

방 원장이 미닫이문을 열고 나간다. 무열의 머리에서는 피가 멈추지 않는다. 머리통을 감싸는 손가락 사이로 피가 새어 나왔다. 병국은 테이블에 놓인 갑 티슈를 들고 무열에게 다가갔다.

"바닥에 피 떨어졌어. 닦아."

갑 티슈를 무열 앞에 떨어뜨린다. 병국이 원장실을 나가려 미닫이문을 잡는데 등 뒤에서 무열이 묻는다.

"김은희 사인은 뭐가 되는 겁니까?"

휴지 몇 장을 머리통에 대고 피를 막으며 무열이 올려다본다.

"네가 때려 죽였다고 검안서에 써줘?"

"폐결핵, 신부전증, 당뇨 뭐 그쯤 되겠죠."

무열이 갑자기 피식 웃음을 터뜨린다. 피범벅인 붉은 입속에서 이빨이 환히 드러난다. 병국은 무열이 자신을 조롱한다는 느낌에 불쾌하기 짝이 없었다. 무열은 고통에 얼굴을 찡그리면서도 말을 이어갔다.

"여기서 죽은 놈들, 다 비슷하게 쓰이지요. 내가 죽는다면 뭐라고 쓰일까, 종종 생각합니다."

"고해성사해? 새벽부터 성당에나 가는 게 낫겠군."

"당신도 언젠 버려지겠지. 가짜 검안서를 쓰는 가짜 의사. 시청에 보내는 수용자 명단도, 사망자 명단도, 우리도 다 가짜야. 여기에 진짜라는 게 있는 줄 알아?"

병국은 무열이 미친 건가 싶었다. 두 사람은 제대로 말을 섞어본 적이 없다. 병국이 몇 차례 원장실에 들를 때 무열이 보고서를 들고 온 적은 있다. 그때마다 무열은 허리를 90도로 숙이고 원장과 병국에게 깍듯이 인사했다. 오늘 자신을 향해 '당신'이라고 말하는 무열은 이제야 입이 터진 것 같았다. 병국은 무열을 내려다본다.

"김무열 소대장."

병국이 미닫이문을 열고 나가며 말한다.

"이제껏 당신에게 삶이란 게 있는 줄 알았나? 뜻밖이군."

병국은 원장실에서 나와 지하창고로 걸어간다. 시신이 있는 창고 문을 연다. 시신을 덮은 시트를 들춘다. 주검 앞에서 한 차례 얼굴을 돌린다. 갈비뼈가 부러지면서 폐를 찔렀다. 피가 말라붙은 입안에는 일곱 개의 이가 깨져 있다. 스스로 혀를 깨문 것인지 일부가 잘려나갔다. 얼굴의 절반 가까이가 함몰됐다. 어디 하나 멍 들지 않은 부위가 없다. 시신에선 이상하게 안티프라민 냄새가 난다. 시트를 다시 덮으려는데 시신의 목에 새겨진 철삿줄 자국이 눈에 들어왔다. 경부 압박에 의한 질식사, 즉 자살인지 의심이 가지 않는 것은 아니었지만 달라질 건 없었다. 자살도, 사고사도 방 원장이 내놓은 결론은 아니었다. 자연스러운 죽음이 필요했다. 그리고 자신은 그 답을 작성해야 하는 임무를 띠고 이 자리에 있다.

"신부전증으로 사망."

병국은 책상에 앉아 검안서를 쓴다. 이미 정해진 답이었다. 자살이든 타살이든. 이 여자의 죽음이 무엇이래도 자신과 상관없었다.

세면대에 물을 틀고 장갑을 벗어 손을 씻는다. 평소보다 오래 씻는데도 피 냄새가 나는 것 같다. 불을 끄고 창고를 빠져나간다.

한 시간 뒤 무열이 창고로 들어와 불을 켠다. 죽은 은희를 내려다본다. 피범벅인 자신의 머리통과 죽은 은희의 것이 닮았다. 얼굴에서 시선이 떨어지지 않는다. 죄책감은 아니었다. 죄책감은 죽은지 오래였다. 이 여자는 자신의 미래일지 모른다. 어느 순간부터 사람 때리는 일이 아무렇지 않았다. 후회가 되지 않았다. 감정이 들지 않았다. 숨이 차도록 달릴 때처럼 머릿속이 비면서 생각이 사라졌다. 어쩌면 생각이란 걸 없애려 각목을 들고 내리치는 건지도 모르겠다.

죽은 은희를 다시 차에 싣고는 울주의 공사장으로 차를 몰았다. 원장은 시신 처리를 무열에게 맡겼다. 무열이 목재소 옆으로 난 비탈길을 올라간다. 이 길을 따라 올라가면 어젯밤 은희가 도망치던 산으로 이어진다. 무릎을 꿇고서 손으로 흙을 판다. 돌과 자갈이 섞여 있어 쉽게 파지지 않는다. 목재소에서 삽을 챙겨 오지 않았다. 개들이 앞발로 흙을 파듯이 두 손으로 땅을 판다. 몇 시간이 지나고 땅거미가 졌을 때 여자 하나가 들어갈 깊이에 이르렀다. 무열은 자신의 미래를 깊이 묻었다.

19

"내가 그녀의 살인자였는지, 구원자였는지 알 수 없습니다. 그때 우리가 죽음으로 가는 길에 있다고 느꼈습니다. 모포로 은희의 얼굴을 눌렀습니다. 은희의 두 손이 미세하게 떨렸는데 이상하게 주먹을 쥐지 않았습니다. 한 줄기 빛이 점점 가까이 다가왔고 우리는 손을 잡고 그곳으로 뛰어갔습니다. 쫓아오는 이도, 명령하는 이도 없는 곳으로. 은희가 내 손을 놓고 그곳으로 걸어 들어갔습니다. 마지막으로 뒤를 돌아보는데 홀가분한 얼굴이었습니다. 빛이 사라지고 나는 목재소에 홀로 남았습니다. 은희와 나 사이를 벽이 가로막았고 우리는 그렇게 헤어졌습니다. 은희의 두 손은 차갑게 굳어 있었습니다. 심장이 뛰지 않습니다. 사람이 되고 싶다던 은희는 사람의 몸을 벗어났습니다. 은희가 쌓아두었던 벽돌들 위로 올라가 철삿줄로 목을 매었습니다. 사람이 되어야만 해. 여기서 사람으로 살 수 있어? 그 말이 귓전을 울렸습니다. 빨간 약도, 구타도, 감금도 없는 곳으로 가고 싶었습니다. 태어나지 않았던 것처럼, 이곳의 소유가 아닌 나 자신이 되고 싶었습니다. 살아서는 사람이 될 수 없으니 죽어서는 사람이 될 수 있을지 모른다고. 은희가 떠날 때 나타났던 빛이 나타나지 않았습니다. 눈을 감으면 그 빛이 다시 나타날지도 모르겠습니다. 한 걸음 한 걸음 걸어가려는데 발이 움직이지 않았습니다. 허우적거려도 못으로 박힌 것처럼 벗어날 수 없었습니다. 그때 철삿줄을 걸어놓은 선반이 무너지면서 바닥으로 떨어졌습니다. 나는 다시 어둠 속에 홀로 남았습니다. 바닥은 나에게 현실을 되돌려주었습니다. 내 두 손으로 은희를 죽인 죗값을 치르기 위해 나는 이곳에 남겨졌습니다. 사람이 되고 싶던 나는 사람을 죽인 살인자가 되었습니다. 한기가 밀려오고 온몸이 떨려왔습니다. 문이 열리면서 한 남자가 걸어왔습니다. 김무열 소대장이었습니다. 나는 그와 함께 현실로 돌아왔습니다.

다시, 그곳에서 물을 나르고 밥을 지었습니다. 은희의 시신이 어떻게 처리되었는지는 알지 못합니다. 해부용으로 팔려 갔다는 소문은 들었지만 직접 본 것은 아닙니다. 형제의집을 나온 뒤에도 눈을 감으면 허공에 떠 있는 은희의 맨발이 스쳤습니다. 그 발이 자꾸만 눈앞에 나타났습니다. 공중에 매달린 은희를 떠받치던 그날 밤으로 흘러들어갔습니다. 내가 모포로 숨을 끊지 않았더라면, 은희가 동생 은수와 함께 집으로 돌아갔을지도 모르겠습니다. 죄책감에 시달리던 시간 속에서도 나 자신에게 변명을 했고, 때로는 그런 나 자신이 역겨웠습니다. 분명한 것은 나의 의도가 무엇이었든, 우리의 선택이 무엇이었든 그날 밤 저의 선택에 대한 값을 치러야 한다는 사실입니다. 부모님은 검사님을 만나지 말라고, 어떤 말도 하지 말라고 했습니다. 그러나 고백하지 않을 수 없었습니다. 죄의 값을 치르고 빚진 마음으로 살고 싶습니다."

미연은 28년 전 주태석 검사 앞에서 남긴 증언을 손에 들고 읽어 내려간다. 이제 어디로 가야 할까. 증언은 시간이 지나도 바래지 않았다. 진실은 바뀌지 않았다. 숨겨졌을 뿐이다. 원장이 죗값을 치르지 않고 다시 세상에 나왔다는 사실이 자신에게 면죄부가 될 수는 없었다. 검사가 사라진 뒤에도 은희의 발은 자신을 따라다녔다. 죄책감이 불러낸 발이었을지 모르겠다.

미연은 자신이 죽인 여자의 아들이 진실을 알게 될 날을 그려보았다. 고맙습니다. 미연을 찾아온 준이 처음 한 말이었다. 죽어가는 엄마의 가슴에 안티프라민을 발라준 사람이라며. 그 말이 미연을 무너뜨렸다. 이제는 고마운 사람이 아니라 증오하는 사람이 되어야 한다. 미연은 시계를 쳐다본다. 조병국이 준에게 어떤 이야기를 할지 알 수 없었다. 의사인 병국이 검안을 했을 테니 일부의 진실이라도 알지 모른다. 무열로서는 은희가 왜 죽었는지 물을 이유가 없었다. 목을 매단 흔적이 사망의 이유를 알려주었기 때문이다. 의사 조병국만큼은 은희가 자살이 아닌 타살로 죽었다는 사실을 알지도 모를 터였다. 병국이 준에게 진실을 말해준다면, 그에게서 달아나야 할까, 사죄해야 할까. 미연은 적어도 자신이 먼저 준에게 진실을 알릴 수 있게 해달라고 기도했다.

병원 안으로 들어간 지 한 시간쯤 지났을 때 부어터진 얼굴로 준이 걸어 나왔다. 경호원들이 준의 양어깨를 잡고 병원 밖으로 쫓아 냈다. 준이 경호원들에게 고함을 쳤지만 영어를 알아듣는 눈치는 아니었다. 미연이 준을 데려와 차에 태운다. 그들 손으로 무엇도 바꿀 수 없다는 열패감에 휩싸인다. 사인을 바꾼 의사는 경북에서 꽤나 잘나가는 의료원으로 재기에 성공했고, 사인 조작을 지시한 원장은 치매 환자가 되어 편안히 죽음을 기다리고 있다. 조병국에게서 무엇을 들었는지 물을 필요가 없었다. 준의 얼굴이 만남의 결과를 말해주었다. 서울로 돌아오는 내내 서로에게 미안했다. 준을 태우고 서울로 가는 동안 미연은 서로의 앞날에 대해 말하지 않았다. 어떤 약속도 할 수 없었다. 운전대를 잡고 정면을 향하면서도 옆자리에만 온 신경이 쏠렸다.

준은 창문에 머리를 기댄 채 밖으로 시선을 뒀고 미연은 음악을 틀려다 말았다. 그들 사이의 어색한 기류는 서울로 오는 내내 이어졌다. 오래된 자동차는 터덜거리는 소리를 내며 이태원의 골목으로 들어선다. 언제 세차를 했는지 알 수 없을 정도로 때가 탄 자동차에서 준이 내린다. 미연이 차창 밖으로 얼굴을 내민다. 며칠간의 여행을 뒤로하고 그들은 이제 각자의 길을 가야 한다. 준은 폴란드로 돌아가야 한다.

— 집으로 돌아가는 거지?

— 네.

— 잘 지내.

— 고마웠어요.

— 괜찮아질 거야.

— 이제 우리 못 보겠네요.

— 다시는, 아마도.

이태원의 밤 거리에 준이 홀로 서 있다. 술에 취한 외국인들과 한국인들이 클럽에서 쏟아져 나왔다. 모텔로 돌아가려다 편의점에서 삼각김밥 한 개와 생수 한 병을 사 들고 나온다. 모텔로 들어가고 싶지 않았다. 준은 거리를 쏘다니다 바에 들어가 엉망이 되도록 술을 마셨다. 필름을 끊어내려 울렁이는 속에 술을 들이부었다. 비틀거리며 전봇대를 붙잡고 구토를 하는데 이방의 언어가 귓전을 스친다. 알아들을 수 없는 말들 속에서 홀로 폴란드어를 중얼거린다. 태어나면서 배운 언어, 기댈 곳 없는 곳에서 부르는 나의 언어. 익숙한 단어를 혼자 읊고, 혼자 듣는다.

그날 모텔로 어떻게 들어온 건지 기억나지 않는다. 눈을 떴을 때는 사방이 캄캄했다. 혹시 비행기 시간을 놓친 건 아닌가 싶어 황급히 일어나 커튼을 열었다. 암막 커튼이 걷히자 환하게 빛이 들어왔다. 벽시계는 오전 10시를 가리켰다. 비행기가 출발하기까지 다섯 시간이 남았다. 휴대전화로 문자메시지 한 통이 들어왔다.

"오늘 이미연 씨가 국회 소회의실에서 증언하기로 했어."

병호였다. 준은 휴대전화 메시지 내용을 다시 확인한다. 분명 어제까지 함께 있던 미연이 오늘 갑작스럽게 증언을 한다는 사실이 믿기지 않았다. 언제 결정된 일인지 알 수 없었다. 미연에게 전화를 걸려다가 마음을 접는다. 형제의집 피해자라는 사실을 알리지 않은 채 살아온 미연이 자신 때문에 아웃팅됐다. 미연이 근무하는 직장에도 알려졌다. 이제 증언대에 서게 되면 미연의 삶이 어디로 흘러갈지 종잡을 수 없다. 자신의 책임인 것만 같았다. 휴대폰을 무릎에 올려둔 채 두 손으로 얼굴을 쓸어내렸다. 안 좋은 생각들을 뒤로하고 모텔방 구석에서 캐리어 가방을 꺼내 옷가지를 집어넣었다. 한국에 남아 있는다 한들 자신이 미연에게 어떤 도움이 될 수 있을까. 잊고 싶었던 일을 떠올리게 한 방아쇠가 자신이었을지도 모르겠다. 폴란드로 돌아가는 게 미연이 다시 제 삶으로 돌아가는 데 도움이 될지 모르겠다. 캐리어 가방을 닫고서 번호 키를 잠갔다. 모텔방에서 카드 키를 빼고 문을 닫았다. 모텔 복도를 걸어 나오는데 미연의 얼굴이 어른거렸다. 고양이를 친 날 밤, 미친 사람처럼 무릎을 꿇고서 흙을 파던 옆모습이었다. 죽은 아이의 물건을 묻던 얼굴이었다. 준은 다시 모텔방으로 돌아가 캐리어를 놓았다. 빈 몸으로 모텔을 빠져나와 택시를 탔다. 가야 할 곳과 마음이 닿는 곳이 일치하지 않는다. 택시는 공항이 아닌 미연의 아파트 입구에 섰다. 집 초인종을 눌러도 응답이 없다. 그녀는 이미 집을 나섰다.

출퇴근 시간이 아닌데도 차들은 가다 서다를 반복했다. 준이 탄 택시는 마포대교를 지나서야 속력을 내기 시작했다. 국회 정문 앞에 도착했을 때는 이미 증언대회가 진행 중이었다. 누구도 미연의 고백을 들으러 오지 않기를, 사람 하나 없는 텅 빈 객석 앞에서 미연이 증언하기를.

소회의실 문을 열자 50명 남짓한 사람들이 앉아 있었다. 지난번 증언대회보다 사람이 많았지만 200석이 넘는 규모의 소회의실은 텅 비어 보였다. 카메라를 든 사람도 몇 명 보였다. 단상에 선 미연이 자신을 찍는 카메라 앞에 가만히 서 있었다. 카메라 플래시 소리가 잦아들자 미연은 원고를 내려다보며 숨을 골랐다. 사람이 드문 객석에서 기침 소리가 유난히 크게 들렸다. 준은 중앙 단상으로 향하는 레드카펫 위를 걸어간다. 미연이 원고에서 눈을 떼고 마이크에 입을 댔을 때 시선이 마주친다. 준이 세 번째 줄 통로 자리에 앉자 미연이 원고를 읽기 시작한다.

— 나는 열세 살에 실종됐습니다. 알 수 없는 차에 태워져 수용소로 갔습니다. 4년간 그곳에 갇혀 있었습니다. 첫날 밤, 집으로 보내달라고 하자 아이들이 모포로 저를 덮고는 발로 밟았습니다. 살아남으려고 몸을 말고 무릎 사이로 얼굴을 집어넣었습니다. 통통 부은 개처럼, 그렇게 모포에서 기어 나왔습니다. 살려주세요, 그들에게 말했습니다. 삶이 무엇인지 알기 전에 열세 살의 저는 살려달라는 말을 먼저 배웠습니다.

삶은 손톱만큼 하찮았습니다. 쉽게 잘려지고 버려졌습니다. 침대에 앉은 자세가 바르지 않아서, 운동장을 늦게 뛰어서, 밥을 늦게 먹는다는 이유로 구타를 당했습니다. 이유를 알 수 없이 잡혀 들어간 수용소는 어느덧 나의 세계가 되었습니다. 이곳을 빠져나갈 수 없다는 인정, 이곳에서 늙어 죽게 될 거라는 수긍이 생겼습니다.

나는 나를 잊었습니다. 질문이란 것을 놓아버렸습니다. 왜 이곳에 감금되어야만 하는가라는 물음을 땅에 파묻었습니다. 과거를 버렸고, 미래를 생각하지 않기로 했습니다. 살아 있는 지금이 나의 전부가 되었습니다.

　영원할 것 같던 그곳의 끝은 갑작스러웠습니다. 방인곤 원장이 구속되고 우리는 해방이 아닌 비극을 맞았습니다. 이곳에 들어온 순간부터 이미 우리 자신이 파괴되었다는 사실을 잊었습니다. 수용자들이 갑작스럽게 거리에 쏟아질 것을 우려한 정부는 우리를 그곳에 방치했고, 우리는 지배자가 사라진 밤에 우리를 파괴한 자들을 찾아내 똑같은 짓을 저질렀습니다.

　약탈과 살인이 일어나던 때 신민당 진상조사단원들이 찾아왔습니다. 수용자 3000여 명을 모두 면담할 수는 없어서 무작위로 불러내 조사를 벌였습니다. 언어가 허용되지 않는 세계였는데, 그들은 질문이란 것을 처음 던졌습니다. 우리는 언어를 잊었으므로 대답할 수 없었습니다. 죽도록 맞는 일은 일상이었고, 죽음은 특별한 사건이 되지 않았으며 일상에서 일어나는 모욕은 견딜 만했습니다. 우리는 웬만하면 견딜 수 있었고, 이곳의 생활이 어떠했느냐는 질문에 언어로 설명할 수 없었습니다. 우리의 대답은 그들을 실망시켰습니다. 흡족할 만한 대답을 얻지 못하고 그들이 돌아간 밤, 질문은 우리를 쪼개기 시작했습니다.

　우리에게 '왜'라는 질문이 처음 주어지자 '어떻게'라는 단어를 생각하게 되었습니다. 어떻게 살아야 할 것인가. 우리는 처음으로 질문 앞에 섰습니다. 질문은 일상을 침투하고 복종에 균열을 가했습니다. 5시 기상 음악에도 일어나지 않는 수용자들이 생겼고, 노동 시간에도 공장에 나타나지 않는 사람들이 생겼습니다.

야당 진상조사단원들이 돌아간 지 일주일이 지났을 때 배식을 받는 시간에 수용소 꼭대기로 올라갔습니다. 철조망 너머로 초소들이 그대로 자리를 지키고 있었습니다. 소대장들과 조장들이 밤마다 서치라이트를 켜놓고 도망자들을 적발하던 곳입니다. 한 번도 넘을 생각이 없던 철조망을 올라갔습니다. 24시간 내내 감시한다는 말이 어쩌면 거짓말일지 모른다는 생각이 들었습니다. 철조망 끝까지 올라갔을 때 고개를 돌렸습니다. 한 초소에서 희미하게 손전등 빛이 새어 나왔습니다. 감시자 한 명이 저를 보고 있었습니다. 당황한 표정이 아닌 구경꾼의 얼굴이었습니다. 그를 뒤로하고 철조망을 뛰어넘어 그대로 달렸습니다.

형제의집이 점차 멀어져갔습니다. 돌부리에 발이 걸려 넘어졌을 때 머리 위로 새 한 마리가 원을 그리며 같은 자리를 맴돌았습니다. 쫓아오는 이 하나 없는 숲길을 달렸습니다. 저녁을 지나 밤이 되었고 어둠 속에서 나무들이 저를 내려다보았습니다. 입고 있던 추리닝이 얇았습니다. 추위를 견디려 팔짱을 끼고 겨드랑이에 손을 넣은 채 한참을 걸었습니다. 발밑에서 솔방울이 부서지는 소리가 크게 들렸습니다. 숲을 통과하는 사람은 저뿐이었습니다. 형제의집에는 낮과 밤이 따로 없었습니다. 폭력과 살인은 대낮에도 일어났습니다. 폭력은 겁에 질린 시선을 받으며 대범해졌습니다. 감시자들이 자는 밤이 되어서야 폭력에서 벗어날 수 있었고, 낮보다 밤이 평화로웠습니다. 그날 숲길을 걸으며 밤의 공포를 처음 느꼈습니다. 이 길 끝으로 걸어가면 마을로 이어질지 죽음에 닿을지 알 수 없었습니다.

어떤 소리가 저 멀리서 들렸습니다. 발걸음을 멈추고 귀를 기울였습니다. 분명 목소리였습니다. 작은 집에서 흘러나오는 노랫소리였습니다. 창문에선 흰 불빛이 새어 나왔습니다. 마당에 수도꼭지와 빨간 고무 대야가 있고, 빨랫줄에 남루한 옷들이 걸린 집이었습니다. 빨랫줄에서 바지와 남방을 걷어냈습니다. 훔친 옷을 팔에 걸치고 한참을 서 있는데 남자는 노래를 멈추지 않았습니다. 4년 만에 듣는 노랫소리였습니다. 매일 새벽 5시, 기상 시간을 알리는 형제의 집 음악은 하루를 시작하라는 명령이었습니다. 명랑한 멜로디는 우리를 조롱했습니다. 깨어나라, 일어나라, 즐겁게 노동하라, 노동이 너희를 구원하리라. 수용자들은 기상 음악을 들으며 침대에서 모포를 개는 것으로 우울한 하루를 시작했습니다.

한참 동안 그 집 앞에서 노래를 들었습니다. 노래가 끝날 때쯤 평상 밑으로 기어들어갔습니다. 세상이 다시 나를 잡아들일까 봐 두려웠습니다. 수용소에 있을 때 1년에 몇 번씩 공무원들이 방문했지만 그들은 우리를 구하지 않았습니다. 제대로 감금되어 있는지 확인하는 것이 그들의 목적이었습니다. 공무원들의 감탄과 찬양은 이런 것이었습니다. 3000인분의 밥을 할 수 있는 위생적인 대형 식당, 식탁에 줄지어 놓은 양념통, 서른 개의 숙소, 똑같은 옷에 똑같은 머리를 하고서 질서 정연하게 서 있는 수천 명의 수용자들. 그들은 위

217

대한 질서라고 정의 내렸습니다. 시찰 중인 그들 앞에서 자신은 부랑인이 아니라고 외치는 수용자도 있었습니다. 누구도 그의 말을 듣지 않았습니다. 정신이 돌아서 그렇죠. 아직 개선 중인 부랑인입니다. 원장의 한마디면 방문객들은 고개를 끄덕였습니다. 그들은 쉽게 치워졌습니다.

집으로 돌아가기까지 누구도 믿을 수 없었습니다. 평상 밑에서 새벽이 오기를 기다렸습니다. 빗물이 떨어졌습니다. 해가 뜨고 키큰 사내가 집에서 나와 트럭을 몰고 사라졌습니다. 평상에서 기어나와 마당에 놓인 쌀독을 열었습니다. 고구마가 쌓여 있었습니다. 고구마를 베어 무니 달달한 물이 새어 나왔습니다. 재래식 화장실에 들어가 참고 있던 오줌을 누고 나왔습니다. 훔친 옷으로 갈아입고 쌀독에서 고구마 몇 개를 꺼내 주머니에 넣었습니다. 그 남자가몰고 간 트럭의 바큇자국이 남아 있었습니다. 바큇자국을 따라 한참을 내려가니 마을 입구에 닿았습니다. 형제의집 소대에서 저 멀리 내려다보이던 마을 풍경이 펼쳐졌습니다. 사복을 입어서 형제의집 수용자라는 사실을 감출 수 있었습니다. 자전거를 탄 소년이 스쳐 지나가자 순간 고개가 숙여졌습니다. 누군가, 언젠가 나를 가둘거라는 공포감은 지금까지도 저를 억누릅니다.

낮은 집들을 지나쳐 연기가 피어오르는 굴뚝을 향해 걸었습니다. 형제의집 꼭대기에서 내려다보던 굴뚝이었습니다. 수용자들은 굴뚝에서 피어오르는 연기를 보며 시체가 타는 것이라고 했습니다. 가까이서 보니 시체를 태우는 화장터가 아닌 목욕탕 굴뚝이었습니다. 목욕 바구니를 옆에 끼고서 아줌마 두 명이 걸어 나왔습니다. 평온한 얼굴의 거리, 우뚝 솟은 전봇대, 반쯤 찢긴 채 붙어 있는 벽보들, 전구가 깨진 가로등, 일정한 간격으로 버스 정류장에서 내리는 사람들. 우리를 가둔 세상은 아무렇지 않게 굴러가고 있었습니다. 아무렇지 않은 세상을 향해 죽을힘을 다해 달려온 두 발을 내려다 보며 분노를 참을 수 없었습니다. 나를 향해 사죄하지 않는 세계, 내가 사라진 동안 아무 일도 일어나지 않은 세상의 평화로움이 소름 끼치게 무서웠습니다. 목욕탕 굴뚝 앞에서 느꼈던 무심한 평화로움이 지금도 잊히지 않습니다.

목욕탕을 지나 이틀을 걸었습니다. 인적 드문 공사장이나 사람 없는 교회에 들어가 쪽잠을 자다 나왔습니다. 형제의집을 나온 지 사흘이 지나서야 살던 동네에 도착했습니다. 열린 대문 사이로 감나무 한 그루가 보였습니다. 아버지가 이번 가을에도 감이 열리지 않으면 자르겠다고 했던 나무였습니다. 4년 만에 보는 집은 곳곳이 시든 것처럼 보였습니다. 거뭇해진 녹색 대문을 열고, 물 내리는 소리를 들으며 집 안으로 들어갔습니다. 주방에서 그릇을 씻는 엄마의 뒷모습이 보였습니다. 형제의집에 끌려간 날 낯선 남자와 입 맞추던 어머니에 대한 증오와 원망, 그리움, 어떤 감정도 들지 않았습니다. 엄마는 씻고 있던 마지막 접시를 선반에 올려놓고서 빨간 고무장갑을 벗어 싱크대 한쪽에 걸쳤습니다.

뒤돌아선 엄마는 식탁 뒤에 서 있는 나를 보고는 주저앉았습니다. 더러운 얼굴로 나타난 나를 보고서 엄마는 큰 소리로 울기 시작했습니다. 열세 살에 사라져 열일곱 살에 유령처럼 나타난 딸을 보고 꿈이라고 생각했는지도 모르겠습니다. 한참을 울부짖던 엄마는 가까이 다가오지 않은 채 한동안 나를 바라보기만 했습니다.

살면서 나의 실종을 의뢰할 곳이 어디에도 없었습니다. 진실과 화해를 위한 과거사법이 제정되고 국가범죄를 조사할 기관이 생겼지만 찾아가지 않았습니다. 나의 실종에는 맥락도 이유도 없었습니다. 나는 민주화운동을 하지 않았고, 군사정권에 저항하지도 않았습니다. 사고처럼 다가온 실종이었습니다. 국가가 책임질 사건이라고 생각되지 않았습니다. 우리를 단속한 공무원들의 실적은 그대로 남았고, 인간을 모독한 시설이라며 대서특필한 신문과 방송은 곧 다른 사건들을 다루었습니다. 우리는 쉽게 잊혔습니다.

나는 대한민국 정부와 불화하지 않았습니다. 아이를 낳고 출생신고를 하고 교육기관에서 학생들을 가르치며 세금을 냈습니다. 그러함에도 나는 돌아오지 못했습니다. 형제의집에서 나 자신을 버렸듯 이곳에서도 나를 잊으려 질문을 버렸습니다. 나를 훔친 이유에 대해 묻지 않아야 했습니다. 내 머릿속을 울리는 기억의 종을 의사는 환청이라고 진단 내렸습니다. 형제의집에서 지낸 시간이 때로 환상처럼 느껴집니다. 나는 보이지 않는 것을 보고 들리지 않는 소리를 듣는 사람이 되었습니다.

준의 옆자리에 앉은 중년 남자는 오른팔로 머리를 괴고서 미연의 말을 경청했다. 무릎에 노트북을 올려놓고 빠른 속도로 받아쓰는 기자도 있었다. 수십 년 동안 고백하지 않았던 일을 타인들에게 말하는 일이 아무렇지 않은 것은 아니었다. 그녀의 고통이 그저 타인들의 이야깃거리로 전락할 수도 있다. 청중들 사이로 준이 먼저 빠져나왔다.

증언대회가 끝난 뒤 미연이 마지막으로 문을 열고 나온다. 두 사람은 몇 걸음 떨어져 서로를 바라본다.

— 왜 그랬어요?

— 공항에 가지 않았어?

질문은 서로를 비켜 갔다.

— 이런 거 안 해도 돼요. 도와주시려고 그런 거잖아요.

— 널 도우려고 그런 거 아니야.

— 의원들도 진상규명 법안 같은 거에 관심 없어요. 어차피 몇 년 동안 안 되던 일이에요.

국회 정문에서는 노조 파괴 공작을 규탄하는 사람들이 목소리를 높이고 있었다. 사법 살인, 살균제 살인, 부당 해고. 저마다 해결될 수 없는 문제들이 플래카드에 기록돼 있었다. 준은 정문을 가리켰다.

— 저기 봐요. 억울하다고 말하는 사람들, 국회 앞에서 깃발을 들죠. 아무도 관심 없어요.

— 이슈가 되지 않아도 괜찮아. 듣지 않아도 괜찮아. 해야 할 말이었어.

— 아우슈비츠에 당신을 찾아간 걸 후회해요. 당신을 망가뜨린 것 같아.

미연은 준의 어깨를 가만히 붙잡더니 정문을 빠져나갔다. 준이 멀어지는 미연의 등을 보며 중얼거린다.

— 어디로 가려고?

언제나 그랬던 것처럼 미연의 마음을 읽을 수 없었다. 늘 그랬던 것처럼 그녀의 주위를 배회할 뿐이었다.

20

병호는 제 집처럼 들어와 소파에 앉는다. 준은 냉장고에서 생수 한 병을 꺼내 테이블 위에 올려놓는다. 병호는 페트병 뚜껑을 열어 유리컵에 물을 따른다. 일주일이 되도록 준은 병호의 전화를 받지 않았다. 문자메시지에도 답을 하지 않자 병호가 준이 묵고 있는 모텔로 찾아온 것이다. 준은 예정된 비행기를 놓치고 그 뒤에도 폴란드행 비행기에 타지 않았다. 이곳에 남아 형제의집 진상규명 특별법 통과를 위해 어떤 일을 하려던 것도 아니다. 미연과는 연락이 닿지 않았다. 애써 자신을 피하는 것 같았다. 미연의 집에 몇 차례 찾아가고 돌아오기를 반복했다. 폴란드로 떠날 수도, 이곳에 정착할 수도 없었다. 회사에는 휴가 연장 신청서를 보냈다. 미연의 증언은 포털 사이트에 주요 기사로 걸렸다. 댓글만 2만 개 넘게 달리면서 화제를 모았다. 미연은 차별적 메신저였다. 다음 날 대다수 조간신문에서 미연의 이야기를 비중 있게 다뤘다. 병호가 신문사에 독자

투고를 넣고 피해자들이 피켓을 들고 머리를 깎고 단식투쟁을 해도 안 되던 일이었다. 입시 때마다 서울대 최다 합격자를 배출하는 한국외고 교사가 4년간 형제의집에서 감금 생활을 했다는 증언이 화제가 되었다. 정부 고위공직자의 딸이 형제복지원에 끌려갔다는 중산층의 고백이 예외성을 더했다. 증언대에 오르자마자 터뜨리는 울음과 달리 그녀의 차별화된 언어가 대중의 관심을 샀다.

병호가 이번 기회를 그냥 놓칠 리는 없었다. 물을 입에 털어 넣고는 잠시 뜸을 들였다. 모텔 벽면에 붙은 텔레비전에서는 아침 드라마가 방영 중이었다. 병호는 이제 준이 자신을 피하는 것을 눈치챈 것 같았다. 본심을 숨긴 채 이리저리 말을 돌렸다.

— 한국에 있는 것 같긴 한데 연락도 안 되고, 여기 아는 사람도 없잖아. 걱정되기도 하고 어떻게 지내나 궁금하기도 하고.

— 내가 필요한 일이 있어?

— 말 참 서운하게 하네. 본론부터 이야기할게. 방송국에서 미연을 찾아. 시청률 10프로가 넘는 뉴스쇼인데 2부 인터뷰 순서에 이미연을 섭외하고 싶대. 앵커가 15분간 직접 인터뷰한대. 여기 나오면 정말 반전이 일어날 거야. 너도 알잖아. 내년 봄 총선 전에 특별법 통과 안 되면, 3년간 법을 제정하려고 들인 노력이 모두 수포로 돌아가. 네가 말하면 미연 씨도 설득될 거야.

— 그 얘기 하려고 온 거야?

— 다른 피해자들을 생각해봐. 이 법안 하나 통과되기를 기다리는 사람들. 왜 이렇게 날 이기적인 사람으로 봐?

— 네 부탁을 들어주지 않으면, 내가 이기적인 사람이 되겠지.

병호는 주머니에서 메모지 한 장을 꺼내 테이블 위에 올려놓고는 일어났다. 방송국 작가 이름과 전화번호가 적혀 있었다. 모텔 문을 나서며 병호가 말했다.

— 지금 아니면 기회가 없어. 다시 원점으로 돌아가는 거야. 이 사건이 그나마 세상에 조금이나마 알려지기 전으로.

준은 소파에서 일어나지 않았다. 배웅을 나오지 않는 그를 뒤로하고 병호는 모텔을 나왔다. 비릿한 감정이 드는 건 어쩔 수 없었지만, 애써 마음을 억눌렀다. 누군가에게 미안해하고, 누군가를 배려하는 것보다 지금 당장 해야 할 일을 감당하는 것이 자신의 몫이라고 여겼다. 한두 사람이 다치더라도, 수천 명의 피해자들을 위해서라면 고통마저 마케팅을 해야 하는 게 현실이다. 마케팅된 진실만이 세상을 바꿀 수 있다. 그리고 그 역할을 감당할 이는 자신뿐이라는 생각에 한편으로 외롭고 마음이 무거웠다.

병호는 어린 시절 아버지의 죽음이 석연치 않다고 느꼈다. 자살에 가까운 죽음이었다. 알코올중독자였던 병호의 아버지는 1987년 방 원장이 구속된 해에 집으로 돌아왔다. 병호는 여섯 살이었다. 어린 시절이었지만 문간방에 앉아 깡소주를 마셔대는 아버지, 술을 마시면 무서울 정도로 괴성을 지르며 세간을 부수던 아버지의 모습이 선명했다. 어머니는 병호를 안고서 창고에 숨어 있다가 아버지가 잠이 들면 그제야 방에 데려가 재웠다. 엄마는 한탄이었는지 자기 위로였는지, 원래부터 아버지가 그런 사람은 아니었다는 혼잣말을 했다. 아버지가 먹다 남긴 소주를 한잔 마시며 곁에 잠들어 있는 아들에게 말했다. 병호는 자는 척 눈을 감았지만 어린 나이에도 잠이 오지 않았다.

— 아버지가 원래 대학도 나오고 똑똑한 분인데, 엄마는 배움이 짧으니까 속을 다 알 수가 없잖아. 데모도 하고 경찰에 잡혀가기도 하고 그랬던 모양인데 어느 날부터는 안 마시던 술을 마시기 시작했어. 결혼하면 마음도 잡고 괜찮아질 거라 생각해서 시집을 왔지. 근데 일도 다 접고 미친 듯이 술만 마셨어. 어디 시설에 가면 나을 줄 알았는데 갔다 온 뒤 더 심해지기만 하고. 무슨 속병이 들어서 저러는지 모르겠지만 원래부터 나쁜 사람은 아니었어. 술만 안 마시면 얼마나 착하고 순한 양반인데. 너희 아버지가 동네에서 제일 똑똑하고 인물도 좋아서 어릴 때 얼마나 동네에서 인기가 많았다고. 동네 아가씨들이 나중에 다 저기 시집가고 싶다고, 얼마나 그랬다고.

병호 아버지는 형제의집에서 나온 뒤에도 술을 끊지 못했다. 술을 더 마셔댔다. 술을 마시면 시위가 한창인 1987년의 대학가로 걸어갔다. 시위를 하다 도망치는 학생들과 잡으려 달려드는 경찰들 사이에서 술에 취한 그는 미치광이처럼 돌아다녔다. 화를 내다가 혼자 중얼거렸고 아무에게나 돌을 던져댔다. 누구에게 던진 것인지 명확하지 않았다. 집에 와 옷을 벗는 그의 온몸에는 늘 멍이 들어 있었다. 경찰에게 맞았는지 시위대에게 맞았는지 알 수 없었다. 여느 날처럼 아버지는 술에 취해 시위 현장에 나갔고, 대학 정문 앞에 있는 횡단보도 근처에서 즉사했다. 버스에 치였는데 사고라고 보기엔 석연치 않은 죽음이었다. 가족들은 내색하지 않았지만 병호는 아버지의 죽음을 자살로 받아들였다.

물려받은 재능 탓이었는지 병호는 남들보다 덜 노력하고도 명문대에 입학했다. 대학을 졸업한 뒤 몇 번이나 대기업에 들어갔지만 매번 회사를 때려치웠다. 처음에는 적성에 안 맞는다고 그만두더니 다음 회사는 부장과 사이가 틀어져서, 그다음 회사는 조직의 부속품이 되고 싶지 않아서가 이유였다. 병호는 애초부터 회사에 다닐 마음이 없어 보였다. 멀쩡한 대학을 졸업한 남자는 조직에 속해 있어야 사회인, 성인이 되는 사회였다. 병호는 매번 그 문밖으로 나오고 말았다. 적당히 속을 비치지 않고 주고받는 관계가 일상인 조직 생활에 애초부터 맞지 않는 사람이었다.

회사를 몇 번이나 때려치우던 병호는 사회에서 자리를 잡아가는 대학 동기들과도 멀어졌다. 자신도 알 수 없는 불안한 내면이 어쩌면 집안 문제일지도 모른다는 데 생각이 미쳤다. 집에 틀어박혔고, 남는 시간이 많았다. 어떤 계획이나 목표가 있었던 것은 아니었다. 우연한 기회에 아무도 관심 갖지 않는 형제의집 문제를 파고들기 시작했다. 처음 시작은 단순했다. 아버지가 한때 수용됐던 형제의집 과거 기록을 국가에 청구해 받아냈다. 거리를 배회하고 구걸하는 이들을 영장 없이 잡아들일 수 있는 내무부 훈령 410호가 1975년 제정됐다. 형제의집뿐만이 아니었다. 전국 36곳의 시설이 노숙인을 강제 수용했다. 일개 복지시설의 일탈이 아니라 당시 시대 문제였다는 결과에 이르렀다. 석연치 않게 숨진 아버지의 사망이 거대한 역사 속에 하나의 점으로 다가오는 것 같았다. 병호는 사회생활 대신 운동에 뛰어들었다. 국회의원실을 돌며 관심을 호소했다. 그러나 진실의 유통기한은 짧았다. 언론의 주목을 받았지만 의원들의 관심은 급속도로 식어갔다. 한창 언론의 주목을 받을 때 발의된 법안은 오래도록 잠을 잤다. 처리되지 않은 법안은 내년 봄 총선으로 새 국회가 구성되면 자동 폐기된다. 남은 시간은 7개월 남짓이다. 그 안에 처리되지 못하면 이제껏 쏟아부은 몇 년의 노력이 모두 사라지고 만다.

그러나 병호가 이렇게까지 조급증을 내는 이유가 비단 법안 통과 때문만은 아니었다. 아버지에 대한 새로운 기록을 우연히 발견한 건 3개월 전쯤이었다. 방 원장이 구속된 이후 형제의집 수용자가 청와대에 보낸 탄원서였다. 아버지의 이름, '문용기'라는 이름과 자필 사인이 선명한 문건이었다. 병호의 아버지 문 씨는 형제의집에서 정문을 지키는 경비로 일했다.

"국부이신 전두환 대통령 각하의 만수무강을 기원드립니다. 탄원인은 사회에서 심한 병을 앓고 있다가 소문에 듣기로 한국 최대의 부랑인 보호시설이 있다기에 의료보호 혜택 등 각종 시설을 이용하기 위해 자원해서 이곳 형제의집으로 왔습니다. 지금은 건강한 인간으로 재탄생한 것이나 다름없는 수용자의 몸입니다. 형제의집에서 의식주, 생활보호, 의료 혜택 등을 돈 한 푼 없이 이용하고 이곳에서 신앙인이 되어 변화된 탄원인의 모습을 발견하고 본원의 은혜에 너무나 감격한 국민의 한 사람으로서 이 고마움의 사실을 국부이신 전두환 대통령 각하께 밝혀드리고 싶은 마음이옵니다. 현재 형제의집을 이용하고 있는 부랑인, 부랑아들을 보면 천하의 더러운 거지, 도둑, 가정파괴자, 악질 인간, 사회 윤리와 도덕을 파괴한 자, 문란케 한 자, 기소 중지자, 도망자, 사회안전법 대상자, 현행범, 군 탈영자, 병역기피자, 범죄 은닉자, 알코올중독자, 생활무능력자, 신체장애자, 미친 자, 정부 비난자, 공산주의 동조자, 길거리의 고아, 김일성 노래 부르는 자, 강매하는 자, 부모 형제 때리는 자, 어린 자녀 폭행자 등 비민주적이고 비인간적인 잡초 같고 쓰레기 같고 사회와 가정에 악질적이며 암적인 부랑인들이 도둑 근성, 악질 근성, 공짜 근성, 요행 근성을 가지고 매일같이 똑같은 꼴불견으로 경찰에 의뢰되어 이곳 형제의집에 와서 의식주 해결은 물론 원장의 보호를 받고 있는 실정을 말씀드리옵니다. 국부이신 전두환 대통령 각하, 수용자 전원은 원장님의 신앙관과 애국심 그리고 희생 봉사 정신에 감명을 받고 있는 현실이오며 탄원인 역시 수용자로서, 정문 초소 경비로서 3년간이나 원장님을 지켜보면서 피부로 느끼면서 이 세상에 한국의 하늘 아래 원장님같이 독실하신 신앙인을 처음 보았사오며 그 기백과 희생 봉사는 눈물 없이는 볼 수 없을 정도로 아름다움을 느낍니다. 빛도 이름도 없이 희생 봉사하는 불굴의 사회사업가 원장님께 더욱 용기를 주시옵길 비옵나이다. 일천구백팔십칠년 이월 이십팔일. 문용기."

탄원서 사본을 든 손이 부들부들 떨렸다. 빛바랜 편지지에 쓰인

글씨는 한 자 한 자 날림이 없이 반듯했다. 그가 3년간 국회의원들을 쫓아다니며 법안을 만들고 세상에 진실을 알리려 노력한 것은 아버지의 삶이 애석했기 때문이었다. 평생 어머니의 짐으로, 술주정뱅이로 살아오다 자살로 마무리한 아버지의 삶에도 어쩔 수 없는 이유가 있을 거라는, 이해하고 싶은 마음이었다. 어린 시절 들었던 어머니의 한탄처럼, 정의롭지 않은 사회에서 어쩔 수 없는 이유 때문에 저리 됐을 거라는 막연한 기대였다. 회사를 때려치우면서까지 진실을 드러내려 했는데, 아버지 문용기 씨가 형제의집 방 원장을 위해 탄원서를 썼다는 사실에 허탈감이 밀려왔다. 병호는 탄원서를 책상 서랍에 넣어두었다가 꺼내 읽기를 반복했다. 자신에게 연락을 해오는 수많은 피해자들과 아버지 사이에서 병호는 며칠간 잠을 자지 못했다. 아버지가 이런 사람이었다고 누군가에게 말할 수는 없었지만, 그는 아버지가 이런 사람이어서 형제의집 진상규명 특별법 통과를 주저할 수는 없다고 생각했다. 어쩌면 아버지가 이런 사람이어서, 자신이라도 이 법을 통과시켜야 떳떳한 사람으로, 부끄럽지 않게 살 수 있을 것 같았다. 누구에게도 탄원서를 발견했다고 말할 수 없었다. 그러나 병호는 알고 있었다. 언젠가 진상규명이 시작되면 방 원장의 하수인으로 살아온 수많은 사람들도 드러날 것이다. 아버지의 이름이 드러난다고 해도 어쩔 수 없었다. 조금은 무리한 일을 벌이고 있다는 걸 병호 자신도 알고 있었다. 그러나 자신에게 브레이크를 걸 마음이 들지 않았다. 아버지의 과거 때문에 주저하는 사람이 되고 싶지 않았다. 진실은 드러날 것이고, 누군가는 아파하고 상처를 받으며 드러나는 게 진실이니까. 병호는 자신 또한 그렇게 상처를 받을 각오를 하고 있었다.

준은 병호가 떠난 지 몇 시간 뒤 미연의 아파트로 향했다. 병호가 미연에게 연락하기 전에 자신이 먼저 그녀에게 가야 한다. 미연의 휴대폰은 꺼진 지 오래였다. 아파트 단지에 걸어 들어가는데 미연의 집 거실 창문으로 사다리차가 올라가는 게 보였다. 사다리차 옆에는 이삿짐 트럭이 주차돼 있다. 트럭에 실린 가구는 미연의 것이 아니다. 준이 엘리베이터로 뛰어들어가 버튼을 누른다. 열린 현관문으로 보이는 집 안은 짐이 다 빠져 있다. 신혼부부가 이사업체 직원에게 가구 놓을 자리를 설명하고 있다.

— 여기 살던 분은요?

신혼부부는 이사업체 직원과 대화를 하다 말고 준에게 고개를 돌린다.

— 뭐라고요?

— 이미연 씨.

— 집주인 이름이 이미연이었어?

여자는 고개를 저었다.

— 집주인, 남자잖아. 전에 살던 세입자 이름 같은데.

— 전에 살던 사람이 급하게 이사를 갔다던데 그분인가? 우리가 집 보러 왔을 땐 빈집이었어요.

— 전에 살던 분, 혹시 보신 적 있어요?

— 아니요.

신혼부부는 바쁘다는 표정을 지었고, 이사업체 직원과 대화를 이어갔다. 미연은 사라지길 작정하고 증언대에 오른 것이다. 준은 미연의 학교로 전화를 걸었다.

— 이미연 선생님 계십니까?

수화기 너머로 학생들 소리가 크게 들려왔다. 상대편 교사는 귀찮은 목소리로 전화를 받는다.

— 오늘 똑같은 전화가 여러 번 오네요. 그 선생님 그만뒀어요.

— 언제쯤요?

— 기자분이시죠? 아까도 다른 기자분이 전화하셨는데. 일주일쯤 됐을 거예요.

— 혹시 사직 이유를 알 수 있습니까?

— 모르죠, 뭐. 그리고 안다고 해도 알려드릴 수 있겠어요? 사생활이잖아요.

미연과 연결된 그 무엇도 남아 있지 않았다. 휴대폰, 집 주소, 직장이 끊어지자 애초의 모르던 사이로 돌아갔다. 미연은 흔적을 남기지 않고 사라지기로 마음먹은 사람 같았다. 집으로 돌아오는 내내 머릿속에서는 온갖 생각이 가지를 치고 뻗어나갔다. 혹시 연락을 주지 않을까 싶어 휴대전화를 손에서 놓지 않았다. 휴대전화는 그날 밤이 되도록 울리지 않았다.

모텔로 돌아왔다. 아침에 급하게 나가는 바람에 텔레비전 화면이 그대로 켜져 있다. 대리운전 광고 음악에 맞춰 짧은 바지를 입은 모델들이 흥겹게 춤을 춘다. 준은 벽에 기대앉아 다리 사이에 얼굴을 묻는다. 벽시계 초침이 시간을 쪼갠다. 초침 사이로 불안이 엄습한다. 광고가 끝나고 저녁 뉴스가 이어진다.

"마지막으로 따뜻한 소식 알려드립니다."

앵커는 미담으로 뉴스를 마무리한다.

"버려진 복지재단 건물이 어려운 이웃을 위한 무료 목욕탕으로 변신했습니다. 이사야 재단입니다."

화면은 미연과 함께 다녀온 울산 형제의집 운전면허 교습소 터를 비추었다. 어머니가 숨진 자리다. 부산 형제의집은 20년 전 대형 건설사에 아파트 부지로 팔렸고, 현재는 울산시로 편입된 운전면허 교습소 터만 오래도록 방치돼 있었다. 몇 해 전 형제의집은 이사야 재단으로 이름을 바꾸고 울산 부지를 어떻게 이용할 것인지를 놓고 시청과 힘겨루기 중이었다. 허허벌판이나 다름없는 부지는 주변이 골프장으로 개발되면서 땅값이 수십 배 뛰어올랐다. 재단은 시청으로부터 목적 사업 허가를 받아 리조트를 지으려 했지만 시청은 과거의 잘못된 운영 경력을 거론하며 번번이 허가를 반려했다. 부지는 20년이 넘도록 방치됐다. 이제 부랑인으로 돈을 벌 수 있는 시대는 지났다. 재단이 소유 부동산을 처분해 시세차익을 보든가, 다른 수익 사업을 벌여야 한다. 시가 번번이 허가를 반려하자 방 원장 아들은 버려진 건물 한 동을 어려운 이웃을 위한 목욕탕으로 리모델링했다. 주변에 민가가 없어서 목욕탕을 이용할 주민이 없는데도. 여론을 움직이려는 전략이었다. 방 원장 아들은 구세군 배지를 가슴에 달고 화면에 나왔다.

"젊은 시절 노숙인을 돕던 아버지께서는 현재 치매로 요양 중이십니다. 어려운 이웃을 위해 선한 일을 하시다가 오해를 사시기도 했는데, 예전부터 어려운 이웃을 위한 목욕탕을 짓고 싶다는 말씀을 종종 하셨습니다. 더 늦기 전에 꿈을 이뤄드리려 이렇게 목욕탕을 짓게 됐습니다."

준은 버튼을 눌러 화면을 꺼버렸다. 소파에 걸쳐둔 코트를 입고 모텔방을 나왔다. 뭐라도 하지 않으면 벽시계 초침이 머리를 쪼아댈 것 같았다. 모텔 로비를 지나는데 카운터 직원이 등기우편을 건넨다. 미연이 보낸 편지였다.

오래전부터 자격이란 말이 저를 짓눌렀습니다.

어머니의 죽음을 알고 싶다고 찾아왔을 때 아무 말도 하지 않았습니다. 침묵으로 당신을 모욕했습니다.

은희의 구원을 대신 이뤄준 것이었다면, 죄책감이 매일 찾아오지 않았을 것입니다.

나는 당신 어머니의 자살을 말리지 않았고 그가 죽음에 이르게 했습니다.

죽어서 사람이 되겠다는 그에게 사람이 해서는 안 될 일을 저질렀습니다. 내가 그를 죽였습니다.

당신을 만났을 때 고백하지 못했습니다.

당신이 감당할 수 없을 거라고, 그렇게 변명으로 시간을 유예했습니다.

　이 지독한 죄를 사죄할 인간의 언어를 찾지 못했습니다.

　말로 용서를 구할 수도, 당신의 고통을 덜어낼 수도 없습니다.

　다만 당신의 어머니가 수용소에서 볼 수 없었던, 가장 찬란하고
아름다운 얼굴로 아들을 안았다는 기억을 전합니다.

이미연 드림

21

미연을 다시 만나야 한다. 엄마가 강간을 당한 밤에 잉태된 자신이 살인을 선택한 미연에게 어떤 자격을 말할 수 있는가. 누가 누구에게 자격을 부여할 수 있을까.

준이 거칠게 문을 두드렸다. 인기척이 없다. 미연과 준이 처음 방문한 그날처럼 낮잠이 들었는지도 모른다. 방 원장이 흰 러닝셔츠 위에 카키색 스웨터를 입다 말고 문을 열었다. 준이 미연으로부터 받은 등기우편에는 방 원장이 사는 양산시 우체국 소인이 찍혀 있었다. 미연이 편지를 보내기 전에 이곳을 찾았을 것이다.

― 게 누구요?

문이 열리자 대답 대신 방으로 들어갔다. 여전히 자신을 소개하지 않았고, 방 원장 또한 묻지 않았다. 매일 기억을 폐기하는 노인에게 누군가를 아는 일은 필요치 않다. 그는 지난번보다 피로한 얼굴로 얕은 한숨을 쉰다.

― 요즘 뭔가 피로한 일들이 많군.

방 원장은 냉장고에서 스카치 한 병과 유리잔 두 개를 꺼냈다.

― 마시겠어?

준은 긍정도 부정도 하지 않았다. 어머니는 28년 전 살해되었다. 동의된 살해이며, 자살이었다. 가해자도, 피해자도 없는 살인이었다. 준은 어머니를 죽인 여자와 함께 태어나서 한 번도 만나보지 못한 어머니의 흔적을 찾아다녔다. 엄마를 만났다면 이런 느낌이었을지 상상하게 한 여자, 한순간이나마 엄마처럼 느껴졌던 사람은 이제 사라지고 없다.

준 앞으로 방 원장이 탁자를 끌어다 놓았다. 탁자 위에 두 잔의 스카치를 올려놓고는 준 쪽으로 한 잔을 민다.

― 요양원에선 술이 금지돼 있소. 몰래 한 병씩 마시지. 한 잔씩, 한 잔씩. 끔찍한 계절을 지내는 방법이오.

방 원장은 스카치 한 잔을 들이켜더니 창가에 기댔다. 적막한 방에는 시간이 흐르지 않았다. 방 원장의 시계는 언제나 지금이었다.

― 가을을 싫어하시나 보죠.

― 혐오하지. 겨울은 더욱.

방 원장은 마시던 스카치 잔을 탁자에 내려놓고는 단풍이 떨어진 창밖을 가리켰다.

― 나뭇가지가 사람 손처럼 보이지 않아? 직선인 것처럼 보이는데 자세히 보면 구불구불하기 이를 데 없어. 파열의 흔적이지. 시간의 자국이고. 볼품없고 오래된 것들이 드러나는 계절을 혐오하지.

— 여길 온 적이 있습니다.

— 자네가 다음에 와도 기억하지 못할 거야. 소개 같은 건 내게 하지 말게.

준은 조바심을 내비치지 않으려 스카치 잔을 들어 목을 축였다. 의심이 더해지며 혼란스러웠다. 그가 기억을 잃어버린 건지, 기억을 놓은 건지, 기억을 잃어가는 중인지. 이 방에 들어오기 전 1층 안내 데스크 직원은 며칠 전 한 여자가 양손에 초콜릿을 가득 들고 요양원을 방문했다고 전했다. 요양원 어르신들에게 전달할 선물이라면서, 인근 성당에서 봉사활동으로 나왔다고. 책상에는 노트 한 권과 포장을 뜯지 않은 초콜릿 상자가 놓여 있었다.

방 원장이 창가로 걸어가 암막 커튼을 치자 공간은 순간 어둠에 휩싸였다. 서로의 모습이 눈앞에서 사라졌다. 깜깜한 가운데 스위치를 찾으려 벽을 더듬는 소리가 들린다. 딸깍 소리와 함께 불이 켜졌다.

— 흐음.

햇빛 없는 실내를 마음에 들어 하며 방 원장은 흡족한 얼굴로 다가왔다. 불안이 더해져가는 준의 눈동자를, 박제된 늙은 눈이 응시한다. 방 원장은 준에게서 눈을 떼고는 탁자에 놓인 스카치 잔을 여유롭게 들어 올린다. 미연에 관한 기억을 끌어내야 한다. 준은 스카치를 홀짝이는 방 원장에게 조바심을 숨기며 물었다.

— 과거를 떠올리기가 두려운가 봐요? 기억나지 않는다는 말이 기억하기 싫다는 말로 들려서요.

— 과거? 기억?

방 원장은 오른손으로 수염을 만지작대더니 옅게 미소 지었다.

— 두려운 건 아니야. 죽음도 두렵지 않지. 자네는 내가 살아 있는 것처럼 보이나?

방 원장은 검버섯 핀 얼굴에 손을 갖다 대더니 늘어진 피부를 잡았다 놓았다. 남의 가죽을 만지듯이.

— 누구도 기억하지 못하는 내가, 나 자신조차 잊은 내가 살아 있긴 한 건가. 의미 없는 순간들이 굴러가지. 시간도 무게도 질량도 없이. 나를 잡아당길 기억 같은 건 없어. 날 불쌍히 여겨도 좋네.

방 원장이 왼쪽 입꼬리를 올리며 웃는다. 누런 이들 사이에서 두 개의 금니가 번쩍였다.

— 반쯤은 죽었고, 반쯤은 살아 있지. 언제 죽었는지는 알 수 없어. 산 사람보다 낫다면 낫다고도 할 수 있지. 지랄맞은 기억이 없으니. 죽음이 두려운 게 아니라⋯⋯.

방 원장의 말이 길어질수록 준은 초조해졌다. 노인이 자신을 경계하도록 해선 안 된다. 준은 애써 태연한 표정을 지으며 미연에 관해 물을 기회를 기다린다. 준은 방 원장의 말을 거든다.

— 죽음이 두려운 게 아니면요?

— 죽음을 두려워하는 자들을 혐오하지. 살아남기만을 바라는 자들을 혐오하지. 숨만 쉬려고 하는 사람들, 시시하잖아.

— 시시해서 그런 거예요? 기억 따위는 없는 척?

방 원장이 손바닥으로 허벅지를 때리며 킬킬 웃는다. 감색 코듀

로이 바지를 때릴 때마다 둔탁한 소리가 났다. 방 원장은 스카치 잔에 술을 따랐다. 잔이 흘러넘쳐 테이블보를 적시는데도 개의치 않는다. 스카치 잔을 잡더니 눈높이로 들어 올렸다.

— 자네의 시작을 받아들이나? 자네가 어떻게 태어났는지 묻는 걸세.

방 원장은 질문을 던지고선 스카치 잔을 한 번에 비웠다. 그들은 상대의 대답에 집중하기보다 언제 자신의 이야기를 꺼낼지 재고 있었다.

— 최근에 당신을 찾아온 여자를 찾고 있습니다.

— 글쎄, 내 기억은 곧잘 휘발된다니까.

방 원장이 까슬까슬한 아래턱을 왼손으로 만지자 준은 책상 위에서 초콜릿 상자를 들어 올렸다.

— 아직 먹지 않았군요. 그 여자가 가져온 초콜릿.

방 원장은 의자에 허리를 깊숙이 파묻고는 눈을 감았다.

— 키가 크고 뚱뚱한 여자였나? 얼굴이 파리하게 창백한 여자였나? 어때, 지금 내가 소설 한 편을 쓴다면 들어보겠는가?

노인은 스무고개라도 하는 것처럼 흥분한 표정을 지으며 준을 들었다 놓는다.

— 그 사람, 뭐라고 하던가요?

— 말이라는 건 믿을 게 못 되지.

— 이미연 씨가 이곳에 왔는지 지금 내가 묻고 있지 않습니까?

준의 목소리가 높아졌다. 방 원장은 당장이라도 일어나서 자신의 멱살을 잡을 것 같은 준에게 뜸을 들인다.

— 알고 싶어?

순간 분노가 치밀어 올랐지만 준은 자리에서 일어나지 않았다. 감정을 드러내지 않아야 한다. 미연의 행방을 노인이 알고 있을지 모른다. 방 원장은 책상으로 걸어가 노트 한 권을 꺼내 스카치 잔 옆에 놓는다. 준이 노트에 손을 대려 하자 방 원장이 잡아챘다. 그가 노트를 펼치려다 다시 뜸을 들였다.

— 다 기억하지는 못하네. 찾아온 사람들의 말을 그때마다 기록해놓지. 다 기록하는 건 아냐. 사실 말이야. 이건 비밀인데.

방 원장은 튀어나올 듯이 눈을 크게 뜨더니 허벅지를 치면서 웃음을 터뜨렸다. 그러고는 천천히 말을 이어갔다.

— 그들이 말하는 대로 적진 않아. 말이 사실인지 사실이 아닌지 증명할 수도 없고, 하찮은 말들을 왜 불러주는 대로 적어야 하지? 사실은 말일세. 난, 내가 듣고 싶은 말을 적어. 어차피 사람들도 듣는 게 아니라, 듣고 싶은 말을 듣는 거 아닌가? 난 솔직하고 싶어.

방 원장은 코끝까지 흘러내린 안경을 밀어 올렸다. 미간의 주름이 깊어진다.

— 알려줄까? 내 기록 방식은 좀 특별해. 말을 그대로 적으면 빨간색. 그 외는 검은색. 검은색의 말은 내가 믿고 싶은 대로 쓴 거고, 빨간색은 그가 실제 한 말이지. 이것 봐. 그 여자의 말은 빨간색으로 기록됐어. 그 여자가 내게 좀 특별한 인상을 남겼나 보지. 한 여자가 내게 찾아왔다는 기록이 붉은색으로 남아 있군.

— 왜 그대로 기록한 거죠?

방 원장은 노트를 다시 들고 한 페이지를 넘겼다.

— 그 여자는 내가 수천 명의 사람을 감금했다고, 용서받고 싶지 않느냐고 물었어.

— 용서받고 싶은 마음이 당신에게 있긴 한 거야?

아무렇지 않은 척, 느긋이 미연에 관해 물으려 했지만 준은 자꾸만 조급해졌다. 사람 목숨으로 장사를 하던 자가 이제는 기억을 갖고 흥정을 벌인다. 역겨운 감정을 참아낼 수 없었다.

— 태어나면서부터 시작되는 게 죄 아닌가? 모든 사람은 용서를 구해야지. 다 그런 거 아닌가?

— 그런 걸 자기합리화라고 하지. 당신은 자신을 속이고 있어. 지독히 불쌍한 인간이지.

— 다들 버티면서 사는 거지. 남들을 속이고, 자기를 속이면서. 자네도 초라함을 견디고 있는 거 아닌가?

— 그 여자가 어디로 갔는지 말해. 거기에 적힌 대로. 그 여자의 말이 당신에게 어떻게 다가왔는지 모르겠어. 그대로 기록한 걸 보면 어떤 이유가 있었겠지.

— 더는 답할 게 없을 것 같네. 어디로 갔는지, 그걸 알고 싶어서 찾아온 건가? 그쪽이 스스로 찾아야 할 답이지. 내가 아니라.

노인은 노트를 챙기고는 배식 시간이라며 방을 나갔다. 방 원장의 공간에 홀로 남은 준은 열패감에 견딜 수 없었다. 흥분한 건 자신이지, 방 원장이 아니었다. 미연의 흔적을 찾아다녔으나 그녀에 대해 알려진 바는 별로 없었다. 꽤 유능한 영어 교사였다는 것, 입시 영어를 가르치긴 했지만 영문학을 가르치는 일에 열심이었다는 것, 학교에서는 있는 듯 없는 듯한 존재라 오히려 교직 생활을 하기에 무난한 성격이었다는 것 정도였다. 오래 거주한 아파트에도 그녀를 아는 이웃이 없었다. 미연은 출퇴근 시간 외에는 모습을 드러내지 않았다. 그녀가 유일하게 매일 드나든 곳은 편의점이었다. 집을 비우기 전 편의점에서 생수와 요구르트, 바나나를 구매한 것이 그녀의 마지막이었다. 편의점 직원은 그녀에 대해 기억나는 게 없다고 했다. 미연이 쓰던 가구들은 수거용 스티커가 붙은 채 아파트 입구에 버려졌다.

미연과 단독 인터뷰를 하고 싶다던 방송국은 한두 차례 연락을 하다 그만뒀다. 증언대회도 잊혀갔다. 그녀가 사라진 지 열흘째, 준은 허탈한 마음에 다시 미연의 아파트로 찾아갔다. 아파트 화단에는 화장대 한 대만 덩그러니 놓여 있다. 미연이 쓰던 가구다. 다른 가구들은 수거용 스티커가 붙어 구청 트럭에 실려 갔지만 화장대만 스티커가 붙어 있지 않았다. 첫 번째, 두 번째, 세 번째 서랍이 텅 비어 있다. 마지막 서랍을 열었을 때 손톱깎이와 명함첩 하나가 나왔다. 명함첩에는 상호가 적힌 몇 개의 회사 명함이 꽂혀 있었다.

준은 네 곳 모두에 전화를 걸었다. 명함에 적힌 여행사는 이미연이라는 이름을 기억하지 못했다. 폴란드로 단체 출국한 학교 이름을 대자 지난여름 단체 예약을 진행한 손님일지도 모른다는 대답이 돌아왔다. 출판사에서도 이미연이라는 사람을 알지 못한다고 했다.

반찬 가게 주인은 손님들의 이름을 일일이 기억하며 장사하지는 못한다고 퉁명스럽게 답했다. 마지막 남은 명함이 추모관이었다. 추모관은 전화를 받지 않았다. 미연의 딸이 있는 곳일지도 모른다. 차를 렌트해 서울에서 두어 시간 떨어진 추모관으로 향했다. 준은 추모관 입구에 차를 세우고 산책로를 달렸다. 입에서 더운 입김이 나온다. 턱까지 찬 숨을 고르며 추모관 입구에 도착한다. 추모관 어디에서도 사람의 기척은 들리지 않는다. 복도를 따라가며 살펴봤지만 미연은 보이지 않았다. 유족 명단에서 미연이라는 이름을 찾는다. 재희라는 아이의 추모함에 시든 강아지풀과 머리 방울이 놓여 있었다. 추모관을 빠져나가 산책로를 걸으며 미연의 이름을 불렀다.

22

미연은 개의치 않고 차의 속도를 높였다. 앞을 내다볼 수 없을 정도로 비가 휘몰아쳤다. 와이퍼로 정면 유리를 닦아도 떨어지는 비의 속도를 따라갈 수 없다. 히터를 틀지 않아 입에서는 입김이 나왔다. 마지막 생수병을 입에 털어 넣고 뒤로 던졌다. 차에는 이제 마실 물과 음식이 없다.

집을 나서기 전 가구를 모두 버렸다. 돌아올 가능성이 없어 보였다. 어디로 갈지 정하지는 않았다. 몇 벌의 옷과 속옷이 든 가방을 들고 현관문을 나서기 전 빈집을 돌아보았다. 오래도록 살던 집이 남의 공간처럼 낯설었다. 한 번도 오래 떠난 적이 없는 집을 나와 긴 여행에 나섰다.

처음 도착한 곳이 은수의 요양원이었다. 어떤 날은 온화하고, 그렇지 않을 때는 화를 내는 은수가 미연에게 옅은 미소를 보였다. 소리를 지르지도, 물건을 던지지도 않았다. 두 사람은 병원 뒤편 저수지로 산책을 나갔다. 은수가 탄 휠체어를 밀며 20여 분을 걷는 동안 미연은 작별을 고하지 않는다. 휠체어에 앉아 저수지를 바라보는 은수 앞에 무릎을 꿇고서 담요를 허리춤까지 올려주었다. 은수는 휘파람으로 가는 바람 소리를 냈다. 요양원 허락을 받고 산책을 나왔지만 오래 자리를 비울 수는 없었다. 휠체어를 밀며 요양원으로 되돌아왔다. 병실로 돌아온 은수는 곧 잠이 든다. 미연은 가방을 들고 병실 문을 나섰다.

운전대를 잡고 다시 길을 떠난다. 휴대전화는 꺼진 지 오래다. 여행을 다닌 적이 없어서 딱히 갈 곳이 떠오르지 않았다. 전남편 지훈과 같이 살 때도 어디로 떠난 적이 없다. 신혼여행지에서도 식당에 앉아 밥을 먹고 차를 마시는 것 외에는 낯선 곳을 돌아다니지 않았다. 지훈은 혼자 현지 시장에 갔다가 호텔로 돌아오곤 했다. 재희를 낳고서는 아이 핑계를 대며 여행을 가지 않았다. 학교 수학여행과 해외 탐방은 여행이 아닌 출장이었다. 내키는 대로 도로를 달리다 끌리는 표지판 앞에서 핸들을 돌렸다. 해변에 앉아 해 질 시간을 기다렸다. 어시장에서 저녁을 때우고 다음 날이면 고속도로를 달렸다. 한번은 마을회관에 차를 세웠다. 화투 치는 할머니들이 어디서 왔느냐고 물었고 미연은 길을 잘못 들었다고 말했다. 이상하리만큼 불안하지 않았다.

집을 나선 지 나흘째 강풍주의보가 발효됐다. 차의 속도를 높였다. 빗방울이 유리창에 부딪친다. 딸의 추모관 입구에 차를 세웠다. 강아지풀을 한 아름 안고 산책로를 걷는다. 구두 안으로 자꾸만 빗물이 새어 들어왔다. 추모관 건물 입구에서 젖은 신발을 벗는데, 선 채로 한쪽 구두를 벗다가 휘청거리며 넘어진다. 바닥에 주저앉아 빗물이 떨어지는 구두를 바라본다. 맨발의 미연이 긴 복도를 따라 걷는다. 단정한 죽음들이 도열해 있다. 개별적이었던 죽음이 한데 모였다. 복도 끝에 있는 딸의 추모함 앞에 선다. 추모함을 열고서 시든 강아지풀 한 아름을 넣고 아이 사진을 꺼냈다. 심장 위로 사진을 포갠다. 손수건으로 딸의 유리함을 닦았다. 아이를 밀쳤던 맨손으로 닦을 수는 없었다.

미연은 추모관에서 나와 하룻밤 묵을 곳을 찾는다. 근방을 돌아다녀도 여인숙이 보이지 않을 만큼 외진 곳이었다. 같은 곳을 세 번째 돌았을 때 길 옆에 세워진 오래된 모텔을 발견했다. 방금 전까지 같은 자리를 맴돌았는데 왜 이 모텔을 보지 못했는지 의아했다. 영문 네온사인 간판에서 LOVE의 L과 V가 사라져 이빨이 빠진 것처럼 보였다. 프런트를 지키는 노파는 카드 키가 아닌 열쇠를 내밀며 오늘 이용객은 손님뿐이라고 말한다. 열쇠를 돌려 방문을 열자 캄캄한 실내에서 타인들의 냄새가 밀려든다. 인적 드문 곳에서 하루를 묵는 사람들은 자신처럼 유족일지 모른다는 생각을 한다. 실내 불을 모두 켠다. 텔레비전 리모컨을 들고 이리저리 채널을 돌리다 아무 채널이나 틀어두었다. 커튼을 열자 저 멀리 재회가 있는 추모관이 보였다. 의자 하나 없는 모텔방 벽에 등을 붙이고서 앉는다. 가방에서 휴대전화를 꺼내 전원 버튼을 눌렀다. 휴대폰이 켜지면서 부재중 전화와 메시지 알림이 연쇄적으로 울린다. 준이 보낸 것이었다. 되는대로 운전하는 동안 준이 생각나지 않은 것은 아니다. 고속도로 한가운데서, 국도에서, 신호등 앞에서, 편의점에서 도시락을 사며. 준에 대한 생각을 떨치려 해도 멈춰지지 않았다.

전남편의 전화번호를 누른다. 리모컨을 들어 텔레비전을 무음으로 설정했다. 미연이 먼저 지훈에게 전화를 건 것은 딸이 죽은 이후 처음이다. 지훈이 당황스러운 목소리로 전화를 받는다.

— 미연아, 무슨 일 있어?

— 며칠 바람 쐬러. 여행 중이야.

둘 사이에 침묵이 흐른다. 지훈은 할 말을 찾아보지만 딱히 할 이야기가 없다. 결국 지훈은 죽은 딸아이에 대해 이야기한다.

— 내년에도 같이 추모관 갈 거지?

— 이제 당신 혼자 가야 할 것 같아.

추모관에 가지 못할 만한 일이 뭐냐고 묻지 않는다. 지훈의 방 텔레비전 화면에서 미연의 얼굴이 클로즈업된다. '형제의집 피해자 증언 나섰던 한국외고 여교사, 과거 살인 의혹.' 화면은 미연이 살던 아파트로 전환됐다. 미연이 지금 어디서 전화하는지 알 수 없었다. 지훈은 헤어진 아내에게 어떤 것도 물을 엄두가 나지 않았다.

— 재희 생일 때마다 나랑 추모관에 갔었잖아.

— 엄마 자격도 없는데 무슨……. 서운해?

— 미연아.

— 응.

지훈이 리모컨을 들어 채널을 돌린다. 미연의 얼굴이 더욱 크게 화

248

면을 채운다. '한국외고 여교사, 형제의집 피해 증언자에서 28년 전 살인자로.' 텔레비전을 껐다. 미연과의 마지막 통화일지도 모른다.

— 너, 좋은 엄마였어. 가끔 그랬던 거고……. 재희도 알 거야.

미연은 뜨거운 무언가로 목이 멘다.

— 지훈 씨도 좋은 남편이었어. 우리가 거기까지였던 거지.

미연이 먼저 전화를 끊었다. 텔레비전 화면을 가득 채운 자신의 얼굴을 가만히 바라본다. 꽃 피는 계절에 딸을 안고 아파트 화단에서 찍은 사진이었다.

23

준은 그해 겨울 폴란드로 돌아가지 않았다. 회사에는 이메일로 사직서를 보냈다. 직장을 그만두니 통장 잔액이 바닥으로 내려간다. 휴대폰이 울리지 않는다. 모텔 테이블엔 빈 사발면 그릇이 쌓여갔고, 화장실 세면대는 사흘이 멀다 하고 막혔다. 미연이 사라졌다고 해서 세상에 없는 존재가 된 것은 아니다. 어디에 있는지 알지 못할 뿐이다.

며칠에 한 번씩 미연이 살던 아파트에 찾아가거나 방 원장이 있는 요양원 안내 데스크로 전화를 걸었다. 텔레비전을 켜고 멍하니 몇 시간씩 화면만 쳐다봤다. 소파에 깊숙이 앉아 예능인들을 보고 있으면 그들이 아는 사이처럼 느껴졌다. 병호를 제외하면 아는 사람 하나 없는 한국에서 텔레비전에 나오는 사람들만이 익숙해졌다. 편의점 도시락은 아무리 먹어도 배가 부르지 않았다. 허기를 달래주지 않는다. 미연은 준에게 짧은 편지 외에는 어떤 해명도 남기지 않았다. 그녀가 세상에서 종적을 감춘 것도 자신 때문인 것만 같았다.

토요일 저녁이었고 배가 고팠다. 여느 날처럼 편의점에 가서 도시락을 샀다. 모텔로 돌아와 전자레인지에 2분을 돌렸다. 텔레비전을 켜고 다섯 남자가 좌충우돌 여행을 떠나는 프로그램을 틀어놓았다. 텔레비전 속 다섯 남자는 여행 중에 게임을 시작했다. 순위가 결정되던 찰나에 준의 휴대전화가 울렸다. 모르는 번호였다. 전화를 받자 중년의 남자가 다급한 말투로 이름을 불렀다.

— 준 씨?

— 네.

— 방인곤 씨 아시죠?

텔레비전 화면 속 다섯 남자가 쾅 소리를 내며 호텔 방문을 닫는다. 미연이 사라진 지 두 달이 지나서야 방인곤 원장의 이름을 다시 듣는다. 모르는 중년 남자에게서.

— 방인곤 환자분이 사라지셨어요. 정말 죄송합니다. 환자분 아드님은 연락이 안 돼서요. 지난번 요양원에 오셨을 때 방인곤 환자의 조카분이라고 안내 데스크에 이름이랑 전화번호를 남기셨잖아요. 방문 기록에 있어서 전화를 드렸습니다. 환자분 마지막 모습이 CCTV에 잡혔어요. 방인곤 환자분 옆에 어떤 여자분이 있는데, 두 사람이 다 사라졌어요.

전화를 건 사람은 방 원장이 입원해 있는 요양원 직원이었다. 준은 전화를 끊고서 양산의 요양원으로 향했다. 요양원 직원은 침착한 얼굴로 준을 맞았다. 관리 책임을 피하기 위해서였는지 경찰에 실종 신고를 하지 않은 채 준을 기다리고 있었다. 방 원장 아들 내외의 전화기는 꺼져 있었다. 방 원장 아들이 대표로 있는 사회복지법인 쪽에 전화를 걸었더니 해외 출타 중이라는 답변이 돌아왔다. 경찰에 신고하는 순간, 미연은 치매 노인을 유괴한 혐의로 붙잡힐 것이다. 준은 직원에게 우선 기다려보자고 말했지만 불안하기는 마찬가지였다. 지금이라도 신고를 해야 하는지 판단이 서지 않았다.

직원과 함께 CCTV를 돌려 보았다. 세 개의 장면이 잡혔다. 방 원장이 먼저 계단을 내려오고 미연이 뒤따라 내려오는 장면, 미연이 운전석 문을 열자 방 원장이 조수석 문을 여는 장면, 차에 탄 두 사람이 대화를 하면서 요양원 정문을 빠져나가는 장면이었다. 납치라고 단정할 만한 정황은 나오지 않았다. 화면상에서 미연과 방 원장은 익숙한 사이처럼 걸으면서 대화를 나눴고 함께 차를 타고 떠났다. 왜, 어째서라는 빈칸이 채워지지 않는다. 방 원장에게 특이한 점은 없었는지 물었다. 직원은 방 원장이 평소 수면제를 먹어야 잠이 들었고, 규칙적인 산책과 식사를 했으며, 특별히 우울증 증세를 보이진 않았다고 말했다. 아침 7시에 일어나 식사를 하고 9시부터 신문과 책을 보았으며, 12시에 점심을, 오후 6시에 저녁을 먹은 뒤 방으로 돌아가는 규칙적인 생활을 했다고 전했다.

미연과 함께 사라진 시간은 오후 2시로 평소엔 방에 틀어박혀 책을 보거나 요양원을 둘러싼 오솔길을 산책하는 시간이었다. 대다수 요양원 직원들이 낮잠을 자거나 시내에 나가 개인적인 볼일을 보는 시간이기도 했다. 때마침 그날 당직 직원은 안내 데스크를 비웠고, 미연은 방문자 명단에 이름을 쓰지 않고 곧바로 방 원장에게 갈 수 있었다. 미연은 방에 들어간 지 정확히 15분 뒤 방 원장과 함께 나왔다.

직원은 해가 저물면서 긴장감을 놓은 것 같았다. 조카라고 속인 준이 자신을 나무라지 않고 오히려 실종 신고를 막자 안정을 찾은 듯했다. 준은 이제라도 신고를 해야 하는지 갈등하고 있었다. 미연이 방 원장에게 극단적인 행동을 할지 모른다는 불안과 그럴 사람은 아니라는 안도가 뒤섞였다. 자신이 사라진 사이에 요양원 직원이 경찰서에 신고할지도 모른다. 미연이 방 원장을 데리고 올 때까지 직원 곁에서 지켜야 한다.

저녁 9시가 지나자 요양원 직원은 텔레비전 앞에서 졸린 눈을 비비고 있었다. 요양원 직원과 저녁 식사로 시켜 먹은 짜장면 때문에 준은 소화가 되지 않았다. 요양원 관리는 허술했다. 부유층 노인들이 들어오는 요양원이라서 관리가 엄격한 편은 아니었다. 사생활 침해를 염려하는 가족들이 이곳에 노인을 맡겼다. 치매라고 해도 경증 치매가 대부분이었고 자녀들이 버리다시피 한 노인들은 죽을 날만 기다렸다. 요양원은 산림욕을 할 수 있는 숲이 있어 최고의 노후생활을 보낼 수 있다며 노인들을 끌어들였다. 서울과 멀어서 자녀들이 늙은 부모와 떨어져 지낼 수 있다는 게 이곳의 실제 영업 전략이었다. 보통의 요양원에서와 달리 버려진 노인들은 자존심 때문에 서로 관계 맺기를 꺼렸다. 관리인들의 노크도 반가워하지 않았다. 아파트처럼 각 동별로 건물이 구분됐고 경비나 식사는 외부 용역업체에서 관리했기에 안내 데스크 직원이 상주하는 관리 인력의 전부였다.

배가 아파서 안내 데스크에 앉아 있기가 어려웠다. 중국집 배달원은 빈 그릇을 찾으러 오지 않는다. 텔레비전에서는 출생의 비밀을 알게 된 드라마 여자 주인공이 친엄마를 만나는 장면이 나오고 있었다. 준과 요양원 직원은 밤이 깊도록 안내 데스크에 박혀 있었다. 드라마를 보던 요양원 직원은 졸기 시작했고, 콧소리를 내며 숙면에 들어갔다. 안내 데스크 전화가 울렸다. 준이 전화기를 집어 들었다.

— 방인곤 씨가 거주하던 요양원 맞습니까?

낯선 남자가 물었다.

24

살인자가 되니 모든 것이 달라졌다. 인터넷 곳곳에 떠돌아다니는 자신의 얼굴을 미연은 물끄러미 바라본다. 낯선 얼굴이었다. 모두들 자신을 찾았다. 휴대폰엔 모르는 번호가 하루에도 수백 통씩 찍혔다. 28년 전의 그 일이 보도되면서 일생이 털렸다. 어느 학교에서 근무했고, 아이들에게 어떤 선생이었는지, 어떤 이웃이었는지.

모텔 구석에 앉아 네 개에 만 원 하는 수입 맥주를 한 캔 땄다. 맥주잔의 거품이 사그라드는 동안, 준과의 시간을 떠올렸다. 자신이 은희를 죽이지 않았다면 그가 엄마를 만났을지도 모른다는 생각. 은희에게 준을 데려다주는 상상. 하루는 모텔방에서 스포츠 채널을 틀어놓고 컵라면을 먹었다. 역도 경기가 중계되고 있었다. 심판이 호루라기를 불 때까지 선수는 역기를 들고 버텨야 한다. 삑 소리가 들리면 역기를 내던졌다. 자신에게도 누군가 호루라기를 불어준다면. 기억을 던질 순간이 올까.

미연은 모텔에서 체크아웃을 하고 다시 자동차에 오른다. 방 원장이 있는 요양원 정문을 지난다. 오후 2시의 요양원은 긴 잠에 빠져 있다. 안내 데스크 직원은 자리를 비웠다. 망설임 없이 문 앞에서 노크를 했다. 노인은 이름을 묻지 않은 채 문을 열어줬다. 세 번째 방문이었으므로 미연은 망설임 없이 의자에 앉았다. 노인은 냉장고 앞에서 물었다.

— 뭘 마실 텐가?

미연은 고개를 저었다.

— 그럼 뭘 먹을 텐가?

— 당신을 데리러 왔어요.

— 나를?

— 기억을 돌려주려고.

— 찾아서 뭐 하게?

방 원장은 냉장고 문을 열다 말고는 웃음을 터뜨렸다. 웃음이 멎질 않는 데다 사레가 들려서 숨을 헐떡거렸다. 침대 한쪽에 기대앉은 노인에게 미연이 말했다.

— 따분하고 무료하잖아.

— 내가?

— 사람들이 찾아올 때마다 쓴다는 노트. 거기 기록에 누구도 없다는 거, 알아. 실은 아무도 당신을 찾지 않으니까. 1층 안내 데스크 방문객 명단에서 봤어. 아무도 없더군. 내가 당신의 노트에 적힌 최신 방문 기록이겠지.

— 누가 찾아온다고 뭐가 달라져? 나 같은 치매 환자가.

— 다음 날 잊을 기억이니까, 하루쯤 가지는 것도 나쁘지 않잖아.

— 나한테 득이 되는 게 뭐지?

— 내 기억 속엔 당신이 있는데 당신은 기억하지 못하니까. 당신이 과거를 갖게 되면 우리는 어느 시간 속에서 만나게 되겠지. 그냥 놀이라고 생각해. 재밌는 상상.

— 우리가 오래 아는 사이였어?

— 방문객이 없는데도 당신은 가짜를 만들어 그 노트에 쓰잖아. 지겨워 미칠 것 같아서.

방 원장의 귀가 빨개졌다. 책상 위에 올려둔 노트를 서랍 안에 넣고는 쾅 닫았다. 그렇다고 미연의 말을 부정한 것은 아니었다. 원장은 자신이 기억을 잃은 건지, 잃고 싶었던 건지 스스로도 헷갈렸다.

— 난 진실 말고 진짜를 원해. 진실이라 말하는 것들을 믿지 않아. 그냥 믿고 싶은 걸 믿는 사람들이 진실 타령을 한다니까.

— 나랑 같이 떠나. 거기에 가면 진짜가 있을 거야.

원장은 어디인지 묻지 않았다. 옷장에서 점퍼를 꺼내 입었다. 오래된 점퍼는 언제 산 것인지 품이 남았다.

미연은 방 원장이 순순히 동행할 거라고 확신했다. 방 원장은 3년 만에 처음 요양원 문을 나섰다. 아들 내외는 돈을 부치거나 전화를 했지만 1년에 한 번 보는 게 다였다. 미연이 차에 시동을 걸자 노인은 자못 흥분한 표정을 지으며 차창 밖으로 얼굴을 내밀었다.

두 사람은 고속도로 휴게소에서 사이다와 우동을 사 먹었고 자동차 안에서 자일리톨 껌을 씹었다. 방 원장은 이런저런 질문을 했으나 미연은 도착해서 이야기하겠다는 짧은 답변 외에는 별다른 말을 하지 않았다. 그들이 도착했을 때는 해가 지고 있었다. 멀리서 녹슨 간판이 보였다. '노동이 너희를 자유케 하리라.' 20년 넘게 방치된 간판이 오른쪽으로 기울어져 있다. 형제의집에 있을 때 매일 보던 문구다.

간판 옆으로 플래카드가 휘날린다. '경축, 목적 사업 인허가'라고 적힌 플래카드 밑으로 개발 예정인 리조트 조감도가 붙어 있다. 온천수가 터진 이곳에 방 원장 아들은 복지법인 사업으로 리조트를 짓겠다고 시청에 신청서를 넣었다. 2년 넘게 반려되던 사업은 이틀 전 시청의 허가를 받았다. 어려운 이웃을 위해 만들었다는 목욕 시설은 굳게 잠겨 있다. 3년 만에 요양원 밖으로 나온 방 원장은 기념관에 온 것처럼 자신이 일군 건물을 신기한 눈으로 바라본다. 때가 낀 건물 벽을 만져보고 녹슨 간판을 가만히 응시했다.

과거 방 원장이 조성하던 운전면허 교습소 부지는 초라하게 사그라져 있었다. 걸인들을 가두어 노예로 부리던 시간이 전혀 없었던 것처럼. 방 원장은 빨간 벽돌로 지어진 건물 앞에 섰다.

— 여기가 내가 살던 곳인가?

— 당신이 지은 감옥.

문은 낡다 못해 반질거렸다. 방 원장이 문고리를 잡고 열려고 했으나 쉽게 열리지 않았다. 문 앞에서 방 원장이 미연을 돌아본다.

— 당신도 여기에 살았었나?

— 감금됐었지. 4년간.

— 내가 여기를 지었다고?

— 사람들을 잡아들였어.

— 그리고 내가 뭘 한 거지?

— 죽이고 패고, 하고 싶은 대로. 여기에는 법도 사람들의 눈도 없었으니까. 당신이 왕이었고.

— 한때 내가 왕이었다니 영광인데? 한때 버러지로 살았다는 것보다는 듣기가 낫군.

— 당신이 가둔 곳에서 나는 돌아오지 못했어.

— 유감이군.

— 거기서 이미 죽었으니까.

— 당신, 소설가 기질이 있군. 흥미로워. 내일이면 다 잊어버리겠지만.

— 잊지 않게 해줄까?

미연이 낮은 목소리로 묻자 노인이 불쾌하다는 듯이 되물었다.

— 무슨 말이 하고 싶은 거야?

— 당신은 참회를 해야 해. 변명이 아니라.

노인은 양손을 높이 올리더니 연극 무대에 오른 배우처럼 미연을 향해 한껏 목소리를 높였다.

— 어때, 나를 그때 그 순간으로 쏘아 올려봐. 어서.

미연은 지는 해를 바라보며 스물두 살의 여름을 떠올렸다. 이글거리는 태양을 향해 눈을 부릅뜨던 그날, 칼을 든 채 누구를 찔러야 할지 막막해했던 그날. 미연이 목재소로 걸어가자 노인이 몇 걸음 떨어져 따라왔다. 준과 이곳에 왔을 때도 차마 목재소 문만은 열 수 없었다. 이 문을 열면 그날 밤이 되돌아올 것이다. 미연은 목재소 손잡이를 잡은 채 쉽게 열지 못한다. 용기를 내어 문을 열자 매캐한 공기가 훅 밀려 나왔다. 방 원장이 먼지를 잡으려는 듯 손을 휘젓는다. 썩은 나뭇조각들과 공구가 굴러다니는 바닥을 지나 은희가 숨진 안쪽으로 걸어 들어간다. 방 원장이 목재소를 둘러보는 사이 미연은 안쪽에서 자물쇠로 문을 잠그고 열쇠를 주머니에 넣었다. 창문이 세 개 뚫려 있지만 폭이 좁아서 성인 남성이 빠져나갈 수 없다. 28년 전의 미연이 기어 들어온 창문이다. 이제 어른이 되어 빠져나갈 수 없는 창문이었다.

방 원장은 썩은 장작을 밟고 지나가다 캐비닛 위에 놓인 형제의 집 팸플릿 한 장을 발견한다. 까치발을 하고서 오래된 종이를 집어 든다. 30년 전의 젊은 자신과 대면한다. 어린아이처럼 사진 속의 남자를 뚫어져라 바라보고는 젊은 그 남자를 매만진다. 오래된 유물을 발견한 것처럼. 미연은 잠근 문 앞에서 방 원장에게 말한다.

— 이제 용서받을 기회를 주려고.

— 용서?

— 대체 누가, 당신 머릿속을 그렇게 설계한 건지 알고 싶었어.

노인은 당당한 얼굴로 어깨를 으쓱했다. 미연을 놀리는 듯 슬며시 웃었다.

— 알고는 있어. 아까 들었잖아. 내가 여기 왕이었다고.

미연은 가방에서 라이터를 꺼낸다. 방 원장이 팸플릿을 흔들며 다가오자 미연이 소리친다.

— 가까이 오지 마.

— 가까이 오지 마.

방 원장은 어린아이처럼 미연의 말을 따라 하며 웃어댔다. 뒷짐을 지고서 한 걸음, 또 한 걸음 다가온다. 미연은 방 원장을 바라보며 라이터에 불을 붙인다.

— 문은 잠겼어. 바닥에는 마른나무가 있고. 내 손에는 라이터, 이 방 곳곳에는 기름통이 있지. 오지 않는 게 좋을 거야. 살고 싶다면.

방 원장은 창문 아래 놓인 흰 드럼통을 바라본다. 이제야 상황 파악을 한 눈치였다. 차분한 얼굴로 몇 걸음 뒤로 물러선다. 방 원장은 철제 캐비닛 옆에 쌓인 벽돌 위에 앉는다.

— 이게 그쪽이 말하는 의례인 건가? 내게 기억을 돌려주는?

미연은 라이터 불을 껐다 켠다. 방 원장은 휴게소에서 산 막대 사탕을 꺼내더니 껍질을 벗기고 입에 물었다. 불꽃놀이를 구경하는 사람처럼 라이터를 힐긋 바라본다. 앞으로 전개될 상황이 흥미진진하다는 얼굴로.

— 죽는대도 나쁘진 않아. 어차피 의미는 없었어. 죽은 지 이미 오래였거든. 이미 죽었는데 또? 그게 뭐 어때서?

— 여기서 12년간 513명이 죽었어. 기록상으론 아무 문제 없는 자연사였지만. 너는 왜 죽었는지 이유를 알겠지.

— 내가 그런 사람이었다면, 살아 있을 이유가 전혀 없겠군. 이봐,

라이터를 당겨.

　― 그 전에 할 일이 있어. 기억해, 당신의 죄.

　― 당겨, 어서.

　― 당신은 용서를 빌어야 해.

　― 용서? 누구에게?

　― 여기서 생을 마감한 사람들, 다시는 돌아오지 못한 사람들.

　― 주워들은 이야기를 듣고 참회하라고? 이봐, 그건 가짜야. 너의 기억일 뿐이야. 난 진짜를 원해.

　― 네가 만들어낸 상상, 네 머릿속이 가짜지.

　― 당신의 말만 듣고 비는 참회와 용서? 그건 너의 기억일 뿐이라고. 실체가 있어? 그건 쇼야. 내 기억이 되게 해줘야지.

　― 기억할 수 있잖아. 너는 기억하고 있잖아.

　― 아무것도 느낄 수가 없잖아. 느껴지지가 않잖아.

미연이 드럼통으로 걸어가 뚜껑을 열자 실내에 석유 냄새가 진동했다. 입술을 다물고 어깨를 들썩이며 울음을 참던 방 원장은 그제야 눈물을 터뜨렸다. 울음소리가 점점 커져 목재소를 삼킬 것 같았다.

　― 아무것도 느껴지지 않는데, 나도 어쩔 수가 없잖아. 여기서 나가게만 해줘.

노인은 울음을 그칠 수가 없었다. 참회의 눈물은 아니었다. 평생 흘려보지 않은 눈물이 쏟아졌다. 자신도 어쩌지 못하는 자신을, 이 순간을 견딜 수 없었다. 시간은 통제되지 않았고 삶은 계획대로 굴러가지 않았으며 가족도, 타인도, 자신조차 원하는 대로 흘러가지 않았다. 멀어지고 싶었다. 시간으로부터, 자신으로부터. 거울 속의 자신이 낯설었고 다른 사람이 된 것 같았다. 자신이라는 인간이 누구인지 알 수 없었고 알고 싶지 않았다. 모든 것에서 등을 돌리고 살고 싶었다. 미연이 목재소 중앙으로 걸어가 마른 장작에 불을 댕겼다. 나무에 붙은 불이 활활 타오른다. 눈앞의 불꽃은 화염이 되어 방원장을 향해 이글거리며 다가왔다. 모든 것을 삼킬 것 같았다. 미연은 방 원장에게 다가가 손목을 잡아챘다. 드럼통 쪽으로 끌고 가려하자 방 원장은 캐비닛 손잡이를 잡고서 버텼다.

― 뭐 하는 짓이야?

방 원장은 비명을 지르며 오열하기 시작했다.

― 문은 이미 잠겼어. 다 끝났어.

― 넌 완전히 미친 거야.

― 살고 싶다면 기억할 수 있을 거야. 다시 기억해봐.

미연에게 붙잡힌 손을 빼려다 방 원장은 어깨를 들썩이며 떼를 쓰듯 더 크게 울어댔다. 한 손은 캐비닛 손잡이를 붙잡고 다른 손은 미연에게 붙잡힌 채 바닥에 주저앉았다. 마른 장작더미를 감싼 화염은 이글거리며 연기를 뿜어댔다. 불꽃은 혀를 날름거리며 옮겨붙을 자리를 찾고 있었다.

― 어차피 죽어.

아이처럼 울기만 하는 방 원장을 향해 미연은 기억을 재촉했다.

― 당신은 여기서 사람을 죽였어.

무릎에 얼굴을 파묻던 방 원장은 고개를 들더니 눈을 동그랗게 뜨고 미연을 바라봤다.

— 여기서, 내가?

— 응, 네가.

— 어떻게…….

방 원장은 그 자리에서 무릎을 꿇고는 고개를 숙였다.

— 잘못했어.

그는 울음을 참느라 숨을 헐떡였다. 제대로 단어를 잇지 못했고 떠듬거렸다. 잘못했다는 말을 반복했지만 무얼 사죄해야 할지 찾고 있는 것처럼 보였다.

— 이제야 기억나. 그때 내가 죽이려고 그랬어.

— 이제 기억이 나?

— 기억나. 잘못했어. 용서해줘. 내가 그 남자를 죽이려 했어.

— 남자가 아닌 여자야. 열여덟 살 여자.

노인은 미연이 읊어주는 대로 고해성사라도 할 참이었다. 두 손을 가지런히 무릎에 올려놓고는 미연을 올려다본다.

— 말해줘. 내가 어떻게 했는지.

— 당신이 모포를 들고 그 여자 얼굴을 덮어버렸지. 숨을 끊었어.

— 내가 그랬어. 내가 한 짓이야. 그 여자 이름을 알려줘.

— 김은희. 네가 죽였어.

방 원장은 자신이 김은희를 죽였다며 울부짖었다. 살기 위해서, 살아보려고. 노인은 기억에 없는 일을 기억난다고 말했다. 화염은 장작더미를 삼키고 커튼으로 옮겨붙었다. 드럼통이 놓인 쪽으로는

264

아직 길을 내지 않았다. 미연은 방 원장의 손을 붙잡고 불이 옮겨붙지 않은 쪽으로 질질 끌었다. 방 원장은 겁을 집어먹은 얼굴로 끌려다녔다. 불길이 목재소 내부를 삼키는 소리가 커져갔다. 미연이 코트 주머니에서 열쇠를 꺼냈다. 문을 열고 방 원장을 밀어내려 하자 그는 미연의 손을 붙잡고 놔주지 않았다. 미연이 방 원장의 손등을 물자 그는 소리를 지르며 나동그라졌다. 그녀는 방 원장을 밖으로 밀어내고는 목재소 문을 닫았다. 안쪽에서 자물쇠를 잠갔다. 불길로 목재소 내부는 벌겋게 달아올랐고 산소가 사라지면서 머리가 어지러웠다. 은희가 목을 맸던 자리로 걸어갔다. 기억을 태울 것이다. 영원히 돌아오고야 마는 기억을 태워야 한다.

불꽃이 일렁이며 썩은 나무들을 삼키고 또 다른 나무로 옮겨붙었다. 불꽃이 이 나무에서 저 나무로 이동하며 춤을 추었다. 불꽃이 축제 날 폭죽처럼 터진다. 불꽃이 참회의 강을 이룬다. 사흘 동안 잠을 자지 않아서인지 눈이 감긴다. 온몸이 뜨거워지면서 힘이 풀렸다. 살아보려고, 살기 위해서 정신을 차리지 않는다. 눈이 감기고 의식이 사라지면서 빛이 스며들기 시작했다. 머릿속에선 호루라기 소리가 들린다. 이제는 기억을 놓을 시간이라고 알려주는 심판의 소리였다. 불덩이 속에서, 목욕 바구니를 들고 길을 가는 어린 여자애의 뒷모습이 보인다. 아이가 멀어져간다. 불꽃이 거대한 꽃으로 일렁였다.

불꽃이 일렁이는데

깊은 바다로 추락한 것처럼 추위가 몰려왔다.

죄의 무게가 나를 잠식하기 시작했다.

사람을 죽였다. 죽은 영혼의 목을 졸랐다. 살아 있는 심장을 꺼뜨렸다.

불꽃이 신문을 시작한다.

그것은 살인인가. 나는 고개를 떨군다.

인간의 범위를 넘어선 죄.

사람을 죽일 권한이 내겐 없었다.

에필로그

　소금 바람이 얼굴을 스쳤다. 그단스크의 조선소 정문을 나오면서 준은 가방을 고쳐 멘다. 뒤늦게 나온 동료가 어깨를 쳤다.

　— 술 한잔하고 들어가는 건 어때? 오늘 작업 정말 고되더군.

　— 다음에. 급히 집에 들어갈 일이 있어.

　아쉬운 얼굴의 브론스키가 준을 지나쳐간다. 급히 집으로 들어가야 할 일정은 없다. 한국을 떠나올 때 가족들은 준이 집으로 돌아오길 바랐다. 가족이 사는 폴란드 남부가 아닌 북쪽의 항구도시 그단스크로 집을 옮겼다. 한국에서 어떤 일이 있었는지 폴란드의 가족들은 애써 묻지 않았다. 그저 준에게 시간이 필요하다고 여겼다. 그단스크의 조선소에서 불꽃을 보며 철을 녹였다. 용접 마스크를 끼고 뜨거운 불꽃을 보고 있으면 생각이 멈췄다. 쇠와 불, 그리고 자신만 남았다. 불은 잡념을 녹였다. 용접 마스크와 작업복을 벗고 퇴근할 때면 온몸이 땀으로 젖었다. 바닷바람이 불어 물기가 마르면 몸에서 소금 냄새가 났다. 하루의 대부분은 해무가 도시를 덮었다. 퇴근 후에 매일 항구로 나갔다. 항구에 앉아 들어오고 나가는 배를, 바이올린을 켜는 거리의 악사를 바라봤다. 연주자들의 악기 케이스에 지폐가 쌓이기 시작할 때쯤 집으로 돌아왔다.

미연의 소식은 묻지 않았다. 병호에게 연락하면 알 수도 있겠지만 그에게서 오는 전화를 받지 않았다. 몇 차례 국제전화를 하던 병호도 몇 달 전부터 연락을 하지 않았다. 미연은 살인미수 혐의로 구속 수감되어 재판을 받았다. 방 원장이 상해를 입지 않았고, 불을 지른 뒤 그를 문밖으로 내보낸 채 자살 시도를 한 점이 재판부를 설득했다. 미연은 집행유예를 선고받아 풀려났다. 화상을 입은 얼굴로 법정에 선 미연은 스스로를 변호하지 않았다. 집행유예가 선고된 날, 준은 폴란드행 비행기를 탔다. 미연에게 일어난 일에 책임이 있음을 부정할 수 없었다.

한국을 떠나 멀리 날아온 곳이 그단스크였다. 물음은 파도처럼 끝없이 되돌아왔다. 자신이라는 존재의 시작에 대해서. 태어나면서부터 망가진 걸까, 망가지기 시작한 날들의 처음은 언제일까. 자신의 기원에 질문을 품지 않았다면, 아우슈비츠로 그녀를 찾아가지 않았다면, 한국에 가지 않았다면, 아무것도 묻지 말아달라는 그녀의 말에 멈추었다면. 시간을 거스를 수 없는데, 죄책감은 준을 놓아주지 않았다. 태어나지 않았다면, 이 모든 일들이 일어나지 않았을까. 미연의 선택도 돌이킬 수 있었을까.

뜨거운 불꽃 앞에 서 있을 때만 생각이 멈췄다. 동료와 헤어져 항구에 앉아 있는데 휴대폰이 울린다. 병호였다. 전화를 받지 않자 문자메시지가 도착한다. "그단스크에 도착했어."

병호는 먼 여행길에도 가방 하나 없이 나타났다. 몇 개월을 만나지 않았는데, 어색함도 반가움도 들지 않았다. 항구에 걸터앉은 두 사람은 묵묵히 서로를 견디고 있었다. 파도가 밀려왔다. 병호는 주머니에서 법안 자료를 꺼냈다. 이미 폐기된 법안을 손질한 자료였다.

— 포기하지 않으려고.

병호는 늘 상대방에게 속내가 읽히는 사람이다. 며칠 전 총선이 치러졌다. 형제의집 진상규명 특별 법안은 폐기됐다.

— 처음부터 다시 시작하는 거지.

— 안 될 거라는 걸 알잖아.

준은 점퍼 안쪽에서 진을 꺼내 병호에게 건넸다. 배 한 척이 항구로 들어오고 있었다. 어부는 빈 그물을 배에서 꺼내 정리하기 시작했다.

— 안 될 걸 아는데 해보고 싶어졌어, 다시.

병호는 진을 마시지 않고 옆에 놓아두었다. 준은 그를 바라봤다. 뭔가에 쫓기기보다는 담담한 얼굴이었다.

— 이기는 싸움 말고 지는 싸움을 하려고. 갈 수 있는 데까지만 가려고. 내 한계까지만.

준은 미연의 소식을 먼저 묻지 않는다.

— 살고 싶었다더라.

빈 그물을 정리하던 어부가 배에서 내렸고, 항구에는 두 사람만 남았다. 병호는 미연의 이야기를 꺼냈다.

— 하루를 더 살고 싶었다고. 불길 속에서 처음 그 마음이 생겼다더라. 살고 싶어서 죽으려 한 건지도 모르지. 지금 지방에 있어. 장애인 학교에.

준은 아무런 말이 없다. 병호는 준에게 고개를 돌리며 묻는다.

— 너는?

병호의 질문에 준은 웃기만 할 뿐 대답하지 않는다. 버티고 있을 뿐이었다. 나는 지금 어떻게 살고 있는가. 준은 자신에게 되물었다.

— 방 원장, 죽었어. 요양원에서 한 달 전쯤에 자살했어. 다들 신기하다더군. 아무것도 기억할 수 없는 사람이 뭣 때문에 자살을 한 건지.

— 그걸 전하러 온 거야?

— 너희 외삼촌이 살아 계셔. 정신병원에.

병호는 지갑에서 병원 명함을 꺼냈다. 은수의 병동 주소와 전화번호가 적혀 있었다. 병호는 명함을 쥐여주고는 한국으로 떠났다.

준은 다음 날 그단스크의 셋집을 나섰다. 집 앞에 놓인 우체통에 외삼촌이 입원해 있다는 병원 명함을 넣는다. 캐리어를 끌고 길을 나선 준이 하늘을 올려다봤다. 여느 날처럼 안개가 자욱했고 길이 보이지 않았다.

— 괜찮아, 지나간 일일 뿐이야.

혼잣말을 해본다. 그가 말하고, 홀로 들었다. 말해주는 이가 없었으므로.

은희의 기억

나는 숨소리를 받아내는 벌거벗은 다리가 됐어.

다리 사이로 한 남자가 달려왔고

그가 욱여넣을 때마다 빈 몸이 울렸어.

다리를 끌며 바닥을 긁고 또 긁었어.

남자가 다리 사이에서 일어나 바지를 끌어 올렸고

문으로 걸어갈 때 나무 바닥이 삐걱거렸어.

마지막 발자국을 남기고 문을 열기까지 순간이 영원처럼 아득한
시간,

복도 끝으로 발소리가 멀어질 때 눈을 뜨는데

천장이 나를 무심히 내려다봤어.

그가 버리고 간 것들이 냄새로 배어들었고

그가 걷어찬 몸과, 다리와 다리 사이는 이전의 내 것이 아니었어.

내 것도, 그 누구의 것도 아닌 수치로 내게 버려진.

다리와 다리 사이, 남자가 버린 것을 손으로 닦아냈어.

버리고 닦아도 체취는 사라지지 않았어.

창밖으로 추운 봄볕이 반질거렸어.

늦은 봄 아지랑이가 피어올랐고 창에 손바닥을 댔어.

아지랑이가 손바닥을 지나 저곳으로 사라졌지.

내 몸을 내려다봤어.

할퀴어진 젖가슴, 검은 유두, 나무 바닥 위에 선 앙상한 두 다리.

바닥의 검붉은 핏자국은 말라붙었고

구석에 던져진 추리닝을 입고 몸을 감추었어.

버려진 몸에서 네가 태어났어.

돌이키고 싶지 않은 시간 뒤로 다른 시간이 찾아와

너는 죽은 몸에 돋아난 작은 심장이었어.

모두가 잠든 밤 이불 속에서 배 위에 손을 얹고 말했어.

소리 내어 말하지 않았지만 너는 들었어.

너만은 내 이야기를 들어주었어.

눈을 감으면 떠오르는 것들

이곳에 오기 전 보았던

새털구름이 지나는 하늘, 산등성이 너머로 멀어지는 노을, 손가락 사이로 흘러내리는 모래바람, 동생과 함께 먹던 라면, 엄마 냄새가 배어든 오래된 베개, 지친 어깨를 감추려 슬프게 웃던 눈동자.

너는 폐허에 날아든 봄날의 씨앗이었지.

너만은 작은 새로, 하늘로 날아오르기를 바랐어.

유달리 작아서 배가 솟아나지 않게 오래 숨어 있던 나의 아들,

이층 침대에 발을 걸치고 거꾸로 매달릴 때는 네가 죽을까 봐 울음이 났어.

매질을 당할 때면 배를 감쌌고 너는 여린 심장 소리로 신호를 보냈어.

살아 있다고, 너는 달아나지 않고 견뎠어.

네가 자라서 배가 불러오자 사람들이 말들을 만들어냈어.

수군대는 그들 속에 그날, 내 다리 사이를 파고든 그가 있었지만 개의치 않았어.

너의 시작은 그가 아니니까.

그들이 너를 죽이려 꼭대기에서 밀쳐 구르면서도 네가 떠나지 않을 거라 믿었어.

언덕 아래서 눈을 떴을 때 너는 배를 쿵쿵 찼어.

아홉 달을 보내고 네가 문을 열고 나왔어.

어린 심장을 가슴에 포갰을 때

우린 함께 울었어.

아지랑이처럼 부드럽고 가는 머리카락을 만지며

너는 다른 세계로 떠나 사람이 될 거라고 그렇게 빌었어.

시간이 흐르고 계절이 바뀌는 곳으로 떠나서

한 여자와 사랑하고 사랑으로 아이를 낳는 한 남자가 되기를.

네가 문 젖꼭지의 촉감과 살결, 냄새를 기억하지 않기를.

너를 낳은 여자와 네가 잉태된 그날이 기억되지 않기를.

네가 태어나고 보름 뒤 다른 나라로 떠날 거라고 그들이 말했어.

심장이 저려 왔어.

이별하는 날, 너는 왼쪽 젖가슴을 잡고서 오른쪽 젖을 물었는데

세게 물지도 못하고 조금 먹다가 그쳤는데

줄 것 없는 나는 조금 더 먹여보려고 어르고 달랬어.

줄 것 없는 어미젖을 한 번만 더 물어다오.

너는 아는지, 모르는지 내 가슴에 먹던 것을 토했어.

시큼하고 허연 물이 젖가슴에 묻었어.

수용소 총무가 너를 데려가려 문을 열었는데

선뜻 너를 주지 못하고 안고만 있었어.

네가 자지러질 듯 울면서 버둥거렸는데 가지 않으려 버둥거렸는데

너를 보내야만 해.

네가 태어난 그날 밤에서 저 멀리 까마득히 먼 곳으로 보내야 해.

너를 잃고서

나의 시간은 햇빛 한 줌 들지 않은 지하실이 되었어.

눈을 감고서 두 손을 들어 환상 속에서 너를 안았지.

오른손으로 엉덩이를 받치고 왼손으로 작은 어깨를 감싸 안았지.

눈을 감으면

포도알처럼 검은 눈동자로 나를 바라보는데

눈을 뜨면

허공뿐이었어.

네가 떠난 날에

눈이 내렸어.

너를 보내고 막사 앞에는 눈이 쌓였는데

주저앉아 손으로 눈을 주워 먹었어.

불처럼 활활 타는 지옥을 꺼뜨리려고

한 움큼, 또 한 움큼

나의 죽음을 먹고 태어난 나의 아들, 나의 구원

나는

태어나지 않은 듯, 존재하지 않았던 것처럼 사라지겠지만

너의 더운 피에 나의 젖과 피가 도니

안녕.

기억되지 않기를.

처음 만났을 때 그는 젊었다. 6년 전이었을 거다. 어린 시절 그의 꿈은 작은 관 하나를 갖는 것이었다고 한다. 어두운 관에 들어가 뚜껑을 닫으면 누구도 자신을 해치지 않을 거라고 생각했다. 죽음의 공간으로 들어가서야 안전할 수 있다는 걸 아홉 살 아이는 알았는지도 모르겠다.

그를 간간이 만났다. 주로 국회 앞이었다. 그는 국회 앞에 관처럼 작은 텐트를 치고 형제복지원 사건을 알렸다. 때로는 울음을 참았고, 때로는 울부짖었다. 그사이 그는 배가 나왔고 흰머리가 생겼으며 살이 쪘다. 그가 말했다. 작은 소원을 이뤘다고, 이젠 이 텐트가 가장 안전하게 느껴진다고. 그가 국회 앞에서 견딘 시간은 8년이다.

국회 앞을 오가는 사람들을 만나면서 그는 문틈으로 세상을 보기 시작했다고 한다. 1987년 형제복지원 정문을 나선 이후부터 지금까지 그는 여전히 한 걸음, 또 한 걸음을 내딛고 있다. 그의 말을 빌리

자면 사람이 되는 시간이다. 세상으로 돌아오는 시간이다. 짐승처럼 살아온 시간을 다는 알지 못한다. 내가 목격한 것은 그가 사람으로서, 사람답게 살아가려고 헤매던 현장이었다.

몇 년에 걸쳐 소설을 썼다. 집중적으로 쓰는 시기에는 사람들을 거의 만나지 못했다. 소설을 마무리할 무렵이 되어서야 《은희》를 쓸 수밖에 없었던 나 자신이 보였다. 매일 돌아오고야 마는 기억의 방에서, 나는 줄곧 그들을 마주했다. 기억에 조난당하지 않으려 애쓰며 그들은 국회 앞 텐트 안에서 하루를, 또 하루를 버텨냈고, 나는 내 기억의 숲에서 그들을 바라보았다.

누구에게나 그림자처럼 결코 자를 수 없는 기억이 있다. 어둠이 내리고 뒤돌아보면 언제 왔는지 모르게 나를 따라다니는 기억들이다. 지나간 시간의 문을 열고 묵묵히 걸어가는 그들과 함께, 지금 이 소설을 읽고 있을 누군가도 저마다의 기억의 방에서 나와 한 걸음

걷기를. 살아남은 아이 한종선, 국회 의원회관 지붕에 올라가 과거 사법 개정안 통과를 외쳤던 최승우, 그리고 한 명의 존재로 살고 싶었던 수많은 은희들에게. 그들의 위대한 한 걸음을 응원하며.

2020년 5월
박유리

박혜진(문학평론가)

　3000여 명을 영장 없이 가두고 강제 노동을 시키고 학대한 행위에 응당하는 죗값으로 2년 6개월의 구속은 합당한 벌일까. "법은 세상의 주류가 정한 범위 안에서 죄를 측량한다." 국가의 용인과 경찰의 협조 아래 대대적으로 감행된 전대미문의 유괴 사업이자 인권유린 사태. 그러나 형제복지원의 실상이 세상에 드러났을 때 우리 사회가 측량할 수 있는 인권과 존엄의 기준은 고작해야 그 정도였다. 그로부터 30년이 넘은 지금,《은희》는 우리에게 질문한다. 이제 우리 사회는 이토록 참혹한 사건에 대해 무엇을 더 질문하고 어떤 죗값을 더 요구할 수 있을까.《은희》는 과거의 사실을 재구성하지만 결코 지나간 이야기의 복원은 아니다. 이것은 또한 죄악에 비해 한없이 가벼운 벌을 받은 어느 개인을 단죄하기 위한 소설도 아니다. 형제복지원 생존자 미연과 엄마의 삶에 은폐된 진실을 알고자 하는 아들 준이 은희의 죽음을 둘러싼 암흑의 핵심에 다가갈수록 사건에 연루된 자들의 기억은 모아지고 소설은 점차 형제복지원에 대한 거대한 '기억의 물질'이 되어간다. "불행은 기억을 가진 자들만의 것으로 남아야 한다"는 생각은 틀렸다. 그것은 기억을 가지지 않은 자들의 것이기도 해야 한다. 2년 6개월을 복역한 원장의 범죄가 개인의 일탈이 아니듯 은희의 죽음 또한 어느 한 사람의 죽음이 아니기 때문이다. 《은희》는 우리에게 불행을 선사한다. 그러나 이 불행에 동참함으로써만 우리는 가까스로 30년 전과 다른 존재로 거듭날 수 있다. 《은희》를 읽는 것은 유실된 우리 자신의 기억을 되찾는 일이기도 하다.

은희

ⓒ 박유리 2020

초판 1쇄 인쇄 2020년 5월 25일
초판 1쇄 발행 2020년 5월 28일

지은이 박유리
펴낸이 이상훈
편집인 김수영
본부장 정진항
문학팀 김준섭 김수아 정선재
마케팅 천용호 조재성 박신영 조은별 노유리
경영지원 정혜진 이송이

펴낸곳 한겨레출판(주) www.hanibook.co.kr
등록 2006년 1월 4일 제313-2006-00003호
주소 서울시 마포구 창전로 70(신수동) 화수목빌딩 5층
전화 02-6383-1602~3 **팩스** 02-6383-1610
대표메일 munhak@hanibook.co.kr

ISBN 979-11-6040-388-6 03810

이 도서의 국립중앙도서관 출판예정도서목록(CIP)은 서지정보유통지원시스템 홈페이지
(http://seoji.nl.go.kr)와 국가자료종합목록 구축시스템(http://kolis-net.nl.go.kr)에서
이용하실 수 있습니다. (CIP제어번호: CIP2020019880)